異端刑事《デカ》

南 英男

Minami Hideo

文芸社文庫

目次

第一章　警官殺し

1

死体は硬直していた。

手脚《てあし》の強張《こわば》りが目立つ。死んだ男は、格子柄のトランクスしか身にまとっていない。いかにも寒々しげだ。

地べたに横たわっていた。

仰向《あおむ》けだった。血の気のない肌は、マネキン人形を連想させる。

辺見敏隆《へんみとしたか》警部補は短く合掌し、遺体のかたわらに屈《かが》み込んだ。死臭は漂っていなかった。鑑識作業は終わっていた。

一月上旬のある早朝だ。

まだ陽《ひ》は昇っていない。五時を回ったばかりだった。大気は凍《い》てついている。吐く息が白い。

事件現場は渋谷区円山町《まるやまちょう》だ。ビル建築現場だった。

整地はされているが、まだ基礎工事前だ。土台のコンクリートも打たれていない。ラブホテル街の外れだった。日中は人通りが少ない場所だ。見通しも悪い。

被害者は、宇田川町《うだがわちょう》交番に勤務していた羽村伸也《はむらのぶや》である。享年《きょうねん》二十五だった。

死顔は穏《おだ》やかで、苦悶《くもん》の色はうかがえない。まるで眠っているようだ。絞殺痕《こうさつこん》や扼殺痕《やくさつこん》はなかった。

外傷も目に留《と》まらない。何者かに凍死させられたと思われる。

辺見は五十六歳で、渋谷署刑事課強行犯《きょうこうはん》係の捜査員だ。係長ではなく、主任である。高卒の叩《たた》き上げだが、十五年前までは本庁捜査一課の敏腕刑事だった。辺見は課内で常に高い検挙率を誇《ほこ》り、数多くの難事件を解決した。さまざまな伝説に彩《いろど》られていた。

だが、辺見はある警察官僚《キャリア》の実弟が引き起こした殺人未遂事件を上層部に揉《も》み消されてしまった。被疑者を割り出した彼は当然、納得できなかった。

複数の上司に強く抗議した。しかし、結果は虚《むな》しかった。怒りと敗北感はしばらく萎《しぼ》まなかった。

あまりにも理不尽ではないか。

辺見は悩み抜いた末、辞表を認《したた》めた。書き終えたとき、母の顔が脳裏《のうり》を掠《かす》めた。

女手ひとつで自分を育て上げてくれた母の明子《あきこ》は当時、原因不明の難病に罹《かか》って、入退院を繰り返していた。いまは二十九歳になった息子の祐輔《ゆうすけ》も、まだ中学生だった。三つ年下の妻の淳子《じゅんこ》は 姑《しゅうとめ》 の介護に明け暮れていた。働き手が職を失ったら、家族はたちまち路頭に迷うだろう。

辺見は内面の 憤《いきどお》りをぐっと抑《おさ》え込み、辞表を破り捨てた。男として、ひどく情けなかった。惨《みじ》めでもあった。

しかし、そうするほか途《みち》はなかった。

当然のことながら、気持ちは屈折《くっせつ》した。職務に対する使命感は薄れた。情熱も失《う》せた。

辺見は数年ごとに四谷《よつや》署、万世橋《まんせいばし》署、新宿署、神田署、高輪《たかなわ》署と異動になったが、モチベーションを取り戻すことはなかった。それどころか、年々、士気《しき》は落ちている。

辺見は望んで警察官になった。いまの仕事を志したのは、親友の父親が冤罪《えんざい》に泣いたまま獄中で病死したことがきっかけだった。

友人の父は職場の同僚に背任横領の濡衣《ぬれぎぬ》を着せられ、憤死《ふんし》に近い形で生涯を終えた。急性の心不全だった。

中学生だった辺見は義憤を募《つの》らせ、法の番人になる決意をした。できることなら、大学を卒業してから警察官になりたかった。

だが、父は辺見が小学四年生のときに病死してしまった。独《ひと》りっ子だったが、母子家庭の暮らしは楽ではなかった。

生命保険の外交で生計を支えてくれていた母は、わが子を大学まで進ませる気でいたようだったが、辺見は進学を断念した。家庭の事情を察し、受験勉強をする気になれないと偽《いつわ》ったのだ。

社会人になったら、自力で大学の二部に進む気でいた。

しかし、警察官の職務は思いのほかハードだった。いつしか大学の夜間部に通う夢は消えていた。それでも自ら選択した職業には誇りを持っていたし、やり甲斐《がい》もあった。

警察官人生は、交番勤務からスタートした。緊張の連続だったが、毎日が充実していた。

辺見は二十六歳のとき、空き巣の常習犯を逮捕した。その功績が認められ、大崎《おおさき》署刑事課盗犯係に抜擢《ばってき》された。

数年後に野方《のがた》署刑事課強行犯係になり、三十一歳のときに警視庁捜査一課第三強行犯捜査殺人犯捜査第五係に配属になった。憧《あこが》れの本庁勤めである。

辺見は職務にいそしんだ。その後、三係、七係、八係と渡り歩いたが、十年間は強行犯捜査一筋だった。

辺見は、その間に殺人犯を二十一人も検挙した。前例のない快挙だった。

被疑者に刃物を振り回されたことは一度や二度ではない。銃弾を浴びせられそうになったこともある。そのつど辺見は恐怖感を覚えたが、怯《ひる》むことはなかった。使命感に燃えていたからだろう。

辺見は十五年前の一件で正義を貫《つらぬ》けなかったことで自分を責《せ》め、刑事失格という烙《らく》印《いん》を捺《お》された気がした。人間不信の念も深めた。それ以来、別人のように口数が少なくなった。

どの職場でも、上司や同僚と馴《な》染《じ》もうとしなかった。不信感が尾を曳《ひ》き、身内意識がなくなってしまったせいだ。同志とも思えなくなっていた。

辺見は職務を怠《おこた》ることはなかったが、誰とも無駄話はしなくなった。仲間との飲み会にも顔を出さない。

辺見は各所轄署で完全に浮いていた。変人扱いされ、奇人呼ばわりもされた。しかし、当の本人は少しも意に介さなかった。

渋谷署に異動になったのは、およそ二年前だ。

いまの職場でも孤立していた。同僚たちとは距離を置いた状態で、自分の任務を淡々とこなしている。〝空気人間〟とか〝透明人間〟と陰口をたたかれるほど存在感は薄くなっていた。昔の栄光は話題にもされない。

辺見は両手に白い布手袋《ぬのてぶくろ》を嵌《は》めた。靴にカバーも被《かぶ》せた。いつものように両手の指を軽く組み合わせ、ブルーシートをすっかり払いのける。

一瞬、シートが風に煽《あお》られそうになった。

辺見は、ブルーシートの端を足で踏んだ。シートは吹き飛ばされなかった。

遺体をじっくりと見る。羽村巡査の若々しい体は、まったく傷つけられていない。周《まわ》りには衣服や靴も落ちていない。

口許《くちもと》がかすかに薬品臭《くさ》かった。

犯人は麻酔液を染み込ませた布を顔面に押し当て、被害者を昏睡《こんすい》状態に陥《おちい》らせたようだ。そして衣服を剝《は》ぎ、そのまま置き去りにしたにちがいない。

暖冬とはいえ、年末から寒さが一段と厳しくなった。下着一枚で放置されたら、四、五時間で凍《こご》え死《し》んでしまうのではないか。

辺見はブルーシートで遺体をすっぽりと覆《おお》い、ゆっくりと立ち上がった。

そのとき、本庁機動捜査隊の古屋《ふるや》薫《かおる》警部補が歩み寄ってきた。四十八歳で、大柄だ。旧知の仲だった。

殺人事件など凶悪な犯罪が発生すると、本庁機動捜査隊と所轄署の面々が真っ先に臨場《りんじょう》する。検視官や鑑識係員たちも事件現場に急行する。鑑識係の仕事が最優先されることは、言うまでもないだろう。

すでに鑑識係員たちは遺体写真を撮《と》り、犯人の遺留品もチェックし終えていた。現場には三十人近い捜査関係者の姿があった。

「ご苦労さまです」

辺見は古屋に話しかけた。

「他人行儀な喋《しゃべ》り方はやめてくださいよ。長いつき合いでしょうが」

「ええ、そうですね」

「それに職階は同じですが、辺見さんのほうが年上なんですから。変に丁寧な言葉なんか使われると、なんか調子が狂っちゃうんですよ」

「そんなことより、本題に入らせてもらいます」

「どうぞ」

「羽村巡査は昨夜《ゆうべ》、偽《にせ》の事件通報で宇田川町の交番《ハコ》から呼び出されたということですね？」

「そうです。同僚の地域課巡査たちの証言によると、宇田川町交番に男の声で、円山町の路上に頭から血を流してる女が倒れ込んでるという通報があったらしいんですよ」

古屋が早口で答えた。

「その時刻は？」

「前夜の十一時十分ごろだったそうです」

「携帯かスマホからの通報ですか？」

「いいえ、公衆電話からだったようです」

「通報者は男だったんですか？」

「ええ。三、四十代の声だったみたいですよ」

「言葉に訛《なまり》は？」

辺見は畳みかけた。

「標準語だったそうです。被害者《マルガイ》は同僚の淀野《よどの》俊平《しゅんぺい》巡査、二十六歳と一緒に自転車で円山町に向かったという話でした。ところが、途中で淀野巡査の自転車のチェーンが外れてしまったらしいんですよ」

「で、被害者は先に現場に駆けつけたんですね？」

「そうです。淀野巡査は駆け足で被害者を追ったらしいんですが、通報のあった場所には羽村巡査の自転車が転がってただけで、血を流してる女はどこにもいなかったというんですよ」

古屋が吐息《といき》を洩《も》らした。

「それで？」

「淀野巡査は同僚が何か事件に巻き込まれたと直感して、あたり一帯を走り回ってみたらしいんです。ですが、羽村巡査はどこにもいなかったということでした」

「被害者《マルガイ》の自転車が発見された場所は？」

「ここから二百メートルほど離れた所です」

「詳しい場所を教えてください」

辺見は頼んだ。古屋が質問に応じ、言い継《つ》いだ。

「おそらく犯人は、最初っから羽村巡査を殺《や》るつもりだったんでしょう」

「被害者《マルガイ》はどんな人間だったんです？」

「同僚たちは、実直な奴だったと口を揃《そろ》えてます。勤務ぶりも真面目で、お年寄りや子供にとても親切だったそうです」

「何かトラブルに巻き込まれた可能性はなさそうですね」

「制服だけではなく、警察手帳、拳銃、手錠、捕縄、伸縮式警棒も奪われたようだから、警察フリークの犯行臭いな。ポリスグッズの店は結構、繁盛してるようですから、警察官《サツカン》に憧れてるマニアは想像以上に多いんじゃないですか？」

「そうかもしれません」

「警官なんて、あまりいい職業じゃないんだがな。体を張って仕事をしてる割には、それほど俸給はよくないでしょ？」

「ま、そうですね。しかし、人生は金だけじゃありませんから」

「辺見さんは、どう事件《ヤマ》を読んでるんです？」

「まだ何とも言えませんね。判断材料が少なすぎますんで」

「賢い答え方だな。それはそうと、昔の辺見さんはどこに行ってしまったんです？」

「わたしは、そんなに変わりました？」

「ええ、大違いですよ。暗くなったし、猟犬のようなシャープさがなくなりました。本庁の捜一時代に何があったんです？」

「別に何もありませんよ」

辺見は努《つと》めて平静に答えた。十五年前の不愉快な出来事を他人《ひと》に打ち明けても、どうなるものでもない。ぼやいたら、自分が惨めになるだけだろう。

「何か心を閉《と》ざしたくなるような辛《つら》いことがあったんでしょうね。もう詮索《せんさく》はしません。余計なことを言って、すみませんでした」

古屋が口を結んだ。

それから間もなく、黒革の鞄《かばん》を提《さ》げた検視官の八百板博道《やおいたひろみち》警部が急ぎ足で近づいてきた。中肉中背で、のっぺりとした顔をしている。眉《まゆ》が薄く、能面のような顔立ちだ。

五十二歳の検視官は捜査畑で二十年ほど働き、法医学の知識を得て刑事調査官になった。検視官は、刑事調査官とも呼ばれている。

検視官は、全国にわずか三百八十人程度しかいない。殺人事件の大半は、やむなく一般捜査員が検視を代行している。

法医学に疎《うと》い刑事は、事故死や自殺を装った他殺を見抜けないことがある。そうしたことを防ぐには、検視官を大幅に増やすことが急務だろう。

検視官は医師ではないが、遺体の損傷具合を検《しら》べたり、体温を測定することは許されている。それだけで、おおよその死因と死亡推定日時の見当はつけられる。殺人捜査には頼りになる助っ人である。

「検視官、よろしくお願いします」

古屋が八百板に深く頭を下げた。辺見は黙って会釈《えしゃく》した。

「交番巡査が凍死させられて、制服やS&WのM360J《サクラ》を奪われたんだって？」

八百板が古屋に確かめた。

「それから、手錠、捕縄、伸縮式警棒も持ち去られたみたいなんですよ」

「なんとも大胆な犯人《ホシ》だね。現職警官を殺《や》ったら、警察全体を敵に回すことになるのに」

「おっしゃる通りですね」

「過激派の犯行《ヤマ》なんだろうか」

「わたし個人は警察フリークといいますか、ポリスマニアが警察官に化けたくて、多くの官給品を持ち去ったのではないかと筋《すじ》を読んでます」

「そう。とんでもない世の中になったな。辺見警部補はどう筋を読んでるの？」

「まだ何もわかりません」

辺見は短く答えた。事実、犯人の見当はついていなかった。

八百板が無言でうなずき、遺体のそばにしゃがみ込んだ。無造作にブルーシートを取り除き、死体を仔細《しさい》に観察しはじめる。監察医のような眼差《まなざ》しだった。

「エーテル液の臭いが遺体《ホトケ》の口許から立ち昇ってくるな。故人は麻酔液で眠らされたんだろう」

「羽村巡査が乗ってた自転車は、ここから二百メートルあまり離れた坂道で発見されてるんです。多分、その場所で加害者に襲われたんでしょう」

古屋が言った。

「それから車でここに運ばれ、トランクス一枚にされたんだろうな」

「被害者《マルガイ》は凍死したようですが、昏睡してる数十分の間に凍え死ぬもんでしょうか？わたし、そのことが少し疑問だったんですよ」

「死因は、おそらくショックによる心不全だろう。心臓部にうっすらと凍傷《とうしょう》の痕《あと》がある。ドライアイスか、氷の塊《かたまり》を心臓部に強く押しつけられたにちがいない」

「そうだとしたら、被害者《マルガイ》は日付が変わらないうちに死亡した可能性もあるわけですね？」

辺見は検視官に訊《き》いた。

八百板が顎《あご》を小さく引き、使い古された革鞄の中から七つ道具を取り出した。綿棒で被害者の口許をなぞり、先端の臭いを嗅《か》ぐ。

「やっぱり、エーテルだな」

検視官が低く呟《つぶや》き、今度は綿棒の先で被害者の胸部を擦《こす》った。また、綿棒の先を鼻に近づける。

「無臭だね。やはり、ドライアイスか氷塊《ひょうかい》を心臓部に押しつけられたんだろう」

八百板はどちらにともなく言い、ゴム手袋を嵌めた両手で羽村巡査の全身の硬直具合を検べた。それから彼は、被害者の肛門に長い体温計を挿入《そうにゅう》した。

「体温はありますか？」

辺見は問いかけた。

「ない、ないね。死亡推定時刻は、昨夜の午前零時前後だと思う」

検視官が体温計を引き抜き、消毒液を含ませた脱脂綿で神経質に拭《ぬぐ》った。

二十三区で殺人事件が発生すると、昭和二十三年まで遺体は東大か慶大の法医学教室で司法解剖されていた。いまは東京都監察医務院が担《にな》う。ただし、都下三多摩の場合、遺体は慈恵《じけい》会医大か杏林《きょうりん》大に搬送《はんそう》される。どのケースも裁判所の許可が必要だ。

「まだ若いのに気の毒にな」

八百板が亡骸《なきがら》にブルーシートを掛け、七つ道具を手早く鞄の中に収めた。

「お疲れさまでした」

古屋が如才《じょさい》なく検視官を犒《ねぎら》った。

八百板がおもむろに立ち上がった。辺見は一礼した。

「初動捜査で犯人は突きとめられそうなの？」

検視官が古屋に声をかけた。

「残念ながら、それは難しいでしょうね」

「なら、渋谷署に捜査本部《チヨウバ》が立つな」

「そうなるでしょう」

古屋は、きまり悪げだった。

本庁機動捜査隊は一両日、現場付近で地取り捜査と鑑取《かんど》り捜査に励む。目撃情報を集め、被害者の交友関係を洗い出し、被疑者を割り出す努力をするわけだ。

だが、それで事件が解決した例はきわめて少ない。捜査は所轄署に引き継がれる。

殺人事件の場合、地元署が単独で捜査に当たることは稀《まれ》だ。

東京都を例に引くと、所轄署は警視庁捜査一課に協力を要請する。本庁は、殺人や誘拐など凶悪事件を担当している強行犯捜査係の刑事を各所轄署に出張《でば》らせる。殺人事件で送り込まれるのは、第二強行犯捜査殺人犯捜査第一係から第四強行犯捜査殺人犯捜査第十二係までのいずれかの班《チーム》だ。

事件の規模によって、十数人から数十人が捜査本部に詰める。連続殺人事件になると、五、六十人の捜査員が投入される。

本庁の捜査員と地元署の刑事が協力し合って、事件の真相を暴《あば》くわけだ。捜査費用は所轄署が負担する。他の道府県警本部も同様に捜査一課の刑事たちを地元署に設置された捜査本部に送り込む。

通常、捜査本部長は本庁の刑事部長が務める。副本部長は所轄署の署長だ。しかし、それは名目だけである。捜査本部で指揮を執《と》るのは本庁の管理官だ。

「辺見さんよ、身内の弔《とむら》い合戦だぜ。しっかり仇《かたき》を討《と》ってほしいね」

八百板がそう言い残し、せかせかと歩み去った。次の検視が控えているのだろう。

現場検証が終わると、遺体は警察車輛《しゃりょう》に収容された。いったん渋谷署に保管されてから、東京都監察医務院に搬送される手筈《てはず》になっていた。

古屋の部下が走り寄ってきて、上司に聞き込み情報を報告した。

辺見は必要なことを手帳に書き留めた。

署の同僚たちも聞き込みに回っているはずだ。しかし、辺見に情報をもたらしてくれる刑事はひとりもいなかった。

古屋はそのことを察したらしく、ためらいがちに口を開いた。

「われわれの仕事はチームプレイなんですから、同輩とはうまくやったほうがいいんじゃないですか」

「別段、班の連中と仲違《なかたが》いしてるわけではないんですよ」

「そうなんでしょうがね。噂《うわさ》によると、あなたは打ち上げの酒も飲まずに帰宅しちゃうとか？」

「ええ、それは事実です」

「そこまでつき合いが悪いのは、ちょっと問題でしょ？」

「そうかもしれません。しかし、わたしにはほかにしなければならないことがあるんでね」

「ご家族が入院でもされたのかな？」

「個人的なことですんで……」

辺見は言葉を濁《にご》した。

妻が半身不随になってしまったことを警察関係者に打ち明けたら、妙な気を遣《つか》わせることになるだろう。それは避《さ》けたかった。

古屋が鼻白んだ表情になった。何か誤解されたようだ。

二人の間に沈黙が落ちた。

ちょうどそのとき、辺見の懐《ふところ》で刑事用携帯電話が鳴った。いわゆるポリスモードだ。

古屋が救われたような顔つきで、足早に歩み去った。

辺見は上着の内ポケットからポリスモードを掴《つか》み出し、ディスプレイに目をやった。

発信者は刑事課長の伴友樹《ばんともき》警部だった。四十五歳だが、十歳は老《ふ》けて見える。八方美人タイプだから、何かと気苦労が多いのだろう。

「辺見さん、午後一番に捜査本部を設けることになったんですよ」

「そうですか」

「いろいろ準備がありますんで、機捜《きそう》の連中に初動捜査を任せて、いったん署に戻ってほしいんだ」

「わかりました」

「強行犯係の堀江《ほりえ》係長が盲腸の手術で入院中だから、あなたが捜査班の中心になって動いてほしいんですよ」

「とりあえず、急いで署に帰ります」

辺見は通話を切り上げ、大股で歩きだした。

2

エレベーターが上昇しはじめた。

久我公太《くがこうた》は函《ケージ》の中で深呼吸した。渋谷署である。午後二時半過ぎだった。

二十八歳の久我は、警視庁捜査一課第四強行犯捜査殺人犯捜査第九係のメンバーだ。

職階は巡査部長である。ノンキャリア組だが、出世は早いほうだ。典型的な熱血漢で、警察官を天職と思っている。

緊張が一段と高まった。期待も大きく膨《ふく》らんでいる。

もうじき伝説の名刑事と会える。辺見敏隆は噂通りの人物なのか。

数年前に肺癌《はいがん》で亡《な》くなった母方の祖父は、新橋の烏森《からすもり》で鮨屋《すしや》を営んでいた。かつて辺見刑事は祖父の店の常連客だったらしい。

祖父は辺見を自分の息子か甥《おい》のように思っていたらしく、孫の久我と顔を合わせるたびに優秀な刑事の活躍ぶりを誇らしげに語って聞かせた。店内で撮影された名刑事のスナップ写真も見せられた。

祖父の話を繰り返し聞かされているうちに、いつしか久我は辺見刑事をヒーロー視するようになった。

高校に入学したころは、はっきりと将来は刑事になろうと考えていた。そして都内の私立大学を卒業すると、実際に警視庁採用の一般警察官《ノンキャリア》になった。

最初に配属されたのは府中署の生活安全課だった。

二年後には練馬署の刑事課強行犯捜査係に異動になり、次に築地署刑事課盗犯捜査係に移った。本庁勤務になったのは去年の春だ。

久我は本庁で辺見刑事の下で働くことを夢見ていたのだが、伝説の刑事はとうの昔に所轄署に移っていた。

警視庁捜査一課の強行犯捜査係に所属していれば、いつか名刑事と一緒に仕事ができるにちがいない。そう思いつづけてきたが、いまやっとチャンスが訪れた。

久我は一刻も早く辺見に会いたかった。

エレベーターが停止した。五階だった。函《ケージ》の扉が左右に割れる。

久我はエレベーターホールに降り、奥の会議室に足を向けた。

捜査本部は会議室に設置されている。

久我はネクタイの結び目に手をやってから、会議室のドアを開けた。第九係の先輩刑事数人と渋谷署の捜査員が何人か机に向かっていたが、辺見の姿は見当たらなかった。

ホワイトボードの横の長いテーブルには誰も向かっていない。そこには署長、刑事課長、本庁捜査一課の理事官が坐《すわ》ることになっている。

二名いる理事官は捜査一課長の参謀《さんぼう》だ。理事官たちは、十人の管理官を束《たば》ねていた。所轄署に捜査本部が設けられると、必ず捜査会議に出席する。捜査副本部長を務める署長の補佐役だが、現場捜査には不馴《ふな》れだ。そのため、捜査主任のポストは管理官か所轄署の刑事課長に譲ることが多い。

その捜査主任も、捜査そのものには携《たずさ》わらないのが普通だ。現場の指揮は本庁のべテラン捜査員である副捜査主任が執る。

久我は渋谷署の刑事たちに挨拶《あいさつ》して、最後尾の席に坐った。それから間もなく、本庁第九係の斉木稔《さいきみのる》係長が姿を見せた。通称、斉木班のリーダーだ。

四十三歳の斉木警部はずんぐりとした体型だが、フットワークは軽い。

「係長《ハンチョウ》、もういらしてたんですか」

久我は椅子から立ち上がって、斉木に歩み寄った。

「署長室で、本庁《うち》の上杉《うえすぎ》理事官や渋谷署《ここ》の伴《ばん》刑事課長なんかと今後のことを打ち合わせてたんだよ」

「そうだったんですか」

「それでな、おれが副捜査主任兼予備班の班長に任命されたんだ。伴課長は捜査主任として、全体をまとめてくれることになった」

斉木が言った。

予備班というと、地味なイメージを与えるが、捜査本部の実質的な司令塔だ。捜査経験十年以上のベテラン刑事が選ばれる。その数は二、三人と少ない。

班長は捜査本部で集まった情報を分析《ぶんせき》し、現場の刑事たちに指示を与える。メンバーのひとりが現場捜査に加わることもあるが、通常は情報分析や被疑者の取り調べを担《にな》うことが多い。

捜査本部はたいがい庶務班、捜査班、凶器班、鑑識班、予備班に分けられる。警視庁だけではなく、各道府県警でも同じだ。

庶務班は、主に捜査本部の設営に当たっている。所轄署の会議室に人数分の机と椅子を並べ、ホワイトボードを運び入れる。数台の警察電話を引き、必要な事務備品を揃えておく。

それだけではない。捜査員たちの食事の用意をし、捜査費用も割り当てる。武道場に寝具をセットしておくことも守備範囲だ。電球の交換もする。所轄署の新米刑事や生活安全課員が駆り出される。裏方だが、欠かせない支援要員だ。

捜査班は文字通り、事件捜査を受け持つ。本庁と地元署の刑事だけで構成される。班は、地取り班と鑑取り班に振り分けられる。

地取り班は事件現場周辺で聞き込みをし、犯行の目撃証言や不審者の有無《うむ》を調べる。鑑取りというのは俗称で、正式には地鑑《ちかん》捜査と呼ぶ。捜査員たちは被害者の家族、職場の同僚、友人などに会い、交友関係や生活状況を洗う。

凶器班は、犯罪に使われた刃物や銃器を探し出す。場合によっては、ドブ浚《さら》いをしたり、下水道に潜《もぐ》り込まなければならない。むろん、凶器の入手経路も突きとめる。

鑑識班は本庁や所轄署から三、四人、選出される。経験豊かな係官が指名されることがほとんどだ。

「おまえには捜査班に入ってもらう。それでな、所轄の辺見警部補とコンビを組んでもらいたいんだ」

「ラッキーです。自分、伝説の刑事に憧れて警察官《サツカン》になったんですよ」

久我は顔を綻《ほころ》ばせた。

「そういえば、そうだったな。その話は憶《おぼ》えてるよ。確かに十五年前まで辺見さんはスター刑事だった。しかし、所轄に移ってからは冴《さ》えなくなってるようだぞ。どこでも影が薄いみたいだ」

「なんで昔の輝きを失ってしまったんでしょう?」

「それについてはいろんな噂があるんだが、よくわからないんだよ。何かで人生観が変わっちまったんだろうが、この十五年間、殺人犯はひとりも逮捕《パク》ってない。それどころか、誰も検挙《アゲ》てないんじゃないかな」

「そうなんですか。ところで、解剖所見は出てるんでしょ?」

「ああ。羽村伸也の死因は、ショック性の心不全だった。エーテルで昏睡させられてる間に心臓部に氷の塊を押しつけられたんで、死んでしまったんだ。被害者は肥大型心筋症だったらしいんだよ」

「死亡推定時刻は?」

「昨夜の午後十一時四十分から午前零時半の間と推定された。絞殺痕や外傷はなかったらしいから、死因に間違いはないだろう」

斉木が言った。

「犯行動機は制服、警察手帳など官給品を奪うことだったんでしょうか？」

「そう考えられるが、予断《よだん》は禁物だな。犯人は制服、制帽、警察手帳、拳銃、警棒、手錠、捕縄が欲しくて犯行に及んだように見えるが、それは何かを糊塗《こと》するためのカムフラージュだったかもしれないぞ」

「ええ、そうですね。機捜の初動捜査で何か有力な情報は？」

「ないんだ。被害者は他人に恨《うら》まれるような性格じゃなかったということだし、私生活にも乱れはなかったようだから、ゼロからの出発になりそうだな」

「そのほうがやり甲斐があります」

「張り切るのは結構だが、あまり功を急ぐなよ。おれも二十代のころは早く手柄を立てたいと焦《あせ》って、よく勇《いさ》み足をしたんだ。事実を一つずつ積み上げていけよ」

「はい」

久我は元の席に腰かけた。

斉木が所轄署員たちに声をかけ、何か話し込みはじめた。それから間もなく、捜査本部に本庁と所轄署の刑事たちが次々に集まった。渋谷署の敷島次朗《しきしまじろう》署長と本庁の上杉謙吾《けんご》理事官が連れ立って入室した。

敷島署長は有資格者《キャリア》の警視正で、まだ三十代の半《なか》ばだった。学校秀才タイプで、ひ弱そうだ。二人の後ろから、渋谷署の伴友樹刑事課長が入ってきた。署長と理事官が並んでホワイトボードの横のテーブルにつく。

伴刑事課長はホワイトボードの前に立ち、目で捜査員の数を数えていた。釣られて久我は会議室を見回した。本庁の第九係の十二人は、すでに顔を揃えている。渋谷署の刑事は五人しかいない。辺見はまだ現われていなかった。

「渋谷署《うち》のメンバーがひとり足りませんが、捜査会議をはじめさせてもらいます」

刑事課長が名乗って、ホワイトボードに鑑識写真を次々に貼った。被害者名を書き込み、事件現場の略図も画《か》いた。

伴課長は事件の経過を詳しく述べ、司法解剖の結果も報告した。初動捜査に触《ふ》れはじめたとき、捜査本部のドアがそっと開けられた。

入ってきたのは辺見敏隆だった。

伝説の刑事は軽く頭を下げ、出入口の近くに坐った。久我は軽い失望を味わっていた。十六、七年前に撮られたスナップ写真の辺見とは、まるで別人だった。

年相応《としそうおう》に老けていることは予想していた。しかし、あまりにも変わっていることに驚いてしまった。昔の鋭さはすっかり消え、しょぼくれた五十男にしか見えない。魂が抜けてしまったようにさえ感じられた。

ダークグレイの背広はだいぶくたびれ、頭髪もぼさぼさだ。やや猫背で、貧相な印象を与える。

久我は伴課長の話に耳を傾けながら、辺見から視線を外さなかった。辺見は手帳の文字を目で追っている。一度も上司の伴課長を見ようとしない。

「被害者は、ご存じのように現職の警察官でした。殺されただけではなく、殉職した羽村巡査は制服、制帽、警察手帳、手錠、捕縄、拳銃、伸縮式警棒のすべてを奪われてしまったわけです。犯人はおよそ二十九万七千人の警察関係者を侮《あなど》り、挑戦状を叩きつけたつもりなんでしょう」

伴課長が興奮気味に言った。すぐに二人の部下が同調した。

「われわれは身内のひとりをむざむざと殺されたんです。何がなんでも、この事件を早期解決しなければなりません。そうでなければ、被害者は浮かばれませんし、警察の威信《いしん》も失墜《しっつい》することになります」

「課長、お気持ちはよくわかります。しかし、ここはもっと冷静になるべきではないでしょうか」

辺見が発言した。

「あなたは悔《くや》しくないんですかっ。われわれの仲間がまるで虫けらのように殺されたんですよ」

「殉職した被害者は不運だったと思います」

「それならば……」

「警察官も一般市民も、命の重さは同じでしょ？」

「それはそうですが、殺された羽村巡査はわれわれの家族みたいな存在だったんです」

「そういう身内意識は捨てるべきだと思います。身内を庇《かば》うことが腐敗や堕落《だらく》を招く場合もありますからね」

「辺見さん、話を飛躍させないでくれ」

「呼び捨てで結構です。課長は、わたしの直属の上司なんですから」

「昔、何があったか知りませんが、妙な突っかかり方はやめてほしいな」

「別に絡《から》んだわけではありません。わかりました。もうやめましょう」

「あなたもよく知ってるでしょうが、わたしは他人と争うことを避けて生きてきました。しかし、わたしが感情論に走ってると極《き》めつけるんだったら、とことん論争しましょう」

伴がいきり立った。すると、敷島署長が刑事課長を窘《たしな》めた。

「課長、捜査会議はスムーズに進めてほしいな。部下の言葉にいちいち苛《いら》つくのは大人げないですよ」

「ま、そうなんですがね」

「辺見警部補も、もうちょっと大人になってほしいな」

「署長、辺見さんが言ったことは真っ当な意見だと思いますよ」

斉木が口を挟《はさ》んだ。敷島署長が、まじまじと斉木の顔を見た。意外な展開になったことに驚いている様子だった。

「正論は正論ですよね。しかし、同じ警察官が殺されたわけですから、少しは私情を挟みたくなるのも人情でしょ？」

「それはわかりますよ。ですが、われわれ公僕は私情に流されてはまずいと思うんです。きれいごとを言うようですが」

斉木が反論した。署長は何か言いかけたが、言葉を呑《の》んだ。

「不用意な発言をしてしまいました。謝罪します」

辺見が立ち上がって、伴課長に謝った。それから彼は目顔《めがお》で、斉木にも詫《わ》びた。

「わかりました。水に流しましょう」

伴が辺見に告げた。

「わたしがいるとやりにくいということでしたら、捜査本部事件から外してもらってもかまいません」

「ベテランの辺見さんを外すわけにはいきませんよ。捜査班で本庁の久我巡査部長とコンビを組んで、ぜひ戦力になってください」

「ベストを尽くします」

辺見が椅子に腰を戻した。久我は密《ひそ》かに胸を撫《な》で下ろした。

「ご苦労さん！」

上杉理事官が伴課長に言って、すっくと立ち上がった。署長や刑事課長と話し合って班分けをしたことを告げ、その内容を発表した。

捜査班は総勢十八人で、そのうちの六人は渋谷署の刑事だった。六人とも本庁殺人犯捜査第九係の捜査員とそれぞれコンビを組むことになった。ベテランと中堅・若手の組み合わせばかりだった。

やがて、捜査会議が終わった。

署長と本庁の理事官は一緒に会議室から消えた。伴課長も三階の刑事課に引き揚げた。

久我は立ち上がり、辺見に歩み寄った。

「コンビを組ませてもらうことになりました九係の久我公太です」

「辺見です。よろしくお願いします」

伝説の刑事が椅子から腰を浮かせ、折り目正しい挨拶をした。久我は焦って改めて深々と頭を下げた。

「まだ二十代でしょ？」

「はい、二十八です」

「たいしたものですね、その若さで本庁でご活躍なわけですから」

「まだ駆け出しです。よろしくご指導願います」

「あなたに教えられるほど立派な刑事《デカ》じゃありませんよ、十五年も前に桜田門《さくらだもん》から追い出された男ですから」

「辺見さんが名刑事だということは、祖父から聞いてます。新橋の『辰鮨《たつずし》』はご存じですよね。母方の祖父が、あの店をやってたんです」

「それでは、あなたは辰吉《たつきち》さんのお孫さん⁉」

辺見が目を丸くした。

「ええ」

「そうでしたか。お祖父《じい》さんにはとても世話になったんですよ。何カ月分もツケを溜《た》めたりして、だいぶ迷惑をかけました」

「祖父は辺見さんが数々の伝説を持つ優秀な刑事だってことを自分が子供のころから何度も話してくれてたんですよ、とっても誇らしげにね」

「どこかに穴はありませんか。恥ずかしくてたまらないな」

「自分、辺見さんのようになりたくて、警察官になったんですよ」

「『辰鮨』の大将のお孫さんが刑事になってるとはまったく知りませんでした」

「そうですか。十五年前に急に祖父の店に通われなくなったそうですね。祖父が何か失礼なことでも言ったんでしょうか？」

「そうじゃないんですよ。大将に堂々と会えなくなってしまったんで、『辰鮨』から遠ざかったんです。あなたのお祖父さんが悪いわけではありません」

「職務上で何かあったんですか？」

「昔のことです。もういいじゃありませんか」

「思い出したくないことがあるようですね」

「ええ、まあ。大将が何年か前に亡くなられたことを風の便りで知って、一度、芝のお寺には行ったんですよ」

「そうでしたか」

「あなたのお祖父さんにはさんざん世話になったのに、不義理をしてしまいました。勘弁してください」

「どうかお気になさらないでください」

久我は言った。辺見が曖昧《あいまい》にうなずく。

伝説の刑事は祖父を懐《なつ》かしがりながらも、どこかよそよそしい。他人を寄せつけないような雰囲気がある。本庁勤めのころ、人間不信に陥るような出来事があったにちがいない。いったい辺見の過去に何があったのか。

「セオリー通りに地取りからはじめましょうか」

「はい」

「まず宇田川町交番に行きましょう」

「お供します」

久我は辺見と捜査本部を出て、エレベーター乗り場に向かった。

3

覆面パトカーが路肩《ろかた》に寄せられた。

宇田川町交番の真横だった。井ノ頭《いのかしら》通りである。

辺見はアリオンの助手席から降りた。車体の色はオフブラックだった。相棒の久我が運転席から出て、走り寄ってくる。

二人は数メートル歩いて、交番に入った。若い制服警官が二人いた。片方は長身だった。百九十センチ近くありそうだ。もうひとりは小太りだった。

辺見は身分を告げ、淀野巡査に面会を求めた。

「自分が淀野です」

小太りの男が名乗った。よく見ると、垂れ目だった。いかにも人が好《よ》さそうな面立《おもだ》ちだ。

「機捜に事情聴取されたことは知ってますが、また協力してほしいんですよ」

「は、はい」

「昨夜《ゆうべ》、偽の事件通報がありましたよね？」

「ええ」

「受話器を取ったのは？」

「自分です。通報者の男は切迫《せっぱく》した感じで、円山町の坂道に頭から血を流してる女が倒れてると告げたんです」

「それで、被害者の羽村巡査と一緒に自転車で円山町に向かったんですね？」

「はい、そうです。自分の自転車のチェーンが外れてしまったんで、先に羽村が現場に向かったわけです」

「きみが駆け足で羽村巡査を追ったという話は聞いてます。追いついたときには、もう被害者の姿はなかったんですね？」

「ええ、そうです。坂道のほぼ中央に羽村の自転車が倒れてました」

「ハンドルは曲がってませんでした？」

「少し曲がってましたね」

「それなら、犯人は暗がりに身を潜《ひそ》めてて、羽村巡査を呼び止めたんでしょう」

「多分、そうなんでしょうね。羽村はサドルに跨《また》がってる状態で加害者に麻酔液の染みた布で口許を塞《ふさ》がれ、自転車ごと転倒したんだと思います。それで倒れたとき、ハンドルが捩《ねじ》曲《ま》がってしまったんでしょう」

「そうだったんでしょうね」

「自分、羽村を捜し回った後《あと》、倒れた自転車の周辺を懐中電灯の光で照らしてみたんですよ。ですが、犯人の遺留品《リュウ》と思われる物は何も落ちてませんでした」

「車が急発進する音は聞きませんでした？」

「羽村を追ってるとき、かなり先で車のエンジン音がしました。犯人は意識を失った羽村を車に乗せて、ビル建設現場に運んだんでしょうか？」

「おそらく、そうなんでしょう」

「建設現場に遺留品は？」

「まだ鑑識の結果が出てませんが、足跡《ゲソ》は採《と》ってるはずです。頭髪や繊維片も採取したようですが、それで被疑者《マルヒ》を割り出せるかどうか」

辺見は言って、かたわらの久我を目顔で促《うなが》した。久我が小さくうなずき、淀野に話しかけた。

「初動捜査によると、被害者は温厚《おんこう》で真面目だったとか？」

「はい、いい奴でした。仕事熱心でしたし、同僚たちにも好《す》かれてましたよ」

「何かトラブルを抱えてた様子は？」

「まったくなかったですね」

淀野が答えた。

「そう。羽村巡査は渋谷区内にある独身寮に住んでたんだよね？」

「ええ。自分も同じ官舎で暮らしてるんですが、寮生たちの評判もよかったですよ。羽村は誰に対しても思い遣《や》りがありましたからね」

「そう。被害者《マルガイ》に彼女はいたんだろうか」

「特定の女性はいなかったと思いますね。非番のときは、たいてい彼はボランティア活動をしてましたから」

「ボランティア活動？」

久我が訊き返した。

「ええ。羽村は高校生のときから、趣味で奇術《マジック》をやってたんですよ。それで休みのときに保育園、幼稚園、老人ホームなんかを慰問《いもん》してたんです」

「ひとりで？」

「いいえ、ボランティア仲間と一緒にです。趣味でパントマイムとか、漫談をやってるサラリーマンなんかとね。ストリート・ミュージシャンとも慰問してたようですよ」

「そのボランティアグループの名は？」

「確か『浮雲の会』でしたね。代表者は元教師だって話でしたが、連絡先なんかはわかりません」

「それは、こっちで調べてみるよ」

「お願いします。羽村は人に恨まれるような奴ではありませんでしたから、ポリスマニアに狙《ねら》われたんじゃないのかな」

淀野巡査がそう言い、横に立った背の高い同僚を振り返った。長身の制服警官が相《あい》槌《づち》を打つ。

「きみの名前は？」

辺見は上背《うわぜい》のある男に問いかけた。

「袴田翼《はかまだつばさ》です」

「ポリスマニアが加害者かもしれないという根拠でもあるんですか？」

「警察官になりたかったという男がこの交番にちょくちょく立ち寄って、われわれにあれこれ質問するんですよ。淀野もわたしも適当にあしらっちゃうんですが、羽村は気がいいから、大真面目に答えたりしてました。そいつは警視庁採用試験に七回も落ちたらしいんですが、まだ諦《あきら》めがつかないみたいなんですよ」

「その彼は背が極端に低いんですか？」

「いいえ、百七十センチ前後はあると思います。でも、母親の実弟が詐欺《さぎ》罪で検挙されたことがあるようで、試験には通らなかったみたいなんです」

「そうですか」

「身内に前科歴のある者がいると、不合格になってしまいますからね。個人的には気の毒だと思いますが、仕方がないのかもしれません」

「その男の名は？」

「小谷直広《こたになおひろ》、三十二歳です。運転免許証を見せてもらったことがありますから、間違いありません」

「職業は？」

「自動車修理工です。自宅アパートは渋谷区恵比寿二丁目二十×番地、『光風コーポ』の一〇二号室です」

「独身なのかな？」

「そう聞いてます」

「勤め先は？」

「そこまではわかりません。その小谷という男、警察ＯＢの制服と制帽を手に入れる方法はないかと羽村に真顔《まがお》で訊いたことがあるんですよ」

「それは、いつのことなんです？」

「先月の上旬です。十五万円でも二十万円でもいいから、どうしても手に入れたいんだと言ってましたね。さすがに羽村もまともには取り合いませんでしたが。小谷はネットでも、古い制服と制帽の入手方法を探ってるようでした」

「怪しいな」

久我が会話に割り込んだ。

「ええ、ちょっとね。もしかしたら、小谷が偽の事件通報で羽村を呼び出して、制服とかサクラを奪《と》って殺害したんではないのかな」

「洗ってみる必要がありそうだね」

「確認したわけではありませんが、小谷はポリスグッズの店で模造制服をはじめ、イミテーションの官給品をひと通り揃えたようですよ。イミテーショングッズでは満足できなくなって、本物を手に入れたくなったとも考えられるんではありませんか？」

「そうかもしれないね」

「そうだ！　小谷は模造白バイを乗り回してて、書類送検されたことがあるはずですよ」

袴田が言った。久我が判断を仰《あお》ぐような顔を辺見に向けてきた。

「官給品をそっくり奪うことが目的なら、何も羽村巡査を殺す必要はないと思うがな」

辺見は素朴な疑問を口にした。

「しかし、小谷の犯行だとしたら、被害者に顔を見られたかもしれないでしょ？　羽村巡査を昏睡させるときにね」

「フェイスマスクで顔を隠してたとも考えられます。そうなら、わざわざ被害者の口まで封じる必要はないわけだ」

「そうか、そうですね。辺見さんは、小谷という警察フリークはシロだと……」

「いいえ、そうは言ってません。クロと疑ってかかるだけの裏付けはないのではないかと言いたかったんです」

「確かに、その通りですね。しかし、念のため小谷を少し調べてみてもいいんではありませんか」

久我が言葉を切って、淀野に顔を向けた。

「羽村巡査が最近、管内で犯罪者を緊急逮捕したことは？」

「それはないはずです。不審な外国人や少年グループには数え切れないくらいに職務質問《バン》をかけてますが、それでトラブルになったことはありません。ただ、ひとりでセンター街を歩いてる女子高生たちにつきまとってた四十男をパトロール中に何度も注意を与えたことはありますね」

「そのストーカーめいた奴の正体は？」

「わかりません。自分らが職質する前に人混《ご》みに紛《まぎ》れて逃げ《フケ》ちゃうんですよ。もう若くないのに、おそろしく逃げ足が速いんです」

「そう」

「でも、ちょくちょくセンター街に出没してますから、必要でしたら、次はしっかり職質をしますよ」

「そうしてくれないか」

「了解しました。そいつの身許がわかったら、捜査本部に一報します」

淀野が敬礼した。袴田がそれに倣《なら》う。

辺見は二人の制服警官に礼を言って、先に交番を出た。背後で、久我が問いかけてきた。

「すぐに小谷の家《ヤサ》に行ってみます？」

「まだ午後四時を過ぎたばかりだから、仕事から戻ってないでしょう。先に羽村巡査が襲われた場所に行ってみましょうよ」

辺見は捜査車輛に足を向け、助手席に腰を沈めた。久我がアリオンを回り込み、急いで運転席に乗り込む。

覆面パトカーが走りだした。千歳《ちとせ》会館の先を左折し、文化村通りに出る。

短く道なりに進み、東急百貨店本店の横を抜けて百メートルほど先を左に曲がる。

坂道に沿ってファッションホテルや飲食店が連なっている。まだイルミネーションやネオンは瞬《またた》いていない。人影も疎《まば》らだ。

「このあたりじゃないのかな」

久我が坂道の中ほどで捜査車輛を停《と》めた。

道端だった。辺見は先に路上に降り立った。

陽は西に大きく傾いていた。寒風が頬を刺す。

辺見は黒いウールコートの襟《えり》を立て、両手をポケットに突っ込んだ。

「捜査班の別班がもう近くの聞き込みを済ませてるでしょうが、自分らも一軒ずつ当たってみませんか。新たな収穫はないでしょうが、念のために」

久我が歩み寄ってきて、そう言った。

辺見は黙ってうなずいた。二人は坂道に面したラブホテル、レストラン、居酒屋を軒並みに訪れた。

しかし、前夜十一時過ぎに路上で揉み合う人影を目撃した者はいなかった。怪しい車を見かけたという証言も得られなかった。

被害者の同僚警官は、遠くで車の発進音を聞いたと言っている。淀野巡査がいい加減な証言をしたことは考えにくい。多くの市民は警察と関わりたくないのではないか。

「徒労《とろう》に終わりましたね。遺体発見現場まで足を延ばしてみます?」

久我が言った。

「行っても、無駄でしょう」

「でしょうね。では、小谷直広の自宅アパートに回ります」

「ええ、お願いします」

辺見は応じた。そのすぐ後、コートのポケットで私物のスマートフォンが振動した。アリオンに乗り込む前にマナーモードに切り替えておいたのだ。

「車の中で待ってます」

久我が覆面パトカーに駆け寄った。辺見は片手を軽く挙げ、スマートフォンを取り出した。

電話をかけてきたのは、通いのホームヘルパーだった。桜井睦美《さくらいむつみ》という名で、四十八歳だ。

「家内に何かありました？」

辺見は開口一番に訊いた。

「風邪をひかれたらしく、かなり咳《せき》をなさってるんですよ」

「そうですか。熱はどうなんでしょう？」

「いまのところは平熱です。でも、そのうち微熱が出るかもしれませんね」

「まだ解熱剤《げねつざい》はありましたっけ？」

「ええ、残ってます。ご主人、今夜は遅くなりそうなんでしょうか？」

「七時過ぎには家に戻れると思うんですが、桜井さんの都合が悪くなったんですか？」

「ヘルパー仲間が訪問先のお宅の階段から落ちて、右の大腿部《だいたいぶ》を骨折してしまったんですよ」

「それはそれは……」

「そのお宅の老夫婦は、どちらも寝たきりの状態なんです。代役の手配がつかなかったらしく、事務所から連絡がありましてね、わたしにそのお宅に回ってほしいという指示があったんですよ」

「そうなんですか」

「あっ、少々お待ちください」

ホームヘルパーの声が途切《とぎ》れた。近くにいる妻の淳子に何か言われたようだ。辺見はスマートフォンを耳に当てたまま、じっと待った。

一分ほど経《た》つと、ふたたび睦美の声が流れてきた。

「お待たせしてごめんなさい。奥さまは、わたしがいつもよりも早く引き揚げても平気だとおっしゃってるの」

「桜井さんは何時ごろまで家にいていただけるんです？」

「こちらの都合で悪いんですけど、午後六時半には帰らせてもらいたいんですよ。きょうだけなんですけどね」

「わかりました。わたし、できるだけ早く帰るようにします。それまで、よろしくお願いします」

　辺見はスマートフォンをウールコートのポケットに戻した。小走りにアリオンに走り寄って、素早く助手席に乗り込む。

「何か本部からの指示ですか？」

　運転席に坐った久我がのっけに訊いた。

「いいえ、プライベートな電話でした」

「そうだったんですか。なんだか心配顔に見えますが……」

「何も心配はありませんよ」

　辺見は笑顔を繕《つくろ》った。十五年前からモチベーションは下がりっ放しだが、職務は職務だ。俸給分の仕事はちゃんとしたかった。体の不自由な妻の介護を理由に手を抜くことはしたくない。

「少し前に斉木係長《ハンチョウ》から連絡があったんですよ。ビル建設現場から採取した頭髪は被害者のものだったそうです」

「そうですか。足跡は加害者のものだったんでしょ？」

「ええ。鑑識の結果では、そう判定されたらしいんです。サイズ二十七センチのワークブーツとわかったそうなんですが、三万足も全国で販売されてるとかで、購入先を突きとめるのは困難だということでした。それから繊維片は防寒コートの裏地のボアらしいんですが、それも大量生産されてる服地に使われてる合成繊維で、メーカーは特定できないそうです」

「要するに、手がかりはないってことですね?」

「ええ。地取り班も鑑取り班も現在のところ、犯人の割り出しに結びつくような情報は摑んでないとのことでした」

「そうですか」

「捜査会議のとき、うちの係長は辺見さんを庇いましたよね。斉木係長《ハンチョウ》は長く本庁で働いてますから、昔、一緒に仕事をしたことがあるんでしょ?」

「同じ班になったことはないんですよ、彼とは。ただ、ある時期、捜一で一緒でしたから、斉木警部が有能な刑事であることは知ってます。そのうち彼は、捜一の課長になるでしょう」

「本庁にいたころの辺見さんは、斉木係長なんかよりも活躍ぶりが目立ってたんでしょうね。祖父から聞きましたよ。あなたが、十年の間に二十人以上の殺人犯を取っ捕まえたってことをね」

「たまたままぐれが重なっただけですよ。同僚たちよりも少し運がよかったということです」

「謙虚《けんきょ》なんですね」

久我がアリオンを走らせはじめた。

道玄坂《どうげんざか》に出て、明治《めいじ》通りに入る。渋谷署の前を抜けて、広尾《ひろお》方面に進んだ。

小谷直広の自宅アパートは、表通りから少し奥に入った場所にあった。

軽量鉄骨造りの二階建てだった。築十数年は経過しているだろう。外壁の色は、だいぶ褪《あ》せていた。

覆面パトカーは、『光風コーポ』の斜め前の路上に停められた。

一〇二号室には電灯は点《つ》いていない。まだ部屋の主は勤め先から戻っていないようだ。いつの間にか、夕闇は濃くなっていた。

辺見たち二人はアリオンの中で張り込みはじめた。

午後六時を回っても、小谷は帰宅しなかった。辺見は無意識に左手首のオメガに目をやった。そのことに久我が気づいた。

「やっぱり、何か心配事があるんですね？」

「別にそうではないんです。ちょくちょく腕時計を見るのは、わたしの癖なんですよ。悪い癖ですよね？」

「何か事情がありそうなんで、自分ひとりで張り込みます」

「それはいけません。二人で張り込みつづけましょう」

辺見は言った。妻のことが気がかりだったが、職務を怠るわけにはいかない。ひたすら耐えた。

それでも一〇二号室の窓は明るくならない。午後七時を過ぎたとき、ついに辺見は口走ってしまった。

「今夜は対象者《マルタイ》は帰宅しても、不審な動きは見せないと思いますね。張り込みは切り上げましょう」

「辺見さん、まだ二時間も粘《ねば》ってないじゃないですか。何か急用がおありなら、どうぞ先に帰ってください。自分、ひとりで夜中まで張り込んでみますから」

「どうせ今夜は空振りに終わりますよ」

「なぜ、そう言い切れるんです？」

「長年の勘です」

「そ、そんな……」

「とにかく、張り込みは打ち切りましょう。きみは車で渋谷署に戻ってください。わたしは自宅に戻らせてもらいます」

辺見は一方的に言って、素早くアリオンから出た。

久我は唖然《あぜん》としている。辺見は後ろめたさを感じながら、表通りまで走った。無責任な行動をとっていることは、当然、自覚している。恥じてもいた。しかし、いまは職務よりも妻の体調が気になって仕方がない。

辺見はタクシーを拾った。

中目黒にある自宅マンションに着いたのは、十数分後だった。

分譲マンションの九〇五号室だ。間取りは3LDKだ。

妻はLDKに接した寝室のベッドに横たわっていた。八畳の洋室である。

「遅くなって、ごめん！　もっと早く帰りたかったんだがね」

「いいのよ」

「ヘルパーさんがいなくなったんで、心細かったろう？　咳は、まだ止まらないのかな」

辺見はコートを脱いで、ネクタイの結び目を緩《ゆる》めた。

「平熱なんだけど、咳が止まらなくて」

「もう心配ない。おれがずっとそばにいてやるから、安心して寝《やす》めよ」

「あなたにばかり迷惑をかけちゃって、ごめんなさいね」

「おれたちは夫婦なんだぞ。他人行儀なことを言うなって」

「祐輔は薄情よね。大阪支社に転勤辞令が出たとき、てっきり辞表を出してくれると思ってたのに」

「あいつは念願の大手製鋼会社に入社できたんだ。東京本社にいられなくなったからって、退社しろって言うのは酷だよ。祐輔なりの人生プランもあるんだろうしな」

「それにしても、冷たい息子だわ」

「母さんには、おれがついてるじゃないか」

「こんな体になるんだったら、くも膜下《まくか》出血で倒れたとき、死んだほうがよかったわ」

淳子が腕で目許《めもと》を覆い、嗚咽《おえつ》を洩らした。

「ばかなことを言うな」

「でも……」

「何か温かいスープを作ってやろう」

辺見はベッドから離れた。

4

瞼《まぶた》が重い。

欠伸《あくび》も出そうだ。久我は目を擦《こす》りながら、捜査本部に足を踏み入れた。

庶務班の若い刑事が雑巾《ぞうきん》掛けをしていた。渋谷署生活安全課の者だ。

城下《しろした》という姓だったか。二十五、六歳だろう。ほかには誰もいなかった。

まだ午前八時過ぎだった。泊まり込みの捜査員たちは武道場や仮眠室で寝ているのかもしれない。あるいは、朝食を摂《と》っているのか。

「おはよう」

久我は年下の刑事に声をかけ、適当な場所に坐った。

前夜、ポリスマニアの小谷が帰宅したのは十時過ぎだった。オタクっぽい男を想像していたのだが、ごく平凡な勤め人風に見えた。

ただ、体軀《たいく》は逞《たくま》しかった。いつも筋力トレーニングに励んでいるのだろう。

小谷は自分の部屋で一息入れると、近くのコンビニエンスストアに出かけた。久我は捜査車輛を降り、小谷の動きを探った。

小谷は菓子パンやパック牛乳などを買うと、じきに自宅アパートに戻った。一〇二号室の電灯が消えたのは午前三時過ぎだった。ＤＶＤでも観《み》ていたのかもしれない。

久我は数十分後に張り込みを切り上げ、渋谷署に戻った。

捜査本部は無人だった。久我は仮眠室のベッドに身を横たえたが、先輩刑事の鼾《いびき》が耳障《ざわ》りで、ほとんど眠れなかった。そんなことで、早々に仮眠室から抜け出したのである。

「コーヒーでも淹《い》れましょうか」

城下が言った。

「いや、いいよ」

「そうですか。ぼくも早く刑事課に移って、本部事件の捜査班に入れてもらいたいな。

生安課の仕事も嫌いじゃないんですが、やっぱり殺人捜査が花形ですからね」

「庶務班に駆り出されたわけだから、そのうち刑事課に異動になると思うよ」

「そうだといいんですがね」

「華《はな》やかに見えるかもしれないが、殺人犯捜査はかなりハードだぜ」

「ええ、それは覚悟してます」

「おれより若いんだから、そう焦ることはないさ」

久我はそう言い、ノートパソコンを開いた。

城下が食事をしてくると断って、捜査本部から出ていった。久我は『浮雲の会』を検索した。代表者は元高校教諭の今藤由起夫《いまふじゆきお》、六十二歳だった。事務局は今藤の自宅に設けられていた。世田谷区奥沢《おくさわ》一丁目だ。

ホームページには、会員たちが顔写真付きで紹介されていた。殺された羽村巡査の職業は、地方公務員となっていた。トランプカードを使った初歩的な手品ばかりではなく、かなり大掛かりなマジックも心得ていたようだった。

久我は捜査に必要なことを手帳に書き留め、ノートパソコンを閉じた。そのとき、上司の斉木係長が入ってきた。

「おっ、早いな。小谷の家《ヤサ》を徹夜で張り込んだのか？」

「午前三時過ぎまで張りついてたんですが、これといった収穫はありませんでした」

「そう。辺見さんも、ずっと一緒だったの？」

「は、はい」

久我は話を合わせた。辺見が先に帰宅したことを明かすのは、なぜだかためらわれた。

斉木が向かい合う位置に腰かけた。

「捜査班の別のコンビに小谷のアリバイを調べさせたんだが、一昨日《おととい》の夜はずっと自宅アパートにいたと本人は言ったらしいんだ。アパートの両隣の居住者が一〇二号室の照明が灯《とも》り、それからテレビの音声もかすかに聞こえたと証言してるんだよ」

「それだけでは、小谷のアリバイは成立したことにはならないでしょ？」

「ま、そうだな。部屋の電灯とテレビの電源スイッチを入れて、そっと外出したのかもしれないからね」

「ええ、そうですよ。宇田川町交番の同僚たちの証言によると、ポリスマニアの小谷は警察官の制服や制帽をどうしても手に入れたがってるようだったという話でした」

「そうか。小谷の勤め先の『城南モータース』の社長や同僚の整備士たちも同じような証言をしてる」

「そういうことなら、やっぱり小谷は臭いですよ」

「小谷が制服警官の官給品を本気で手に入れたがってたことは間違いないだろう。しかし、人殺しまでして制服や拳銃などを強奪するかね？」

「小谷は過去に偽の白バイを乗り回してて、書類送検されてるんです。もうフリークそのものでしょ？」

「度を越したポリスマニアであることは確かだな。でもな、嘘《うそ》の事件通報で被害者の羽村を誘《おび》き出して、制服なんかを奪うかね？　サクラまで持ち去った疑いがあるんだ。あまりにも大胆だし、なんか切っ羽詰まった感じじゃないか」

「どうしても官給品を一式、自分の物にしたかったんでしょう」

久我は言った。

「小谷が馴染みにしてた新宿と高田馬場《たかだのばば》のポリスグッズの店の店主も、対象者《マルタイ》が並のマニアではないと言ってたらしい。久我が小谷をクロと思いたがるのはわかるが、現職警官を殺《や》ってまで本物の官給品を手に入れたいと考えるかな」

「昨夜《ゆうべ》、辺見さんも係長《ハンチョウ》と似たようなことをちょっと言ってましたが、被害者は好人物で誰にも恨まれるような男じゃなかったんですよ」

「鑑取り班の報告で、殺された羽村巡査の人柄はよくわかってる。非番の日にボランティア活動をしてるような若者は誰からも好かれてたにちがいない。でもな、どんな善人も聖者じゃないんだ。生身の人間なんだから、さまざまな欲望があっただろうし、どす黒い感情も秘めてたかもしれない」

斉木がセブンスターをくわえた。

「辺見さんも、それに近いようなことを言ってました」

「そうか」

「係長《ハンチョウ》がおっしゃったように、どんな人間も善と悪の要素を併《あわ》せ持ってますよね。ですから、小谷が会社に行ってる間に『浮雲の会』の代表者に会ってみようと思ってるんです」

「今藤という元教師には、もう別のコンビが会ってる。羽村はボランティア仲間たちとは一度も揉めてなかったし、慰問先でも人気があったらしいよ」

「そうですか」

「学生時代の友人たちにも好かれてたということだったな。交際してる女の子はいなかったそうだから、異性関係のトラブルは考えられないだろう」

「親兄弟が何かで他人と衝突して、被害者が逆恨《さかうら》みされてた可能性は？」

「それもないだろうな。被害者の両親と兄妹《きょうだい》は揃って穏やかな性格らしいんだ」

「そうなら、やっぱり羽村巡査は小谷に……」

「久我、もっとじっくりと考えろ。先入観に引きずられると、失敗《ドジ》を踏むぞ」

「は、はい」

「殺人の動機は昔から色欲、金銭欲、怨恨《えんこん》の三つに絞られると言われてるが、社会が複雑化してからは衝動殺人なんかも増えてる。動機不明の事件もあるな」

「そうですね」

「しかし、その多くはやはり何らかの動機があるもんだ。羽村は個人的に何か犯罪の真相に迫ろうとしてたのかもしれないぞ。いや、待《ま》てよ。何者かが被害者に致命的な弱みを知られたと早とちりして、強迫観念《きょうはくかんねん》に取り憑《つ》かれてしまったとも考えられるな」

「係長《ハンチョウ》、それは考えすぎでしょ？　もっと事件は単純な気がします」

「やっぱり、小谷が怪しい？」

「いま現在は、小谷が臭いと思いますね」

久我は否定しなかった。

「頑固な奴だ」

「『浮雲の会』の聞き込みが済んでるということなんで、自分らはきょうも小谷に張りついてみたいんですよ。かまいませんね？」

「ああ。奪われた拳銃が二次犯罪に使われたら、大変なことになる。一日も早く犯人を検挙しないとな」

斉木が表情を引き締め、短くなった煙草《たばこ》の火を揉み消した。

「係長《ハンチョウ》、十五年前に本庁でいったい何があったんです？」

「え？」

「死んだ祖父から聞かされた伝説の名刑事のイメージとは辺見さんがあまりにもかけ離れてたんで、正直なところ、かなり戸惑《とまど》ってるんです。もっと颯爽《さっそう》としてると思ってましたし、剃刀《かみそり》のような鋭さもにじませてるとも……」

「確かに辺見さんは昔と違ってしまったな。本庁にいたころは孤狼《ころう》ってイメージだったし、事実、眼光も鋭かったんだ。犯罪者をどこまでも追いつめるような執念も燃やしてた。チームは違ってたが、おれは密かに辺見さんを目標にしてたんだよ。おれだけじゃない。辺見さんに憧れてた同僚は何人もいたんだ」

「名刑事の士気を殺《そ》ぐような出来事があったんでしょ？」

「ああ、多分な。いろんな噂が流れたんだが、辺見さんが一時《いっとき》ひどく荒れて、それから投げ遣《や》りになった本当の理由はわからないんだよ」

「まったく思い当たることがないわけじゃないんでしょ？」

久我は喰《く》い下がった。

「ちょっと思い当たることはあるんだが」

「それはどんなことなんです？」

「十五年数カ月前、テレビによく出てた美人気象予報士が都内の自宅マンションで入浴中に侵入者に急に浴室の電灯を消されて、大型バールで頭と肩をぶっ叩かれたんだ。その彼女が大きな悲鳴をあげたんで、暴漢は慌《あわ》てて逃げたんだよ」

「それで、どうなったんです？」

「所轄の碑文谷《ひもんや》署に捜査本部が設置され、辺見さんが所属してた八係が出張《でば》ったんだ。それで、被害者の交際相手の広告代理店の社員が重要参考人としてマークされた。その人物は、当時の警察庁警備局長の実弟だったんだよ」

「警察官僚の弟だったんですか⁉」

「そうなんだ。その弟のアリバイは当初、裏付《ウラ》けは取れなかった。しかし、その後、急にアリバイが立証されて、捜査線上から消えてしまったんだよ」

「兄のエリート官僚が本庁に圧力《アツ》をかけたんですかね？」

「そうなのかもしれないが、真相はわからないんだよ。結局、事件は未解決のまま時効を迎えてしまった。重要参考人を任意で連行したのは辺見さんだったんだよ」

「警備局長の弟が捜査線上から消えたころから辺見さんは荒れはじめたんですか？」

「ああ、多分ね」

「それなら、辺見さんは上層部の圧力に屈した本庁の偉いさんたちに失望してしまったんでしょう。だから、名刑事は敗北感に打ちのめされて、情熱や使命感を失ってしまったんじゃないのかな」

「そうなのかもしれないが、断言することはできないんだ。所轄署に異動になってからの辺見さんは信じられないほど覇気《はき》がなくなったし、仲間たちと距離を置くようになったんだよ。誰にも、です・ます調で受け答えして、決して打ち解《と》けようとしないんだ」

「警察機構だけではなく、上司や同僚にも幻滅《げんめつ》しちゃったんでしょうね」

久我は言いながら、何か悲しかった。仲間に気を許せなくなったら、働くこと自体が苦しくなるのではないか。

といって、妻帯者は気軽に転職もできない。辺見は家族を支えるため、不本意な職場で十五年も生活の糧《かて》を得つづけてきたのだろう。独身の自分には想像もつかないほど苦痛だったのではないか。

経済的な安定と引き換えに刑事としての誇りと正義を棄《す》てざるを得なかったとすれば、あまりにも哀《かな》しい。人によって価値観は異なるが、多くの男たちは命の次に自尊心を大事にしているのではないだろうか。少なくとも、自分はそうだ。

「辺見さんは眠ったように生きてるように見えるが、まだ刑事《デカ》魂《だましい》は棄ててないんだと思う。何かきっかけがあれば、あの男《ひと》はきっと以前のように刑《デ》事《カ》だからな。いつか必ず再起してくれるさ。おれは、その日が来ると信じてるんだ」

斉木がしみじみと言った。

久我は黙っていたが、自分も同じ気持ちだった。憧れの人物がくすんだままで退官するのは切なすぎる。

会話が中断したとき、五十三、四歳のスポーツ刈りの男が捜査本部に入ってきた。

「堀江さん、盲腸の手術で入院中なんでしょ？」

斉木が椅子から立ち上がった。

久我は男に目礼した。渋谷署刑事課強行犯係の堀江勉《つとむ》係長だ。すでに面識はあったが、短い言葉を交わしたことしかない。

「手術は一昨日《おととい》だったんですよ。まだ抜糸《ばっし》はしてないんだが、辺見の旦那には任せておけないと思ってね」

「それで、入院先を抜け出してきたんですか？」

「そうなんですよ。旦那は昔は名刑事だったみたいだが、いまは使えない部下だからね」

堀江が陰口をたたいて、近くの椅子に腰かけた。

久我は反射的に辺見の上司を睨《にら》みつけた。憧れの刑事をけなされ、無性《むしょう》に腹が立ったからだ。

「なんか急に怖《こわ》い目になったけど、おれ、何か気に障《さわ》るようなことを言ったか？」

「いいえ、別に。自分の祖父は、辺見さんと多少のつき合いがあったんですよ。祖父《じい》さんの話だと、辺見さんは大変な名刑事だということだったんで……」

「昔は、そうだったみたいだな。伝説は聞いてるよ。しかし、いまの旦那はまったくの役立たずだね。かったるそうにルーチンワークをこなしてるだけで、誰も検挙してない。やる気がないんだったら、さっさと早期退職してもらいたいよ。あっちが少し年上だから、何かとやりにくくてさ」

「堀江さん、それは少し言い過ぎでしょ」

斉木が少し顔をしかめた。

「えっ、そうですかね？」

「そうですよ。本庁にいたころは何度も警視総監賞を貰《もら》ったんですよ、辺見さんは」

「昔はそうでも、いまは無能としか言いようがないな。旦那のことはどうでもいい。本事案《ほんじあん》の捜査はどの程度進んでるんです？　それが気になってね。なにしろ被害者《マルガイ》は身内だったんだから、じっとなんかしてられませんや」

堀江が言った。

斉木が、これまでの経過を語った。

「犯人《ホシ》は、その小谷直広って野郎だね。ポリスマニアだから、本物の制服や警察手帳を手に入れたくなったんでしょう。手錠や特殊警棒、それからサクラを持ち去ったのもそいつに決まってる」

「そうなんだろうか」

「別件で早く身柄《ガラ》を押さえるべきだな」

「それは、まだ早いでしょ？　それに別件逮捕は好きじゃないんですよ、アンフェアですんでね」

「斉木警部、そんな悠長《ゆうちょう》なことを言ってる場合じゃないでしょ！　羽村巡査の拳銃で誰かが撃たれるかもしれないんだ。そんなことになったら、警察はマスコミや世間に非難される。犯人の逮捕に向かった警察官が奪われた拳銃で射殺されたら、それこそブラックユーモアですよ。少々、荒っぽくても怪しいポリスマニアを確保すべきですね」

「本事件の予備班の班長は、わたしです。署長や伴課長が堀江さんと同じ考えでも、現場を任されてるわたしがゴーサインを出しません」

「カッコつけてると、後で悔やむことになりますよ」

堀江が忠告した。

「あなたの指示は受けないっ」

「本庁の旦那は高飛車だね。こっちも警部《オブケ》なんだよな、一応さ」

「だから、どうだと言うんです？」

「同じ階級でも、本庁と所轄じゃ格が違うってか」

「そんなことは言ってません。今回の捜査メンバーに堀江さんは入ってない。はっきり言いましょう。部外者にあれこれ指示めいたことを言われるのは、不愉快なんですよ」

「あんた、おれに喧嘩《けんか》売ってんの⁉」

「そう受け取ってもらっても結構です」

「上等じゃないか。署長に掛け合って、おれを予備班の班長に任命してもらう」

「あなたのわがままを署長が認めるようだったら、わたしは上杉理事官や部下たちと一緒に引き揚げます」

「本庁の人間だからって、でかい面《つら》するなっ」

「わたしは筋を通して、仁義を弁《わきま》えろと言ってるだけです」

「はい、はい！　さようでございますか」

「もう捜査本部《こ こ》には顔を出さないでください」

斉木が険《けわ》しい顔で言い渡した。

堀江は立ち上がると、パイプ椅子を蹴倒《けたお》した。

「何をするんですっ。ちゃんと椅子を直してくださいよ」

久我は堀江を咎《とが》めた。

堀江はせせら笑っただけだった。

「椅子を直せ！」

斉木が声を張った。堀江が舌打ちし、パイプ椅子を起こす。

「辺見さんの悪口をわたしの前で二度と言うな」

斉木が言った。堀江はすごすごと歩み去った。

「係長《ハンチョウ》、カッコよかったですよ」

久我は手を叩いた。

「からかうなって」

「辺見さんの味方なんですね、係長は」

「子供っぽいことを言うな。堀江警部を追い返したことは辺見さんに内緒にしといてくれ」

「わかってますよ」

「朝飯、まだなんだろう?」

「ええ」

「近くに安くてうまい定食屋があるんだ。一緒に喰いに行こう」

斉木が先に歩きだした。

久我は笑顔で応じ、上司を追った。

第二章　不審なマニア

1

ロビーから誰かが飛び出してきた。

渋谷署の表玄関先だ。午前九時半過ぎである。

危《あや》うく辺見は、相手とぶつかりそうになった。目の前に立っているのは、上司の堀江係長だった。

「旦那、気をつけてよ。もうちょっとでガチンコしそうになったじゃないの」

「わたしは普通に歩いてただけです。勢い込んで走ってきたのは、そちらですよ」

「ま、いいや」

「確か入院中のはずですが……」

「渋谷署《うち》に捜査本部《チョウバ》が立ったんで、じっとしてられなくなったんだよ。で、病院を抜け出してきたってわけさ」

「そうですか」

「本庁の斉木は生意気だね。こっちがいないんじゃ、第一期の一カ月では片がつかないかもしれないと思ったんで、敷島署長と伴刑事課長にさ、おれを予備班の班長にしろって談判したんだよ」

「それで、どうなりました?」

「二人とも首を横に振りやがった」

「術後のことを案じて、大事をとったほうがいいと判断したんでしょう」

　辺見は言った。

「本音を言えよ、本音をさ。あんたは、ざまを見ろと思ってるにちがいねえ。辺見の旦那はおれを嫌ってるからな。こっちも、あんたのことは好きじゃねえ」

「そうですか」

「ま、いいや。署長は本庁の奴らのほうがおれたち所轄の人間よりも格が上だと思ってやがるのさ。敷島はキャリアだから、そう思っても仕方ねえ。けど、おれの直属の上司の伴課長まで何も本庁の斉木に遠慮することはねえだろうが!」

「斉木警部は優秀な方です」

「旦那まで桜田門の人間の肩を持つのかよっ。それはないだろうが!　十五年前までは本庁の凄腕刑事《すごうでデカ》だったとしても、あんたは所轄をたらい回しにされてるんだ。ストレートに言っちまえば、どこでもお荷物扱いされてるわけよ」

堀江が厭味《いやみ》たっぷりに言った。

「刑事は刑事です」

「え？」

「本庁勤めでも所轄勤めでも、職務は変わりません」

「そうなんだが、扱いが違うだろうがっ。斉木もおれも警部だ。おれが予備班の班長になってもおかしくねえだろうが」

「そうですが、係長は入院中でしたからね」

「盲腸の手術をしただけなんだ。四、五日もすれば、職場に復帰できらあ」

「しかし、司令塔の班長が不在のままでは具合が悪いでしょ？」

「もういいよ、そのことはな。旦那、所轄の意地を見せてやろうや。犯人《ホシ》には必ず渋谷署《うち》の者が手錠《ワッパ》掛けてくれよな」

「捜査班の六人は本庁の捜査員とコンビで動いてるわけですから、所轄だけで手柄を独り占めするなんてことは無理でしょ？」

「逮捕時に桜田門の刑事《デカ》をうまく現場から遠ざからせて、その隙《すき》に被疑者《マルヒ》の身柄《ガラ》を確保しちまえばいいのさ」

「そんな姑息《こそく》なことはできません」

「だったら、署のメンバーは捜査の手を抜いてくれや。第一期で事件が落着しなかったら、斉木は無能だと評価される。どうせなら、迷宮《オミヤ》入りにさせてやれよ」

「そういうこともできませんね。これで失礼します」

辺見は一礼し、署のエントランスロビーに足を踏み入れた。

後ろで、堀江が悪態《あくたい》をついた。辺見は聞こえなかった振りをして、エレベーター乗り場に急いだ。上司の機嫌を損ねたくなかったからではない。まともに相手にするだけの価値がないと思ったからだ。

堀江係長は中堅私大を中退し、警察官になった。出世欲はそれほど強くないが、病的なほど負けん気が強い。ことに若手の警察官僚には敵愾心《てきがいしん》を燃やしている。

辺見はエレベーターで五階に上がった。

捜査本部に入ると、相棒の久我が近づいてきた。

「昨夜《ゆうべ》は身勝手なことをしてしまいました。すみませんでした」

辺見は謝罪した。

「いいえ、あなたの勘通りでしたよ。午前三時過ぎまで張り込んでみたんですが、帰宅した小谷はコンビニに買物に行っただけで、その後は自分の部屋にずっといました」

「そうですか。きょうは、これから対象者《マルタイ》の勤め先に行ってみましょう」

「さっき別のコンビの報告でわかったんですが、きょう小谷は欠勤してるそうです」

「体調を崩したんですかね？」

「勤務先には腹の具合がよくないという電話をしてきたそうです。それが嘘《うそ》じゃないとしたら、ずっと部屋にいるんだと思います」

「それなら、羽村巡査の実家に先に行ってみましょう」

「千葉の実家には、諸星《もろぼし》・早川《はやかわ》班が向かいました。羽村の亡骸《なきがら》は実家に戻ってますんで、数人の友人たちが弔問《ちょうもん》に訪れるでしょうから、再度聞き込みをするようです」

「そうですか。それでは、『浮雲の会』の代表者宅に行ってみますかね」

「今藤宅にも、すでに別のコンビが行ってますから、新たな手がかりは得られないと思います」

「そうかもしれませんね。そういうことなら、小谷の自宅アパートに直行しましょう」

「はい」

二人は捜査本部を出て、そのまま階下に下《くだ》った。車庫に向かい、アリオンに乗り込む。久我がきょうもハンドルを握った。

十分そこそこで、目的地に着いた。

捜査車輛《しゃりょう》は前夜と同じ場所に停《と》められた。

「小谷が部屋にいるかどうか確認してきます」

久我が運転席を離れ、自然な足取りで『光風コーポ』の敷地内に入った。

各室の玄関口は道路に面している。だが、ブロック塀《べい》に遮《さえぎ》られて、階下のドアは車道からは見えない。

数分待つと、久我が戻ってきた。さりげなく彼は覆面パトカーの運転席に坐《すわ》った。

「ＣＤコンポが鳴ってましたから、部屋の中にいると思います」

「チェックの仕方が少し甘いですね」

「は？」

「それだけで、対象者《マルタイ》が一〇二号室にいるとは断定できないでしょ？　室内にいるのは、借り主の友人か知り合いかもしれませんから」

「あっ、そうですね。セールスマンを装って、ドアを開けさせましょう」

「それは賢明なやり方ではありません」

「そうか、面《メン》を割られちゃいますもんね」

「一〇二号室のインターフォンを鳴らして、素早く物陰に隠れるというのはどうでしょう？」

「それでいきます」

「わたしも一緒に行きますよ」

辺見は先に助手席から降りた。久我が運転席から出てきた。

二人はアパートに近づいた。辺見は植え込みの樹木の陰に身を潜《ひそ》めた。久我が一〇二号室のインターフォンのボタンを押し、物陰に隠れる。

ややあって、一〇二号室のドアが開けられた。

顔を突き出したのは、三十一、二歳の男だ。灰色のセーターの上に茶系のフリースを羽織《はお》っている。下は草色のカーゴパンツだ。小谷直広だろう。

辺見は、男の顔を頭に刻みつけた。

ドアが閉められた。辺見は先に車道に出た。待つほどもなく相棒が横に立った。

「ドアを開けたのは、小谷本人でした」

「そうですか。これで、本格的に張り込みに入れますね」

「はい。いい勉強をさせてもらいました。車のポジションですが、もう少し『光風コーポ』から離れたほうがいいんでしょうか？」

「ええ、そう思います」

辺見はアリオンの助手席に戻った。久我が運転席に入るなり、ギアをR《リヴァース》レンジに移した。覆面パトカーは二十メートルほど退《さ》がった。

「三十分ごとに車を移動させたほうがいいと思います。近所の住民に怪しまれて、一一〇番されたら、水の泡になってしまいます」

「了解！　警察学校の教官は、張り込みは自分との闘いだと教えてくれましたが、刑事生活の長い辺見さんの意見を聞かせてくれませんか」

「闘いというのは少しオーバーですが、粘《ねば》りが必要でしょうね。それから、焦《あせ》ることもよくないと思います」

「根気強く対象者が動きだすのを待てばいいんですね？」

「そうです。簡単なようだが、割に難しいんですよ」

「若いころ、何か失敗されたことはあります？」

「たくさんありますよ」

「たとえば？」

「被疑者宅の門灯《もんとう》以外は照明が落とされたんで、てっきり就寝したんだろうと、つい居眠りをしてしまったことがあります」

「うつらうつらしてる間に、対象者《マルタイ》は家からこっそりと抜け出したんですね？」

「その通りです。被疑者《マルヒ》は裏庭から隣家の敷地を抜けて、まんまと裏通りに逃げたんですよ」

「裏通りにも、別の捜査員たちが張り込んでたんでしょ？」

「そうなんですが、わたしたちの班が被疑者《マルヒ》一家は寝たようだと連絡してあったんで、別班の二人も気を緩《ゆる》めてしまったんです」

「長時間の張り込みは疲れますからね」

「ええ。わたしが刑事になりたてのころ、大先輩に安全ピンを持ってる人がいましたよ」

「睡魔に襲われたら、自分の太腿《ふともも》か腕を安全ピンで突くんですね？」

「そうです、そうです。被疑者の男が女装して潜伏先から逃走しかけたこともありました」

「見破って取っ捕まえたんでしょ？」

「ええ。歩き方がひどい蟹股《がにまた》でしたんでね」

辺見は思い出し笑いをした。

「昔は捜査車輛の台数が少なかったみたいだから、真冬の張り込みは大変だったんでしょう？」

「そうですね。あまりの寒さに全身が震えて、歯の根も合いませんでした」

「いまは手で揉《も》むだけで温かくなる簡易カイロをポケットに入れとけば、かなり寒さは凌《しの》げます。小便凝固剤もありますし、ずいぶん便利になりました」

「そうですね」

「便利になった分、やわな刑事が多くなったんだろうな」

「時代が変わっても、刑事魂《だましい》のある捜査員はいるもんです」

「自分もそういう刑事でありたいですね」

久我が言った。辺見は笑顔を返した。

正午を過ぎると、相棒が近くの弁当屋に走ってくれた。二人は覆面パトカーの中で鮭《さけ》弁当を平らげた。

それから長い時間が経過し、黄昏《たそがれ》が迫った。

小谷が部屋から現われたのは、午後五時過ぎだった。丸首の柄セーターの上に黒いダウンパーカを着込み、大きな紺色のリュックサックを背負っていた。頭にはニット帽を被《かぶ》っている。下は厚手の白っぽいチノクロスパンツだ。

「尾行を開始します」

久我がアリオンを静かに発進させた。小谷はＪＲ恵比寿駅とは逆方向に歩いていた。すでに四、五十メートルは遠ざかっている。

「広尾駅で地下鉄に乗る気なのかもしれません。その場合は覆面《メン》パトは路上に駐《と》めて、小谷を尾《つ》けましょう」

辺見は言った。久我が緊張した面持《おもも》ちでうなずく。辺見の予想は外れた。

小谷は表通りまで歩くと、タクシーを拾った。

「このままタクシーを追尾《ついび》しますね」

久我が一定の車間距離を保《たも》ちながら、黄色っぽいタクシーを追う。

小谷が尾行に気づいた気配はうかがえない。

タクシーが停止したのは、新宿の歌舞伎町だった。靖国《やすくに》通りだ。歌舞伎町一番街の入口の近くだった。

小谷は裏通りに入り、数軒先の雑居ビルの地階に消えた。

辺見は雑居ビルの手前でアリオンを路肩《ろかた》に寄せさせ、助手席を離れた。通行人を装って、小谷が潜《もぐ》った雑居ビルの地階一階の袖看板《そでかんばん》を見る。地階には、レンタルルーム一店しかない。

久我が捜査車輛から降り、ごく自然に近づいてきた。たたずむなり、彼は先に口を開いた。

「地階にはレンタルルームしかないようですね。看板に貸会議室・商談室なんて出てますが、ラブホテル代わりに使われてるんではありませんかね。小谷はレンタルルームの一室で女と会う気なんでしょうか？」

「まだわかりませんね」

「自分、地階に下ってみます」

「いや、少し車の中で様子を見ましょう。こんな所に長く立っていたら、不審がられますから」

二人はアリオンの中に戻った。

十分ほど流れたころ、誰かが地下一階の階段を駆け上がってきた。

辺見は目を凝《こ》らした。警察官の制服に身を包んだ小谷だった。制帽を目深《まぶか》に被り、腰にガンベルトも提《さ》げている。

「羽村巡査を殺《や》ったのは、やはり小谷のようですね」

久我が叫ぶように言った。驚きよりも、喜びの色が顔に宿《やど》っている。

「まだ断定はできません。制服も拳銃も模造品かもしれませんからね」

「しかし……」

「とにかく、小谷の動きを探ってみましょう」

辺見は素早く車を降りた。すぐに相棒も覆面パトカーから出てきた。

小谷は背筋を伸ばし、人通りの多い歌舞伎町一番街に向かって歩いている。辺見たちは用心しながら、小谷を尾けた。

小谷は歌舞伎町一番街に出ると、腰に両手を当てた。左右を眺《なが》めてから、急に歩きだした。

数十メートル先の舗道に露店が出ていた。イスラエル人と思われる若い男女が手造りのアクセサリーを売っている。小谷は露店の前で立ち止まった。

「ここで物を売ることは禁じられてる。早く商品を片づけて、速《すみ》やかに立ち去りなさい」

「わたしたち、日本語、よくわかりません」
二十五、六歳の栗毛の女がそう言い、後《あと》はヘブライ語で何か言い訳した。連れの男がブロークン・イングリッシュで小谷に何か言い返した。

「おれは英語が苦手だし、ヘブライ語もアラビア語もわからないんだ。とにかく、ここで商売《ビジネス》はやっちゃいけないんだよ。アンダースタンド？」

「意味、わからないね」

女が日本語で言って、大仰《おおぎょう》に肩を竦《すく》めた。

小谷は苦く笑い、靖国通りに向かった。入口付近に、ひと目で組員風の男たちが立っていた。三人だった。

小谷は男たちに声をかけ、何やら問いはじめた。

「どうやら職務質問を愉《たの》しむ気らしいですね、偽《にせ》警官は」

久我が低く言った。

「そうみたいですね」

「いつまでも遊ばせておくわけにはいかないでしょ？」

「ええ」

辺見は相槌《あいづち》を打った。

そのとき、三人連れのひとりが小谷の股間《こかん》を蹴り上げた。小谷が腰を屈《かが》めながら、S&W《サクラ》のM360Jに手を掛ける。

三人組が顔を見合わせ、一斉《いっせい》に逃げ散った。

久我が小谷に駆け寄って、片腕をむんずと掴《つか》んだ。

「あんた、何だよっ」

「警視庁の者だ。警察官になりすましただけで、罪になるんだぜ」

「本官は渋谷署地域課の者ですよ」

「小谷直広、下手な芝居はやめろって。われわれは、そっちをマークしてたんだ」

「えっ⁉」

小谷が震えはじめた。辺見は小谷の肩を軽く叩《たた》いた。

「レンタルルームに置いてあるリュックを持って、ちょっと渋谷署で話を聞かせてほしいんだ」

「ほんのジョークのつもりで、警察官の振りをしただけですよ。制服や制帽、それから手錠、拳銃なんかも模造品なんです。ぼ、ぼく、ポリスマニアなんですよ。職質の真似をしたことは反省してますから、見逃してくれませんか。お願いです」

「そうはいかないっ」

久我が声を張った。

「ぼく、別に悪いことなんかしてませんよ」

「そうかな。そっちが一昨日《おととい》の深夜、現職警官を殺害したんじゃないのかっ。宇田川町交番の巡査が円山町のビル建設現場で殺された事件は知ってるな?」

「その事件のことはニュースで知ってますけど、ぼくが警察官を殺すわけないじゃありませんか。ぼくは警察官になりたくて仕方がなかったんですよ。憧《あこが》れの職業だったんです」

「聞き込みで、そのことはわかってる」

「ぼく、現職警官たちはみんな尊敬してるんです。たとえ何があっても、リスペクトしてる人たちを殺害したりしませんよ。ぼ、ぼくの言葉を信じてください」

「同行を拒《こば》むんだったら、緊急逮捕することになるぞ。身分を詐称《さしょう》したわけだから、そっちは刑法に触《ふ》れてしまったんだ」

「警察に行かなかったら、ぼく、手錠を打たれちゃうんですか？」

「そういうことになるね」

「いやだ。そんな情けない思いはしたくない」

「なら、おとなしく渋谷署に来てくれよ。ほら、野次馬が集まってきたじゃないか」

「みっともないな」

小谷がうなだれた。

「きみが殺人事件に関与してないとわかったら、すぐ自宅に戻れるさ」

辺見は優しく言った。

小谷が幼児のようにうなずき、足を踏みだした。

辺見は歩きながら、制帽の鍔《つば》をさらに押し下げてやった。目許《めもと》は隠れたはずだ。

2

押収したM360Jは模造拳銃だった。

しかし、制服、制帽、警察手帳、捕縄《ほじょう》、警棒、手錠は正規の官給品だ。いずれも殺害された羽村巡査に貸与されていた物である。

久我は、連行した小谷に対する疑惑を深めた。

渋谷署の三階にある取調室1だ。刑事課と同じフロアにある。

久我は記録係を務めていた。スチールデスクを挟《はさ》んで小谷と向かい合っているのは、上司の斉木係長だった。相棒の辺見刑事は、斉木の斜め後ろに立っている。

「警察手帳の顔写真を自分のものに替えたことは認めるな？」

斉木係長が小谷に声をかけた。

「そ、それは……」

「はっきり答えろ！」

「すみません、写真を貼り替えたことは認めます」

「羽村巡査の制服、制帽、拳銃、警察手帳、捕縄、警棒、手錠を奪《と》ったことも認めるな？」

「違うんです。ぼ、ぼくは何も奪ってませんよ。嘘じゃありません」

「おかしなことを言うな。羽村に貸与されてた官給品をおまえがどうして持ってたんだっ。突然、天から降ってきたとでも言うのか？」

「ベランダに投げ込まれてたんですよ、どれもね」

「もう少しリアリティーのある嘘をつけよ」

「ほんとにそうなんですよ。一昨日《おととい》の深夜、いいえ、正確にはきのうの明け方、部屋のベランダに何かが投げ込まれる音がしたんです。それで、ぼく、ベランダに出てみたんですよ。そしたら、黒いビニール袋が投げ入れられてたんです」

「その中に羽村の制服や警察手帳が入ってたと言うのか？」

「ええ、そうなんですよ。ぼく、ずっと警察官になりたいと思ってたんで……」

「そのビニール袋は？」

「今朝、流しで燃やしてしまいました」

「小谷、本物のサクラはどこに隠してある？　自宅アパートのどこかにあるんだな？」

「ビニール袋には、拳銃は入ってなかったんです。刑事さん、ぼくの言葉を信じてくださいよ」

　小谷が涙声で訴えた。

「おまえがまともな人間なら、信じてやるよ。しかし、おまえは警察官になりすまして、歌舞伎町一番街でもっともらしく職務質問をした。その前に羽村の警察手帳に自分の顔写真を貼付《ちょうふ》してたよなっ」

「魔《ま》が差したんです。本物の警察手帳を手に入れたら、怖《こわ》い連中もへいこらすると思ったら、どうしても欲しくなってしまったんですよ」

「おまえは法律を破ることなんて屁《へ》とも思っちゃいないんじゃないのかっ。真っ当な市民なら、自分の部屋のベランダに警察官の制服や警棒が入ったビニール袋が投げ込まれてたら、ただちに一一〇番通報するはずだ」

　斉木が小谷を鋭く睨《ね》めつけた。小谷がたじろぎ、視線を外した。

「小谷、羽村のアンダーシャツ、靴下、靴なんかはもう焼却したんだろうな？」

「ま、待ってください。ぼく、警察官なんか殺してませんよ。一昨日の夜はずっと自分の部屋にいたんです」

「羽村の死亡推定時刻に『光風コーポ』の一〇二号室の電灯が点《つ》いて、テレビの音声も両隣の部屋に洩《も》れ聞こえてた事実は、部下たちの報告でわかってる。しかしな、それだけでそっちが自室にいたとは証明できない。電灯とテレビのスイッチを入れてから、そっと一〇二号室を出たとも考えられるからな」

「そうですが、ぼくは自分の部屋にいたんです」

「問題の時間帯に固定電話が鳴ったかい？」

「ぼく、スマホしか使ってないんです。部屋に固定電話はないんですよ」

「そうだったな。それじゃ、友人か家族が部屋を訪ねてきたことは？」

「真夜中に訪ねてくる奴なんかいないでしょ？」

「ま、そうだろうな。となると、おまえのアリバイは成立しないってことになる」

斉木係長が言った。

久我は回転椅子ごと体を大きく捻《ひね》って、小谷の顔を直視した。困惑《こんわく》した様子だが、狼狽《ろうばい》の色は宿《やど》していない。何か疚《やま》しさを感じていれば、うろたえるものではないのか。

「斉木さん、ちょっといいですか」

沈黙を守っていた辺見が予備班の班長に声をかけた。斉木が振り向いた。

「辺見さんは小谷をシロと感じたんですか？」

「そういうわけではないんですが、少し確かめたいことがあるんですよ。よろしいですか？」

「ええ、どうぞ。取り調べを交代しましょう」

「どうぞそのままで」

辺見が、腰を浮かせかけた斉木を押し留《とど》めた。小谷が縋《すが》るような目を辺見に向けた。

「ベランダに黒いビニール袋を投げ込んだ人物に心当たりは？」

「もしかしたら、ぼくと同じ趣味を持ってる男が……」

「その彼のことを詳しく教えてくれませんか」

「はい。佐伯朋和《さえきともかず》という名で、年齢は三十四です。自宅の住所まではわかりませんけど、JR代々木駅のそばにある『道草《みちくさ》』って居酒屋の店長をやってます」

「そうですか」

「佐伯さんとは高田馬場の『非常線』というポリスグッズの店で二年ぐらい前に知り合って、たまに情報交換してたんです。彼はスーパーマニアで、半年ぐらい前に現職警官を拉致《らち》して、制服やサクラを強奪しないかと持ちかけてきたことがあるんですよ」

「真顔《まがお》で、その話を持ちかけてきたんですか?」

「ええ、冗談ではなかったと思います。真剣な目をしてましたんで。でも、ぼくははっきりと断りました。いくらなんでも、そんな危《ヤバ》いことはできませんから」

「そうでしょうね」

「佐伯さんは自分ひとりで羽村という巡査を誘《おび》き出して、制服なんか官給品を一式奪ったのかもしれないな。でも、後で怖くなって、ぼくの仕業と見せかける目的で制服と警棒を黒いビニール袋に詰めて、一〇二号室のベランダに投げ込んだ可能性もありそうですね」

「仮にそうだったとしたら、その男はなぜM360Jを自分の手許《てもと》に残しておいたんでしょう?」

　辺見が斉木の肩越しに訊《き》いた。

「佐伯さんは小柄なんですよ。百五十六センチしかないんです。身長が低すぎて、警察官の採用を受けられなかったんですよ」

「そうですか」

「体格《ガタイ》がちっちゃいから、佐伯さんはよく柄の悪い奴らに絡《から》まれるらしいんです。悪ガキどもに恐喝《カツアゲ》されたことが何回もあると言ってました。だから、護身用に本物の拳銃を持っていたかったんでしょう」

「そうなのかもしれませんね」

「あっ、そうだ！」

　小谷が急に顔を明るませた。

「何か重要なことを思い出したようですね？」

「はい、一昨日の午前零時前後にアパートの前の通りをマフラーを外した大型バイクが走り抜けていったんです。ものすごい排気音だったから、近所の人たちも記憶してるはずですよ」

「その話の裏付《ウラ》けが取れたら、アリバイは成立しますね」

「ええ。ぜひ、確認してください。お願いします」

「しかし、その裏付けが取れたとしても、そっちがシロとは言い切れないな」

久我は辺見よりも先に口を開いた。小谷が久我に顔を向けてきた。

「どうしてです？」

「羽村巡査の死亡推定時刻は一昨日の午後十一時四十分から午前零時三十分の間とされたんだよ。単車の排気音を聞いたのは、零時前後だって話だったな？」

「ええ」

「そっちのアパートから渋谷の円山町までは車を使えば、十分そこそこで行ける。ぎりぎりだが、犯行は可能だったんじゃないのかな」

久我は言った。小谷が顔を曇らせる。

「羽村巡査が偽の事件通報で円山町に向かったのは、午後十一時四十分前です。そのことは同僚たちの証言ではっきりしてるんですよ」

辺見が久我に言った。

「共犯者《レツ》がいたとすれば、小谷が犯行《ヤマ》を踏んだとも考えられると思うんですよ」

「強引な筋読みですね」

「そうでしょうか」

久我は反論したかった。しかし、言い返せるだけの材料はなかった。

「大型単車のモーター音のほかに何か事件当夜に変わったことはなかったのか？」

斉木警部が小谷に問いかけた。

「一〇三号室を借りてる女性が同居中の男性に午前零時二十分ごろ、何か大声で怒鳴《どな》ってました。ええ、はっきりと思い出しましたよ。同棲相手が彼女のスマホの着信メールをこっそりチェックしたんじゃないかと疑ってるようでした」

「そうか」

「一〇三号室の借り主は鈴切《すずきり》って苗字《みょうじ》です。下の名前まではわかりませんけど、確か通販会社で電話オペレーターをやってるはずですよ。一年半前に引っ越してきたとき、彼女、そう言ってましたから。年齢は二十七、八歳でしょうか」

「同棲してる相手は、どんな男なんだい？」

「鈴切さんよりも二つ三つ若いと思います。職業はわかりません。何日もアパートにいることもありますから、派遣《はけん》の仕事をしてるんでしょうね」

「そうかもしれないな」

「すぐに鈴切さんに確認してください。お願いします」

小谷が哀願口調で言った。斉木が無言でうなずき、久我に声をかけてきた。

「辺見さんと一緒に『光風コーポ』に行ってくれないか。その後、マニア仲間の佐伯朋和って男にも会ってほしいんだ」

「わかりました」

久我は椅子から立ち上がって、辺見とともに取調室1を出た。

二人はエレベーターで階下に降り、覆面パトカーに乗り込んだ。

久我の運転で、恵比寿二丁目に向かう。十分ほどで『光風コーポ』に着いた。久我たちは車を降り、一〇三号室の前に立った。

インターフォンを鳴らす。

すぐに女の声で応答があった。久我は小声で刑事であることを告げた。

「いま、ドアを開けます」

スピーカーが沈黙した。

待つほどもなくドアが開けられた。応対に現われたのは、二十代後半の女性だった。長い髪をポニーテールにまとめている。平凡な顔立ちで、ほとんど化粧もしていない。

「鈴切さんですね？」

久我は顔写真付きの警察手帳を呈示してから、相手に確かめた。

「はい、鈴切景子《けいこ》です。竜崎《りゅうざき》君が何かまずいことをしたんですか？」

「竜崎君？」

「ええ、竜崎慎矢《しんや》です。一緒に暮らしてる彼氏のことです。彼は短気だから、誰かと喧嘩《けんか》でもして、怪我《けが》させたんではありませんか？」

「そうじゃないんです。隣の小谷直広さんがある事件に巻き込まれたかもしれないんですよ」

「そういえば、きのう、別の刑事さんたちが聞き込みに来たわね」

「一昨日の午前零時前後、マフラーを外した大型単車がアパートの前を通り抜けていきました？」

「ええ、ばかでかい排気音が聞こえましたね。深夜は深夜でしたけど、時間まではちょっと……」

　部屋の主が首を傾《かし》げた。

「同じ晩に同居されてる男性と口喧嘩をした覚えはあります？」

「そのことは、はっきりと記憶してます。慎矢ったら、わたしがトイレに立ったとき、着信メールをこっそりチェックしたんですよ。置いた場所から二十センチぐらいずれてたんで、わたし、ピーンときたの。彼、割に嫉妬深いとこがあるんです」

「そうですか」

「でもね、絶対に着信メールのチェックなんかしてないと言い張ったんです。それでなんか頭にきて、わたし、彼を大声で詰《なじ》ったんですよ」

「それは何時ごろでした？」

「たまたま部屋のデジタル時計が目についたんで、時刻は憶《おぼ》えてるわ。零時二十一分でした。慎矢が、でかい声を出すなと言ったのはその直後だったから、間違いありません」

「そう」

「お隣の小谷さんはアリバイを調べられてるようだけど、大変な事件を起こしたんですか？」

「いいえ、そういうわけじゃないんですよ」

久我は口を閉じた。そのとき、かたわらに立った辺見が鈴切景子に話しかけた。

「きのうの明け方、一〇二号室のベランダに何かが投げ込まれた音はしました？」

「明け方はぐっすり眠ってたから、そういう音には気がつかなかったわね」

「彼氏はどうだったんでしょう？」

「別に何も言ってませんでしたから、慎矢も妙な音は聞かなかったんじゃないかしら」

「そうなんでしょうね」

「小谷さんは警察関係の仕事をしてるようなことを言ってたけど、本当は違うんでしょ？」

「個人情報に関することはお答えできないんですよ」

「そっか、そうですよね。もういいですか？」

相手が二人の訪問者を等分《とうぶん》に見た。

久我は謝意を表し、踵《きびす》を返した。辺見がじきに肩を並べた。

「小谷のアリバイは成立したと考えるべきなんですかね？　辺見さん、どう思います？」

「心証はシロですね。斉木さんに聞き込みの報告をしたほうがいいでしょう」

「そうします」

久我はアリオンの運転席に入ると、上司の斉木係長に電話をかけた。

「そういうことなら、小谷の供述通りなのかもしれないな」

「そうですね。しかし、まだ釈放《パイ》はしないほうがいいと思います」

「釈放はしないさ。小谷は警察官を騙《かた》って、新宿で職質したんだからな。それ以前に羽村巡査の警察手帳に細工して、制服と制帽を着用してた。本事案《ほんじあん》の真犯人《ホンボシ》ではないとわかっても、折を見て地検に送致するさ」

「そうですか。これから、代々木に回って、佐伯朋和に会ってみます」

「佐伯がクロかもしれないぞ。しっかり探りを入れてくれ」

斉木が先に電話を切った。

久我は折り畳んだポリスモードを懐《ふところ》に仕舞《しま》うと、アリオンを走らせはじめた。

目的の居酒屋を探し当てたのは、十七、八分後だった。大手予備校の並びにあるテナントビルの一階に『道草』はあった。

久我たちは覆面パトカーを脇道に駐め、居酒屋に入った。テーブル席と小上《こあ》がりは、ほぼ埋まっていた。中高年の男性客が多い。

「お二人さまですね？」

アルバイトらしい若い女性従業員が、にこやかに確かめた。

「客じゃないんだ。店長の佐伯さんにお目にかかりたいんですよ」

「どちらさまでしょう？」

「警察の者です。といっても、ただの聞き込みなんですよ。取り次いでもらえますね？」

久我は声を低めた。相手が緊張した顔で店の奥に消えた。

二分ほど待つと、小柄な男が姿を見せた。トレーナーの上に茶色の作務衣《さむえ》を重ねていた。店長の佐伯だった。

「奥で話を聞かせてもらったほうがいいでしょ？」

辺見が久我の耳許で言った。久我はうなずいた。

「それでは奥の事務室で……」

佐伯が案内に立った。久我たち二人は店長に従った。

奥まった場所にある事務室は、四畳ほどの広さだった。机が一卓と長椅子が置かれている。

佐伯が久我たちに長椅子を勧め、自分は机の前の椅子に腰かけた。久我は店長寄りに坐った。その横に辺見が尻《しり》を落とした。

「小谷直広さんのことはご存じですね？」

久我は口を開いた。

「ええ、よく知ってます」

「あなたもポリスマニアだそうですね？」

「ええ、まあ。わたし、警察官志願だったんですよ。子供のころ、柿の木から落ちたとき、通りかかった外勤のお巡りさんがわたしを背負って、近くの整形外科医院に運んでくれたんです。そのときから、ずっと警察官になることを夢見てたんですよ」

「そうですか」

「でも、ご覧の通りの小男ですから、採用資格をクリアできなくて……」

「残念ですね」

「仕方ありませんよ。背丈の足りないわたしじゃ、犯罪者に反対に組み伏せられちゃうでしょうから」

「そんなこともないと思いますがね」

「いいんですよ、慰《なぐさ》めてくれなくても。それより、こちらに見えた理由《わけ》は？」

佐伯が促《うなが》した。

「渋谷で現職警官の死体が発見された事件は知ってますでしょ？」

「ええ、マスコミで派手に報じられてましたからね。警官好きのわたしは仲間が殺《や》られたような気持ちになりました」

「そうですか。半年ほど前、あなたは小谷さんに荒っぽい方法で警察官に支給されてる制服や拳銃を手に入れないかと話を持ちかけたそうですね？」

「そんなことを言ったっけな。もちろん、冗談ですよ。酒が入ってたんで、ちょっと際《きわ》どいジョークを口走ってしまったんでしょう」

「小谷さんは本気だと受け取ったようですよ」

「えっ、そうなんですか⁉　まいったな、冗談も冗談です。それで、わたしが羽村とかいう宇田川町交番のお巡りさんを殺害して、制服、制帽、手錠、警察手帳、捕縄、拳銃、警棒なんかを強奪したと容疑を持たれたんですね？」

「そこまで疑ったわけではないんですが、ちょっと当たってみる必要はあるだろうと判断したんです」

「わたしは、そんな大胆なことはやれませんよ。根っからの小心者ですんでね」

「参考までに一昨日の午後十一時四十分から午前零時三十分ごろまでの間、どこでどうしてらしたか教えてもらえます？」

「ええ、かまいません。ここの営業時間は午後十一時までなんですが、一昨日はオーナーが来月からの新メニューの相談に来たんで、午前二時ごろまで店内にいました」

「オーナーの方のお名前と連絡先を教えてください」

久我は言って、懐から手帳を取り出した。

店長が質問に答えた。店のオーナーは光武洋《みつたけひろし》、四十二歳だった。

久我は教えられた光武のスマートフォンに電話をした。ツーコールで、電話が繋《つな》がった。通話をはじめる。

佐伯の供述通りだった。しかし、店長とオーナーが口裏を合わせているとも考えられる。

「これで、わたしが事件に関わってないことはわかっていただけましたか」

「ええ、一応」

「犯人が持ち去ったと思われてる被害者の制服や官給品一式は、まだ見つかってないんですか？」

佐伯がどちらにともなく訊いた。連れの辺見刑事が経緯《いきさつ》を手短に話した。

「小谷君が被害者の制服を着て警官になりすましてたなんて、信じられないな。しかも彼は、羽村巡査の警察手帳に自分の顔写真を貼ってたんでしょ？」

「ええ、そうです」

「そこまでやったんなら、小谷君が被害者を偽の事件通報で誘い出して、殺害してしまったのかもしれないな」

「しかし、小谷さんにはアリバイがあったんですよ」

「そうなんですか。それなら、彼は犯人じゃないんでしょうね」

佐伯が辺見に目を当てながら、そう言った。

「小谷さんの部屋のベランダに黒いビニール袋を投げ込んだ人物に心当たりはありませんか？」

「ビニール袋に犯人の指紋か掌紋《しょうもん》が付着してたんじゃないんですかね？　それから、汗や唾液《だえき》が付着してるかもしれません。ＤＮＡ型を検《しら》べれば、犯人の割り出しはできるでしょ？」

「残念ながら、小谷さんが自室の流しで黒いビニール袋を燃やしてしまったらしいんですよ」

「小谷君は、なぜビニール袋を急いで燃やしたんでしょうか。そんなことをしたら、彼が警官殺しの犯人と疑われるのにな」

「そうですね」

「誰かが官給品の詰まった黒いビニール袋を部屋のベランダに投げ込んだというのは、作り話なのかもしれないいな」

「そうなら、隣室の居住者は小谷さんのアリバイ工作に協力したことになりますね」

久我は辺見に言った。辺見が首を横に小さく泳がせた。不用意なことを言うなというサインだろう。

「なんか小谷君が怪しくなってきたな」

佐伯が呟《つぶや》いた。久我は即座に応じた。

「小谷直広のことをもう少し調べてみますよ。それより、マニア仲間に気になる方はいませんか？」

「いませんね。マニアの誰もが本物の制服や警察手帳は欲しがってるでしょうが、現職巡査を襲う奴なんていないと思いますよ。小谷君は怪しいといえば、怪しいですけど」

佐伯店長がそう言い、左手首の腕時計に目をやった。

「そろそろお暇《いとま》しましょう」

久我は辺見に声をかけ、先に立ち上がった。

二人は事務室を出た。店の前で、辺見が口を開いた。

「佐伯店長も心証はシロですね。しかし、アリバイについてはオーナーと口裏を合わせてるのかもしれませんよ」

「ええ、そうですね。それから佐伯が言ってたように、小谷が例の黒いビニール袋を早々と燃やしてしまったこともなんだか引っかかります」

「そうですね」

「小谷と佐伯の二人をもう少し捜査圏内に留《とど》めておいたほうがいいと思います」

久我は覆面パトカーに足を向けた。

3

家宅捜索に取りかかった。

留置中の小谷の自宅アパートだ。間取りは1DKだった。

辺見は奥の居室《きょしつ》にいた。七・五畳の洋室だ。ベッドが左の壁側に置かれ、窓寄りにテレビとDVDラックが並んでいる。

ラックの中にはポリスアクション映画のDVDがぎっしりと詰まっていた。大半は洋画だった。

ラックの上には、エド・マクベインの87分署シリーズが全巻並べられている。その脇に日本人作家の警察小説が七、八冊積んであった。ハードな刑事小説が多い。

小谷が着用していた羽村巡査の制服と制帽は連行直後、鑑識に回された。被害者と小谷の指掌紋《ししょうもん》しか検出されなかった。押収した警察手帳や手錠にも、二人の指紋と掌紋だけしか付着していなかった。

小谷の自宅に拳銃が隠されている可能性もある。捜査本部はそう判断し、昨夜、裁判所に家宅捜索状を請求したのだ。

辺見は相棒の久我と二人の鑑識係員と一緒に午後二時に『光風コーポ』にやってき

た。事前に連絡してあった小谷の母親は、息子の部屋で待ち受けていた。加世《かよ》という名で、辺見と同世代だった。

足立区内にある自宅から倅《せがれ》の住まいに駆けつけた母親は、顔を泣き腫《は》らしていた。おろおろするばかりで、まともに話もできなかった。

その加世はダイニングキッチンで立ち尽くしている。辺見は被疑者の親兄弟と接するとき、いつも気が重くなる。

身内の不始末を恥じ、まるで自分が犯罪者になったように卑屈《ひくつ》になる者が少なくないからだ。

別段、家族が悪いわけではない。もとより彼らを責《せ》める気はなかった。たまたま被疑者の血縁者であったにすぎないわけだから、欧米人のようにもっと堂々としていてもいいのではないか。家族はかけがえのないものだが、家庭は個人の集合体だ。人格は別個である。

犯罪そのものは憎むべきだが、事件加害者の家族まで必要以上に自分を責めることはない。犯罪者の身内まで白眼視《はくがんし》することは間違っている。

辺見は布手袋《ぬのてぶくろ》を嵌《は》めた。

そのとき、反対側で洋服簞笥《だんす》の中を検べていた久我が驚きの声をあげた。辺見は振り向いた。

簞笥の中には、警察官の制服が九着ほどハンガーに掛けられていた。よく見ると、それぞれ階級章が異なっている。どれも模造服だった。色とデザインは本物とそっくりだったが、階級章の取り付け位置が微妙に違っていた。

「さすがに警視総監の制服はありませんが、巡査から警視監までの服が揃《そろ》ってますよ。あっ、隅《すみ》に各階級の制帽もあります」

久我は半《なか》ば呆《あき》れ顔だった。

「自分の服は少ないようですね？」

「ええ。スーツが二着と替え上着が四、五着しかないな。模造のポリスグッズがほかにもたくさんあるんでしょう」

「そうでしょうね」

辺見はベッドカバーを引き剝《は》がし、羽毛蒲団《うもうぶとん》と毛布を捲《まく》った。

S&WのM360J《サクラ》は隠されていない。敷き蒲団とベッドマットを浮かせてみたが、結果は同じだった。

辺見はベランダにいる二人の鑑識係員を横目で見ながら、片膝をフローリングの床に落とした。

ベッドの下部には、二つの引き出しがあった。右側の引き出しの中身は、Tシャツ、トランクス、ソックスなどだった。

左側の引き出しには、模造のS&Wエアウェイト、手錠、警察手帳、53型警棒、捕縄、帯革、手錠ケースなどが収まっていた。辺見は一つずつ手に取ってみたが、どれもイミテーションだった。

「ポリスグッズは、ここにありましたよ」

辺見は相棒に教えた。

「奥に真正銃《マブチャカ》はありませんでした？」

「ないですね」

「そうですか。別の場所にあるんですかね」

「洋服簞笥の引き出しはどうでした？」

「衣類が入ってるだけでした。探し物は見つけにくい場所に隠してあるんじゃないのかな。たとえば、トイレの貯水タンクの中とか調理台の下の鍋《なべ》の中とか」

「自分、ちょっと検べてきます」

久我がダイニングキッチンに移った。

辺見はDVDラックとテレビの奥を覗《のぞ》いた。だが、徒労《とろう》だった。屑入《くずい》れの中にも手を突っ込んでみたが、結果は虚《むな》しかった。

ベランダのプランターの中に銃器や麻薬も隠す犯罪者がいる。辺見はベランダに寄った。しかし、エアコンの屋外機しか見当たらない。

二人の鑑識係員は手摺《てすり》から指紋と足跡を採取中だった。

「何か収穫はありそうですか？」

辺見は問いかけた。すると、若手の係員が振り向いた。

「手摺から複数の指紋《モン》が出ました。大半は部屋の主のものでしょうが、別の者の指掌紋も……」

「そうですか。手摺の下の部分に誰かがよじ登った痕跡《こんせき》は？」

「片足を掛けた痕《あと》が一つだけあります。そいつがベランダに例の黒いビニール袋を投げ込んだのかもしれませんね」

「そうなんでしょうか」

「わたしは、そうじゃないと思うな」

四十年配の鑑識係員が背を向けたまま、ぼそぼそと言った。

「なぜ、そう思うんです？」

「斉木警部によると、小谷は黒いビニール袋を流し台で燃やしちゃったという話でした」

「ええ、そうですね」

辺見は応じた。

「小谷は、苦し紛《まぎ》れに嘘をついたんだと思いますよ。ただの勘ですけどね」

「そうだとしたら、手摺の下の靴の痕は空き巣か何かのものなんでしょうか？」

「おそらく、そうなんでしょう。小谷は羽村巡査の警察手帳を持ってたんです。真犯人《ホンボシ》なんじゃないのかな」

「しかし、小谷直広には一応、アリバイがあるんですよ」

「アリバイ工作をしたんじゃないんでしょうか？　わたしは、そう思ってます」

　相手が口を閉じた。

　捜査班の別のコンビは事件当夜、マフラーを外した大型単車が『光風コーポ』の横を走り抜けたかどうか、この付近一帯の再聞き込みをしている。また、別班が一〇三号室の借り主と小谷の親密度も探っている最中だ。

「もう少し家捜しをしてみましょう」

　辺見はベッドのある部屋からダイニングキッチンに移動した。

　小谷の母親は二人掛けのダイニングテーブルの横に立ち、調理台の下に頭を突っ込んでいる久我を不安顔で見ていた。

「親馬鹿と笑われるかもしれませんが、わたしは息子が警察で言ったことは事実なんだと思ってます。直広は本気でお巡りさんになりたがってたんですよ」

「そうらしいですね」

「わたしの弟が不動産詐欺《さぎ》で起訴されたんで、直広は採用試験に通りませんでしたけど、本気も本気だったんです。夢が叶《かな》わなかったんで、給料の大半をポリスグッズに注《つ》ぎ込むようになったんですよ。そんな倅《せがれ》がお巡りさんを殺して、制服や警察手帳を奪うはずありません。そんなこと、絶対に考えられないわ」

「お母さん、椅子に腰かけてください」

「もし直広が殺人犯なら、わたしたち家族は生きてはいけません。息子はちょっと変わり者ですけど、案外、家族思いなんです。身内を悲しませるようなことなんかしませんよ。警官になりすましたのは間違いないんでしょうけど、人殺しまではしないはずです」

「そうでしょうね」

辺見は、小谷の母を椅子に坐らせた。ほとんど同時に、加世は卓上に突っ伏した。泣き声はどこか悲鳴に似ていた。

「どうです？」

辺見は相棒に声をかけた。

久我が調理台の下から首を抜いた。

「貯水タンクの中にも、ここにも例の品物《ブツ》はありませんでした」

「そうですか。空振りなのかもしれませんね」

「別の場所に隠してあるんでしょうか」

「さあ、どうなんでしょう？」

辺見は言いながら、何か安堵《あんど》していた。羽村巡査の官給拳銃が見つかったら、小谷の母は半狂乱になったかもしれない。

久我の上着のポケットで、刑事用携帯電話《ポリスモード》が鳴った。

捜査班の同僚刑事からの電話のようだ。辺見は久我から少し離れた。

通話時間は短かった。

「事件当夜、大きな排気音を轟《とどろ》かせた大型バイクがこのアパートの前を走り抜けていったことは間違いないようです。別班の二人が近所の住民たちから裏付《ウラ》けを取ったそうです」

久我がポリスモードを二つに折り畳んだ。落胆の色が濃い。

「そういうことなら、対象者《マルタイ》のアリバイは崩しようがないでしょう」

「ええ、そうですね。一〇三号室の鈴切景子が被疑者に協力して偽証したかもしれないと思ってたんですが……」

「落ち込むことはありませんよ。古株の刑事だって、筋読みが的中することはそれほど多くないんですから」

辺見は相棒を力づけ、小谷の母親に息子の殺人容疑が消えたことを伝えた。

「よかった、よかったわ。息子を信じてあげて、本当によかった」

「でも、息子さんは無罪放免ってわけにはいきませんよ。殺された地域課巡査の制服や制帽を着用して、警察官の振りをしてしまったんですからね」

久我が諭《さと》すように言った。

「ええ、わかっています。そのことについては、息子にちゃんと償《つぐな》わせます。本人も、そのつもりでいるでしょう」

「そうでしょうね。お騒がせして申し訳ありません」

「すみませんでした」

辺見も相棒に倣《なら》って、頭を下げた。加世が恐縮して、椅子から慌《あわ》てて立ち上がった。それから彼女は、黙って深々と頭《こうべ》を垂れた。

「鑑識の二人を呼んできます。辺見さんは先に外に出ててください」

久我が奥に向かった。

辺見は小谷の母に目礼し、先に一〇二号室を出た。路上にたたずんだ直後、懐で私物のスマートフォンが振動した。

発信者は大阪に住んでいる息子の祐輔だった。

「きょうは非番じゃないよね？」

「ああ、職務中だ」

「それなら、手短に話すよ。おれ、東京本社に戻してもらえるよう上司に頼んでみようと思ってるんだ。父さんひとりに母さんの面倒を任せておくのは気の毒だからさ」

「おれは、まだ五十六だぞ。あんまり年寄り扱いするな」

「でも、もう若いとは言えないじゃないか」

「母さんのことなら、心配はいらない。ホームヘルパーの桜井さんに助けてもらいながら、父さんがしっかり世話するよ」

「それでいいのかな。おれは独《ひと》りっ子だから、親の面倒は見ないとね」

「家のことは気にするな。京都在住のＯＬとつき合ってるんだろう？」

「ああ。でも、遠距離恋愛もできるよ」

「親のことより、惚《ほ》れた女性のことを大事にしてやれって」

「そのつもりでいるけど、母さんのことも心配なんだ」

「だったら、たまには顔を見せてやれよ」

「わかった」

「仕事中なんだ。電話、切るぞ」

辺見は通話終了キーを押した。ポリスモードを上着の内ポケットに戻したとき、久我と二人の鑑識係員が『光風コーポ』の出入口から現われた。

「われわれは先に署に戻りますね」

鑑識係員たちが遠ざかった。鑑識車は数十メートル先に駐めてあった。

「小谷が羽村巡査を殺《や》ってないとしたら、いったい誰が犯人《ホシ》なんですかね。『道草』の佐伯店長も疑えば、疑えます。オーナーの光武と店で事件当夜は午前二時ごろまで一緒だと言ってましたが、二人が口裏を合わせてたのかもしれませんし」

「仮に佐伯店長が羽村巡査を殺害したとしたら、目的は制服じゃないですね。小柄な彼にはサイズが合いません」

辺見は言った。

「そうか、そうですね。狙《ねら》いはサクラだったんでしょう。ほかの警察手帳や手錠は別に欲しくなかった。辺見さん、そうなんじゃないんですか？　だから、佐伯朋和は制服と警察手帳を黒いビニール袋に詰めて、小谷の部屋のベランダに投げ込んだ。店長は上背《うわぜい》がないから、手摺の下に片足を掛けて……」

「刑事はなんでも疑ってみるものですが、推測や臆測《おくそく》でそこまで考えるのはあまり感心できません」

「自分、なんか焦《あせ》ってるな。辺見さんに、少しは見込みがある奴だと思われたいのかもしれません」

久我が言った。

辺見はひどく面映《おもはゆ》かった。本庁時代はともかく、十五年以上も誇《ほこ》れる職務は果たしていない。それどころか、ほとんど捜査の役に立っていなかった。時には、同僚たちの足を引っ張るようなこともした。

昔の挫折感《ざせつかん》に囚《とら》われ、どうしても力が漲《みなぎ》らない。正義感の欠片《かけら》は失ってないつもりだが、法律では万人を平等には裁《さば》けないという諦念《ていねん》が先に立ってしまう。

現に権力者たちは大物政治家や官僚を動かして、法の網を巧《たく》みに潜《くぐ》り抜けている。巨悪を裁くことは難しい。薄汚い小悪党や残忍な凶悪犯を何千人と検挙しても、真の法治国家は築けないだろう。

怪物どもに敢然《かんぜん》と立ち向かえる捜査機関が生まれない限り、どんなに刑事が犯罪を憎んでも、巨大な力に圧《お》し潰《つぶ》されるだけだ。まさに蟷螂《とうろう》の斧《おの》である。

ドン・キホーテを演じるには、少しばかり老《お》いすぎた。しかし、このまま眠った振りをしつづけることは哀《かな》しい。

そうは思いながらも、なんとなく惰性《だせい》に流されてしまう。久我の熱血ぶりにある種の危うさを感じているが、どこかで羨《うらや》んでもいる。

警察社会には、さまざまな打算や思惑《おもわく》が渦巻《うずま》いている。

個人の青臭い理想など実にたやすく捻《ひね》り潰されてしまうだろう。それでも、弱音を吐かない。それが気骨のある漢《おとこ》の生き方だ。

そんなふうに生きてみたい。しかし、もう苦い敗北感は味わいたくなかった。臆《おく》病《びょう》になってしまった自分を何度、罵《ののし》ってきたことか。

われながら、だらしがないと思う。情けない話だが、どうしても勇気が湧《わ》いてこない。負け犬のままで終わってしまうのか。

辺見は相棒に気づかれないよう、そっと溜息《ためいき》をついた。

ちょうどそのとき、久我の刑事用携帯電話がまた着信した。相棒がポリスモード《ポリスモード》を取り出し、左耳に当てた。

捜査本部で情報の交通整理をしている斉木警部からの連絡のようだ。二分も経《た》たないうちに通話は切り上げられた。

「宇田川町交番の袴田巡査から捜査本部《チョウバ》に電話があったそうです」

「羽村に注意されたストーカーじみた四十男の正体がわかったんですね？」

「ええ、そうです。そいつは守屋一海《もりやかずみ》、四十一歳とわかりました。守屋は元学校図書館司書で、いまはフリーターだそうです」

「そうですか」

「守屋は高校生の女の子にしか興味がないらしく、少女たちにまとわりついているらしいんですよ」

「ちょっと歪《ゆが》んでますね」

「守屋は羽村巡査に大声で注意されたとき、『おまえを必ず殺してやる』と捨て台詞《ぜりふ》を吐いて逃げていったというんです」

「単に凄《すご》んだだけでしょ？」

「と思いますが、斉木さんは念のため、守屋のこともちょっと調べてみてくれと言ってるんですよ。守屋は宮下《みやした》公園近くのネットカフェ『アクセス』を塒《ねぐら》にしてるそうです」

「そういうことなら、行ってみますか」

辺見はアリオンに歩《ほ》を進めた。

4

壁の落書きが目に留《と》まった。

雑居ビルの踊り場だ。一階と二階の間である。

久我は文字を読んだ。

友よ、早くネット難民生活から脱出しよう！　黒マジックで、そう記《しる》されている。『アクセス』の客が落書きしたのだろう。

二階に達すると、エレベーターホールの脇に目的のネットカフェ『アクセス』があった。

久我は辺見と店内に入った。受付カウンターには、三十歳前後の男が立っていた。

通路の両側には、小さく仕切られたブースが並んでいる。店内は薄暗い。

「この店の常連に守屋一海という四十一歳の男がいると思うんだが……」

久我は相手に話しかけた。すると、男が警戒心を露《あらわ》にした。

「どなたなんです？」

「警察の者です」

「えっ⁉　当店には、そういう方は来てませんよ」

「店長さん？」

「いいえ、ただの従業員です」

「そうですか」

久我は警察手帳を呈示し、相手の名を訊いた。安宅《あたか》という苗字だった。

「守屋一海は客のはずです」

「そう言われても、思い当たる方はいませんね」

「おそらく偽名を使ってるんでしょう。元学校図書館司書なんだ」

「それなら、多分、森山《もりやま》さんでしょ？　一年前まで、女子高の図書室で働いてたと言ってましたから」

「なら、同一人物だろうね。その男は、いつもここに泊まってるんでしょ？」

「ええ。月に何度かはカプセルホテルに泊まってるらしいけど、基本的には当店で朝を迎えてますね。昼間はいろんな仕事を派遣でやってるんです」

「それじゃ、いまは仕事に出てるのかな？」

「いいえ、きょうは仕事にあぶれたとか言って、さっき宮下公園に出かけましたよ」

「そうですか。自称森山の特徴を教えてほしいんだ」

「細身で、面長《おもなが》ですね。目は細いほうかな。そうそう、左の小鼻の横に疣《いぼ》がありますよ」

「ありがとう。宮下公園に行ってみます」

久我は安宅に礼を言って、辺見と店を出た。

二人は雑居ビルの前の明治通りを突っ切り、線路沿いにある宮下公園に足を踏み入れた。細長い公園で、かつては路上生活者《ホームレス》の溜《た》まり場だった。

園内のほぼ中央まで進むと、四十年配の細身の男が紙風船を蹴っていた。紙風船には、全国展開している有名なドラッグストアの名が刷《す》り込まれていた。

「小鼻の横に疣がありますね。守屋一海でしょう」

肩を並べている辺見が低く言った。久我は足を速めた。

二人の気配を感じたらしく、男が動きを止めた。黒っぽいダウンジャケットを着ている。下はシナモンベージュのチノクロスパンツだ。

「失礼ですが、守屋一海さんではありませんか？」

久我は確かめた。

男が身構え、久我と辺見の顔を交互に見た。片目を眇《すが》めている。

「黙ってないで、何か答えてくれませんか」

「あなた方は？」

「警察の者ですが、守屋さんでしょ？」

久我は、ふたたび訊《たず》ねた。言い終わらないうちに、男が身を翻《ひるがえ》した。逃げる気らしい。

久我は反射的に地を蹴った。
十四、五メートル先で相手に追いついた。男の右腕を強く摑む。
「なんで逃げたんだっ」

「警察が苦手だからさ」

「それだけなのかっ。何か危《ヤバ》いことをしたんで、取っ捕まりたくなかったんじゃないの？」

「危いことって、何なんだよ？」

「それは自分の胸に訊いてくれ。あんた、守屋一海さんだね？」

「ああ、そうだ。もう逃げないから、手を放してくれよ」

守屋が体を捩《よじ》った。久我は右手を引っ込めた。守屋が体の向きを変えた。

「運転免許証を持ってたら、見せてほしいんですよ」

久我は言った。

守屋が少し迷ってから、運転免許証を差し出した。

久我は受け取って、まず顔写真を見た。当人に間違いない。現住所は杉並区下高井戸《しもたかいど》になっている。

久我は守屋の運転免許証を相棒に手渡した。辺見がざっと目を通して、運転免許証を守屋に返した。

「だいぶ前から『アクセス』を塒にしてるみたいですね？」

久我は守屋の顔を見据《す》えた。

「住むとこがなくなってしまったんだ、去年の二月上旬にね。それまで千代田区内にある女子高校の図書館司書をやってたんだが……」

「学校の女の子にいかがわしいことをして、解雇されたのかな？」

「失敬なことを言うな！　わたしは、そんな人間じゃないっ」

守屋が目を尖《とが》らせた。

「冗談のつもりだったんですがね」

「そうだったとしても、無礼だよ」

「ええ、そうですね。謝ります。ところで、学校図書館司書をどうして辞めることになってしまったんです？」

「自己破産してしまったんだ。親しい友人がネットで有機栽培の野菜を売る会社をやってたんだが、設備投資資金を高利の商工ローンで調達したんだよ。そのとき、わたしは友人に泣きつかれて、連帯保証人になってやったんだ」

「結局、友達の事業はうまくいかなかったんですね？」

「そうなんだ。負債額は六千数百万円だったんだよ。友人もわたしもとても返済できる額じゃないんで、どちらも自己破産の手続きをしたんだ」

「自己破産しても、司書の仕事はつづけられたんじゃないですか？」

辺見が話に加わった。

「破産する前にわたしは貯金を遣《つか》い果たして、親兄弟や同僚から多額の借金をしてたんですよ。友人の利払いを肩代わりしてやるためにね」

「あなたは気がいいんだな」

「事業に失敗した友人とは中一からのつき合いで、何かと世話になってたんです。わたし、子供のころから内気というか、人見知りしちゃうんですよ。自分から誰かに話しかけるなんてことはできないから、学校の休み時間はいつも本を読んでたんです」

「幼いころから読書好きだったんですか？」

「ええ、そうですね。本の虫でした。いろんな物語を読んでると、ちっとも退屈しないし、愉《たの》しいんですよ。でも、本好きな中学生なんかあまりいませんから、クラスでは常に異端児扱いされてたんです。級友たちにからかわれたとき、事業にしくじった友人が常にわたしを庇《かば》ってくれたんですよ」

「恩返しの気持ちもあって、守屋さんは友達の連帯保証人になってあげたわけか」

「そうなんです。借りてたマンションの家賃を払えなくなって、職場にも居づらくなったんで、宿なしのフリーターになっちゃったんです。友人はわたしに合わせる顔がないと行方をくらましてしまったけど、別に恨《うら》んではいません」

「寛大《かんだい》な方なんですね、あなたは」

「まだ独身ですから、なんとか暮らしていけると思ったんです。現実は厳しいですけどね」

守屋が口を結んだ。一拍置いてから、久我は守屋に話しかけた。

「くどいようだが、さっきはなんで逃げ出したのかな？　単に警察嫌いってことじゃないんでしょ？」

「それは……」

「拳銃を隠し持ってるんじゃないでしょうね？」

「何を言ってるんだ⁉　わたしは拳銃なんか持ってないよ。ただ、護身用のナイフを所持してたんで、とっさに逃げてしまったんだ」

「ナイフを出すんだっ」

「わかったよ」

守屋が観念した顔で、ダウンジャケットの右ポケットに手を滑《すべ》らせた。摑み出したのは、ありふれた折り畳み式のナイフだった。

久我はハンカチを抓《つま》み出し、フォールディング・ナイフを受け取った。柄《つか》に自分の指紋が付かないよう注意しながら、刃を起こす。

刃渡りは十三、四センチだった。刃を光に翳《かざ》す。血を拭《ぬぐ》った痕はなかった。

「こいつは押収する。いいね？」

「わたしは銃刀法違反で現行犯逮捕されるのか？」

「本来は、そうすべきだろうね。どうするかは今後の成り行き次第だな」

「どういう意味なんだ？」

守屋が不安顔になった。久我は刃を折り畳み、ハンカチでナイフをくるんだ。それをコートのポケットに入れる。

「宇田川町交番の羽村という巡査が殺されて、身ぐるみ剝がされた事件は知ってますよね？」

辺見が守屋に確かめた。

「ええ、知ってます」

「警察は、あなたが渋谷を訪れた女子高生につきまとってたことを把握《はあく》してるんです。ストーカーじみた行為を殺害された羽村巡査に見咎《みとが》められたことがありますね？」

「ちょっと待ってください。わたしは何人かの女子高生の後を追ったことはあります。その子たちとお喋《しゃべ》りをしたかっただけなんです。長いこと女子高校の図書室で働いてましたんで、高校生の女の子たちとはフランクに話ができるんですよ」

「そうなんですか」

「信じてもらえないかもしれませんが、彼女たちに邪《よこし》まな気持ちなんか抱いてなかったんです」

守屋が弁明した。動揺の色は見られない。

「そう」

「それなのに、羽村という巡査はわたしを変質者呼ばわりしたんですよ。ストーカー行為はよせと大声で詰ったんです。曲解《きょっかい》なんです、本当にね」

「あなたは、ふだんもフォールディング・ナイフを持ち歩いてたんですか？」

「ええ。センター街で高校生の女の子に声をかけたとき、近くにいた若い男たちにナンパと勘違いされて、袋叩《ふくろだた》きにされたことがあるんですよ。だから、自分の身を護《まも》るためにナイフを持ち歩くようになったわけです」

「羽村巡査に取り押さえられたら、ナイフを所持してることが発覚してしまいますね」

「そうなんですよ。それで、わたしは彼に注意されるたびに懸命に逃げたんです」

「そうだったんですか」

「事件当夜、どこにいたのかな？」

久我は守屋の顔を正視した。

「夕方まではセンター街のドーナッツショップにいたんだが、夜はずっと近くのネットカフェにいましたよ」

「『アクセス』って店ですね？」

「そこまで調べ上げてたのか。ということは、わたしは警官殺しの容疑者と思われてるんだな」

「まだ被疑者扱いしてるわけじゃないが、気になる存在だったんで……」

「わたしには、れっきとしたアリバイがある。『アクセス』の従業員たちや常連客たちに訊いてもらえば、当日の夕方から翌朝まで店から一歩も出てないことはわかるはずだ。妙な疑いをかけられるのは面白くない。これから一緒に『アクセス』に行きましょうよ」

守屋が久我と辺見を代わる代わるに見た。

久我は辺見と目でうなずき合った。三人は宮下公園を後《あと》にして、ネットカフェに足を向けた。『アクセス』の店内に入ると、従業員の安宅が歩み寄ってきた。

守屋が早口で事情を説明した。すぐに安宅は事件当夜、守屋が店内にいたことを証言した。別の店員や三人の常連客も守屋にはアリバイがあると語った。彼らが口裏を合わせている様子はうかがえなかった。

「どうしましょうかね。守屋一海を銃刀法違反で渋谷署に連行します？」

久我は相棒を受付から離れた場所に導き、小声で相談した。

「本事案に守屋は関わってないわけだから、ナイフの件は見逃してやってもいいんじゃないんですか？」

「自分も個人的にはそう思ってますが、われわれは警察官ですからね。小さな刑法違反でも取り締まる義務があるでしょ？」

「そう考えてるんでしたら、守屋を連行すべきでしょうね。しかし、わたしは積極的には取り締まる気はありません」

「そういうお考えは、ちょっと狡《ずる》いんではありませんか？　あなたも守屋がフォールディング・ナイフを所持してたことは確認してるんですよ」

「ええ、そうですね」

「だったら、自分に判断を委《ゆだ》ねるのは卑怯《ひきょう》でしょ？」

「その通りかもしれませんね。ですが、わたしは守屋を銃刀法違反で書類送検する気にはなれないんですよ。彼は一度、若い連中に袋叩きにされてるんです。恐怖心を克服するためには刃物が必要だったんでしょう」

「人情刑事を演じたいんですか?」

「そうではありません」

「では、なぜなんです?」

「わかりませんか」

「ええ」

「きみを試《ため》させてもらってるんですよ」

「どういうことなんです⁉」

「刑事は法の番人です。しかし……」

「何です?」

「その前に、ひとりの人間です。はっきり言いましょう。四角四面の刑事《デカ》とコンビを組んでも愉しくありません。法律やモラルにがんじがらめにされてる人間は魅力がないからです」

「もし守屋を連行したら、自分とのコンビを解消するおつもりなんですね?」

「そんな子供じみたことはしませんよ。事件が解決するまでは相棒を務めさせてもらいます。ただ、辰吉さんの孫でも一緒に酒を酌《く》み交わす気にはなれないでしょうね」

「あなたは名刑事だったんでしょうが、かなり偏屈《へんくつ》ですね。ご自分の美学を他人《ひと》にも押しつけようとしてる。わがままですよ。自信過剰でもあります」

「そんな面倒な話ではありません。わたしは俠気《おとこぎ》のある奴が好きなだけですよ。年齢や経験にかかわりなく、そういう相棒と一緒に仕事ができればいいと考えてるわけです。もちろん、相手が嫌いなタイプでも、きっちり職務は果たしますがね」

「その頑《かたく》なさがあるから……」

「何です？」

「いいえ、なんでもありません」

「守屋のことは、きみに任せます。わたしは先に署に戻ってます」

辺見がそう言い、足早に店から出ていった。

久我は床を踏み鳴らした。年若い相棒をこんな形で試すのは、どこか思い上がっているのではないか。数々の伝説を持つ名刑事だからといって、あまりに傲慢《ごうまん》すぎる。あんなふうだから、職場で上司や同僚たちに敬遠されてしまうのだろう。自業自得だ。

久我の内面で、ヒーローの偶像が崩れた。

十五年前に理不尽な目に遭《あ》ったことで、心根《こころね》が捩曲《ねじま》がってしまったのだろう。辺見は悲劇のヒーロー気取りで、子供のように拗《す》ねているだけなのではないか。

警察社会に絶望したのなら、さっさと依願退職すべきだ。五十代後半の男が働き口を見つけるのはたやすくないだろう。しかし、その気になれば、警備保障会社か大型スーパーの保安係にはなれるのではないか。

うつうつとした気分で刑事をつづけているよりも、そのほうがはるかに精神衛生にはいいのではないか。他人に妙なダンディズムを説く前に潔《いさぎよ》さを示してほしいものだ。

久我は腹立ち紛れに悪意を膨《ふく》らませたが、当面の問題を処理しなければならない。さて、どうしたものか。

思いあぐねていると、守屋がつかつかと歩み寄ってきた。

「わたしを銃刀法違反で渋谷署に連行するつもりなんだろ？　だったら、早く行こう。先輩が手柄を譲ってくれたみたいだね。こっちは、もう失うものは何もないんだ。地検送りにされてもかまわない」

「悪党ぶるな。銃刀法違反であんたを逮捕《パク》っても、手柄なんかにゃならないんだ。第一、こっちは点取り虫なんかじゃない。見損なわないでくれ」

「それじゃ、目をつぶってくれるのか？」

「ま、そういうことになるね」

「なら、フォールディング・ナイフを返してほしいな」

「警察をあんまりなめるなっ。押収品は、こっそり棄《す》ててやるよ」

久我は言い放ち、ネットカフェを走り出た。

雑居ビルの階段を駆け降り、明治通りに駐めてある覆面パトカーに乗り込む、脇道で車の向きを変えて、ふたたび明治通りに出る。

恵比寿方面に短く走り、渋谷駅の斜め前にある渋谷署の敷地に車ごと入った。署は青山通りと明治通りが交差する角にある。

久我はアリオンを所定のスペースに駐め、エレベーターで五階に上がった。

捜査本部に入ると、斉木警部と話し込んでいた辺見が片手を挙げた。久我は辺見に歩み寄った。

「例の彼は、三階の刑事課ですか？」

辺見が先に口を開いた。

「いいえ。自分、ひとりで戻りました。といっても、別にあなたに迎合《げいごう》したわけではありません。自分なりの考えで、結論を出したんです」

「そうですか。やっぱり、辰吉さんの孫ですね」

「こうなることを予想してたんですか？」

「ええ、まあ」

「人が悪い方だ。誰かに何かを試されるのは愉快なことじゃありません」

久我は口を尖らせた。

「そうでしょうね。出過ぎたことをしてしまいました。赦《ゆる》してください」

「それほど深い狙いはなかったんですよ。できれば、波長の合う相棒と仕事をしたいと願ってただけです」

「何か意図《いと》があってのことなんですね？」

辺見が言って、セブンスターに火を点けた。

そのとき、斉木係長が言葉を発した。

「守屋の件では無駄《ロス》をさせて悪かったな。少しでも怪しい奴は一応、洗ってみるのが刑事の習性なんでさ」

「たいしたロスじゃありませんよ」

「守屋が本件ではシロだってことは、辺見さんから聞いた。それから、ナイフを持ってたこともな」

「そうですか」

「しかし、ゴム製のナイフだったそうじゃないか。辺見さんから、そう報告を受けてる」

「辺見さん、いったいどういうことなんですか⁉」

久我は相棒のベテラン刑事を睨《にら》んだ。辺見はほほえんだきりで、何も答えようとしない。

「辺見さんは、おまえに肩の力を少し抜けと遠回しに教えてくれたんだよ。法律だけを尺度にして犯罪者に接してる刑事は、決して大きく伸びない。追う者も追われるものも生身の人間同士だ。人生の機微《きび》に触れれば、頑《かたく》なな心もほぐれる。人間味のない刑事はいい仕事ができない。辺見さんはおまえに期待してるからこそ、あえて厭《いや》な役回りを演じてくれたのさ。おまえは未熟だから、むかっ腹を立ててたんだろうな？」

「図星です。そこまでは読めませんでした」

「だろうな」

「少し勉強しておきます」

久我は頭に手をやった。辺見が笑顔を向けてきた。

「いつか機会があったら、一杯飲《や》りましょう」

「ええ、ぜひ！」

「それはそうと、小谷の自宅アパートの手摺に付着してた借り主以外の指掌紋は、データベースにどれも登録されてないそうですよ」

「鑑識の結果が出たんですね？」

久我は斉木に顔を向けた。

「そうなんだ。それから、採取した足跡《ゲソ》も不明だという報告が上がってきた」

「『道草』の佐伯店長の動きを探ってた別班は、彼の指紋をこっそり入手できなかったんですね？」

「戸栗《とぐり》・大久保《おおくぼ》コンビは佐伯が使ったコップをこっそり店の従業員から借りてくれたんだが、指紋《モン》が一致しなかったんだ。例の黒いビニール袋を小谷の部屋のベランダに投げ込んだのは、佐伯じゃないいな。『道草』のオーナーの光武洋は犯歴がなかったから、指紋台帳には登録されてなかった。それから、オーナーが佐伯店長のアリバイ工作に協力した疑いも消えた。事件当夜の午前零時過ぎに出入りの八百屋が店に電話して、佐伯と話をしてるんだ。ファクスで注文した品物の個数の文字が不鮮明だったとかで、店長に電話で確認したことが明らかになったんだよ」

「そうですか。小谷直広、佐伯朋和、守屋一海の三人がシロとなったわけですから、振り出しに戻ってしまったんですね」

「鑑取《かんど》りを中心に洗い直してみようや」

「はい」

「きょうの夕方六時から羽村の通夜《つや》が営まれる。故人の関係者が集まるだろうから、辺見さんと一緒に情報を集めてくれ」

斉木が指示した。

久我は大きくうなずいた。

第三章　非番の捜査

1

弔問客《ちょうもんきゃく》は引きも切らない。

黒い礼服姿の男女が次々に寺の境内に吸い込まれていく。

辺見は、法妙寺《ほうみょうじ》の前の路上に立っていた。かたわらには、久我刑事がいる。

法妙寺は神奈川県厚木《あつぎ》市の外れにあった。江戸時代中期に建立《こんりゅう》された由緒ある寺院だ。背後は丘陵地になっていた。羽村の実家は隣の伊勢原《いせはら》市にある。

時刻は午後六時数分前だった。

「通夜《つや》の客が多いんで、びっくりしました。それだけ、故人はたくさんの人たちに慕われてたんでしょう」

久我が言った。

「そうなんでしょうね。それに二十五年の生涯だったんで、早すぎる死が悼《いた》まれてるんでしょう」

「ええ。警察の偉いさんが何人も訪れてますよね。羽村巡査は若くして殉職してしまったわけですが、本庁や警察庁《サッチョウ》の幹部たちまで弔《とむら》いに来てくれた。これで、成仏《じょうぶつ》できるでしょう」

「それはどうでしょうか」

「犯人が捕まるまで成仏できませんかね」

「わたしは、そう思います」

辺見は応じながら、口数が多くなった自分に驚いていた。本庁から所轄署に異動になって以来、職場の関係者とは必要最小限の言葉しか交わしてこなかった。心を閉《と》ざしていたからだ。

どの上司や同輩も腰抜けばかりだという思い込みがあって、まともに話をする気にはなれなかった。しかし、久我には最初から強い拒否反応は覚えなかった。

彼の母方の祖父と親交があったからという理由だけではない気がする。久我のまっすぐな性格が清々《すがすが》しく思えたからだろう。

警察は、軍隊に似た階級社会である。上司の命令には服従しなければ、組織の中では生きていけない。たとえ黒いものでも上司が白と言えば、反論は許されないのだ。

公務員は総じて権力に弱い。言い換えれば、それだけ保身《ほしん》の気持ちが強いわけである。

むろん、それぞれが正義感は持っている。だが、力のある者には屈しやすい面がある。身内意識が強く、仲間の少々の不正には目をつぶってしまう。

十数年前に社会問題化した組織ぐるみの裏金づくりがいい例だ。全国のほとんどの警察が昔から架空《かくう》の捜査協力費を計上して裏金を捻出《ねんしゅつ》し、そのプール金の一部が警察幹部に回されていたことは公然たる秘密だった。

民間企業もあらゆる手を使って、節税や脱税に励んでいる。社員にしても、接待費や出張費をごまかしている。感心できることではないが、そうした小さな不正は必要悪とも言えよう。

警察官が人情の柵《しがらみ》に負けて、交通違反や喧嘩《けんか》騒ぎといった軽い犯罪に目をつぶる程度のことも大きな罪とは言えない。しかし、被害者の生命、財産、人格にかかわる事件を闇に葬《ほうむ》るのは断じて赦《ゆる》せないことだ。

辺見は警察官になったときから、その信念は崩してこなかった。だが、十五年前の一件では上層部の圧力や意向《いこう》を撥《は》ね除《の》けることができなかった。

その時点で、自分は一度死んでしまった。刑事失格という烙印《らくいん》を捺《お》さざるを得なかった。汚名は簡単に拭《ぬぐ》えるものではない。

できることなら、転職したかった。しかし、大学を出ていない中年男が労働条件のいい働き口に就《つ》ける当てはない。入退院を繰り返していた母の入院治療費を払いつづけられるのか。

姑《しゅうとめ》の介護に疲れ果てている妻が倒れたら、どうなってしまうのか。ひとり息子を大学まで進ませてやれるのだろうか。

辺見自身は学歴にはそれほど拘《こだわ》っていない。だが、息子は大学進学を望んでいた。親としては、できるだけ子の夢を叶《かな》えてやりたい。

家族を背負っていることを考えると、自分の意地やプライドを守り通すわけにもいかなかった。そのことを悔やんではいない。だが、このまま停年の日まで敗北者でいいのか。刑事魂《だましい》を取り戻し、自分なりの決着をつけたいではないか。

「辺見さん、どうなさったんです？　何か心配事でもあるんですか？」

久我が問いかけてきた。

「申し訳ありません。ちょっと考えごとをしてたもんですから」

「そうですか。『浮雲の会』の今藤由起夫会長と故人のボランティア仲間六人が寺から出てきたら、聞き込みをしましょうよ。別班の聞き込みでは聞けなかった新事実を摑《つか》めるかもしれませんから」

「初動捜査では、羽村巡査の独身寮の部屋からは気になる物は何も出てこなかったんでしたよね？　パソコンのＵＳＢメモリーとか、デジカメ、ＩＣレコーダーなんて物は」

「そういう類《たぐい》の物は何も見つからなかったはずです。辺見さんは、故人が非公式に何か事件の捜査をしてたんではないかと……」

「小谷、佐伯、守屋の三人がシロで、羽村巡査が私生活で何もトラブルを抱えてなかったとなれば、ボランティア活動中に故人が犯罪に巻き込まれた可能性があるかもしれないでしょ？」

「ええ、考えられますよね。慰問《いもん》先は保育園、幼稚園、老人ホームということでしたから、羽村巡査が子供やお年寄りと何かで揉《も》めたなんてことはないはずです」

「そういうことはなかったでしょう。故人は温厚《おんこう》な性格だという話でしたからね」

「となると、慰問先の子供かお年寄りが何かトラブルに巻き込まれて、羽村巡査に相談したのかもしれません。それで故人は仲裁に入って、相手に逆恨《さかうら》みされたんでしょうか？」

「そういうことは考えられそうですね」

「そうだとしたら、犯人はなぜ被害者をトランクス一枚にしたんでしょう？　死因は心臓部に氷の塊《かたまり》を押し当てられたことによるショック性の心不全でした。何時間かかけて羽村巡査を凍死させるつもりじゃなかったのに、なんで下着だけにさせたのかな。上半身だけ服を脱がせても目的は果たせたと思うんですよ。それが謎ですね、自分には」

「トランクス一枚にして、被害者の身許が判明するのを少しでも遅らせたかったのかもしれません。いや、そうではないな。被害者は宇田川町交番詰めの警察官だったし、死体が発見されたのは隣町です。身許は造作なく判明したでしょう」

「ええ、そうですね。犯人は小谷と同じようなポリスマニアだったのかな？」

「そうではないと思います」

辺見は言った。

「加害者が制服や拳銃など官給品一式を持ち去ったのは、警察フリークの犯行と思わせるためのカムフラージュ作戦だったんではないかと？」

「多分、そうだったんでしょう。だから、羽村巡査を殺害した者は制服と警察手帳を黒いビニール袋に詰めて、小谷の自宅アパートのベランダに投げ込んだんでしょうね」

「辺見さんの推測通りなら、犯人は小谷と面識がある人物だな」

「とは限らないと思います」

「えっ、限りませんか？」

「小谷とは間接的な知り合いでも、彼がポリスマニアであることは知り得《う》るでしょう。共通の知人がいれば、その者から小谷が警察フリークであることを教えられた可能性もありますから」

「なるほど、そうだな」

「ちょっと待ってください。小谷とは間接的な繋《つな》がりがなくても、彼が警察オタクであることを知り得ますね」

「そうですか？」

「ええ。小谷はネットで、ポリスグッズの売買相談をしてたと考えられます」

「そのことは確認してませんが、充分に考えられますね。しかし、アドレスだけで小谷の個人情報を引き出せますか？　いま、プロバイダーはどこも神経質になってるはずですよ」

「そのことは知ってます。しかし、いろいろ裏技もあるようですよ。それに犯人が捜査機関の人間になりすませば、プロバイダーも協力するんではありませんか？」

「そこまでやれば、渋々ながらも、プロバイダーは協力するでしょうね。しかし、刑事や検察官に化けたことが発覚した場合は厄介《やっかい》でしょ？」

「その通りですね。しかし、捜査当局の目を逸《そ》らさなければならないわけですから、犯人はそこまでやるかもしれません」

「ええ、そうでしょうね」

久我が足踏みをしはじめた。

寒気が厳しい。いつもよりも冷え込む。夜半から、雪がちらつくのではないか。

「交代で車の中で暖《だん》を取りましょうか？」

辺見は提案した。

覆面パトカーは数十メートル離れた路上に駐《と》めてあった。アリオンの前後には夥《おびただ》しい数の警察車輛《しゃりょう》が連なっている。

渋谷署の署長と副署長も、そのうち通夜の席に顔を出すと聞いている。地域課の同僚たちは全員、弔問に訪れるにちがいない。

「自分は、まだ大丈夫ですよ。辺見さん、先に車の中に入ってください」

「わたしも、これぐらいの寒さには耐えられますよ。三十代のころは、降りしきる雪の中で徹夜で張り込みをしました」

「そういうこともあったんでしょうね」

「ええ。牡丹雪《ぼたんゆき》だったんで、一時間もじっとしてると、傘がずしりと重くなるんですよ。そのたびに傘を傾けて、雪を落としたものです」

「捜査車輛が入れない路地で張り込んでたんですか？」

「いいえ、道幅は六メートルありました。ですから、被疑者の恋人宅の近くに捜査車輛を停《と》めることはできたんですよ」

「どうしてそうしなかったんです？」

「恋人のために強欲な金融業者を撲殺《ぼくさつ》した犯人は、逮捕される前に好きな女にどうしても一目会いたくなったんでしょう。わたしはそれを察したんで、たっぷりと最後の逢瀬《おうせ》をさせてやろうと思ったんですよ。犯人が長期刑を喰《く》らえば、二人は別れることになるでしょうからね」

「いい話だな。それで、その被疑者はいつ恋人宅から出てきたんです？」

「明け方でしたね。犯人はわたしに礼を言って、両手を差し出しました」

「その男は張り込まれてることに勘づいてたんだな。刑事と犯罪者の人間的な触《ふ》れ合いを忘れてはいけない。辺見さんは、自分にそう教えてくれたんですね？」

「わたしは、ただ、成り行きで昔話をしただけですよ。若手に何かを教えられるほど偉くありません」

「粋《いき》だな、粋ですよ。やっぱり、祖父《じい》さんの目は狂ってなかったんだな。辺見さんは自分の目標です」

「おだてられても、何も出ませんよ」

「照れないでください」

久我が小さく笑った。

そのすぐ後、寺の門から六、七人の弔問客が現われた。『浮雲の会』の今藤会長と故人のボランティア仲間だった。

「行きましょう」

辺見は相棒を促《うなが》した。二人は今藤たちに近づき、身分を告げた。どちらも姓だけを名乗った。

「ご苦労さまです。一日も早く羽村君を殺した犯人を逮捕してください」

元教師の今藤が辺見に言った。教え子を喪《うしな》ったような沈痛な表情だった。

「ベストを尽くします。別班がすでにご協力いただきましたが、追加の聞き込みをさせてほしいんです」

「まだ容疑者が捜査線上に浮かんでないようですね？」

「ええ、まあ。早速ですが、羽村巡査はボランティア活動中に何か揉めごとを起こしたことはありませんでした？」

「そういうことは一度もなかったですね。羽村君は穏《おだ》やかだったから、誰かと衝突することはなかったな」

「ボランティァ仲間がトラブルに巻き込まれて、故人が仲裁に入ったこともありませんでした？」

「なかったですね、そういうことも」

「そうですか」

辺見はボランティア仲間たちに目を向けた。

男が四人で、女が二人だった。いずれも二十代に見えた。六人が相前後して、今藤の言葉に相槌《あいづち》を打った。

「羽村君が何かの恨みで殺害されたとは考えられませんね。きっと犯人は拳銃を強奪したかったにちがいありません。誰からも故人は好《す》かれてたんですから、それしか考えられませんよ。羽村君からピストルを奪《と》った奴は銀行強盗でもやる気なんでしょ？」

「そうなんでしょうか。その気になれば、ネットの闇サイトを利用して、改造銃や密造銃も手に入れられなくはない時代です。裏社会に知り合いがいれば、中国製トカレフのノーリンコ54やマカロフの真正銃《マブチャカ》も入手可能でしょう。わざわざ危険を冒して、警察官のハンドガンを狙《ねら》うことはなかったはずです。犯人にとっては、極めて危険な賭けですからね」

「確かに、そうだな。もしかしたら、羽村君は偶然に轢《ひ》き逃げでも目撃したのかもしれませんよ。あるいは、引ったくりや窃盗《せっとう》の犯行現場に居合わせたのだろうか」

「そうだとすれば、職業柄、故人は所轄署にすぐさま事件通報したでしょう」

「ええ、そうですね。そういう記録はないんですか？」

今藤が訊《き》いた。

「ないはずです。羽村巡査は犯行そのものを目撃したのではなくて、事件に発展するかもしれない事柄に接して、非公式に調べてたのかもしれません」

「ああ、なるほど。彼は犯罪を憎んでましたから、事件を未然に防ぎたいという気持ちも強かったでしょう」

「そう考えてもいいと思います。羽村巡査に何か小さな異変はありませんでした?」

「わたしは何も聞いてないいな」

「みなさんはどうでしょう?」

辺見は、故人のボランティア仲間に目を向けた。すると、二十一、二歳の女性が口を開いた。

「羽村さんの事件に関連があるのかどうかわかりませんけど、先月の五日に慰問先の幼稚園で少し気になることがありました」

「どんなことです?」

「わたし、大学の演劇部の仲間たちと一緒に人形劇の慰問をしてるんです。成城《せいじょう》五丁目にある『ひまわり幼稚園』を羽村さんたちと慰問した日、人形劇の途中で女の子の園児が手洗いに行ったんですよ」

「それで?」

「五分ほど経《た》ったころ、その子が泣きながら、講堂に戻ってきたんです。わたしは舞台にいたんで、園児に事情を訊《たず》ねることもできませんでした。講堂の後ろで人形劇を観《み》てた羽村さんが泣いてる子に話を聞くなり、勢いよく表に飛び出していったんです」

「何があったんですかね」

「後《あと》で羽村さんに訊きましたら、トイレの帰りに泣いて講堂に戻ってきた子は変な男に名前を教えろと強く迫られたそうなんです」

「で、その園児はなんか怕《こわ》くなって、泣きながら戻ってきたんですね？」

「そうみたいです。羽村さんは幼稚園の周辺を巡《めぐ》ってみたようですが、不審者はどこにもいなかったと言ってました」

「その女の子の名前は？」

「わたしはわかりません。でも、『ひまわり幼稚園』に行けば、氏名はわかると思います。ひょっとしたら、羽村さんはその後、怪しい男の正体を突きとめたのかもしれませんね。それで、殺されることになったんじゃないかしら？」

「そのあたりのことを少し調べてみましょう。失礼ですが、あなたのお名前を教えてください」

「矢代沙霧《やしろさぎり》です。聖和女子大文学部仏文科三年です」

「ご協力ありがとうございます。ほかに何か異変に気づかれた方はいませんか？」

辺見は、ふたたびボランティア仲間たちに目をやった。

発言をする者はいなかった。

「後日、何かわかったら、警察に連絡しますよ」

今藤会長が若い仲間たちとひと塊《かたまり》になって、ゆっくりと遠ざかっていった。

「矢代という女子大生が言ってたこと、大きな手がかりになるような気がしたんですが、どう思われます?」

　久我が問いかけてきた。

「わたしも、そんな気がしましたよ。羽村巡査は手洗いから泣いて講堂に戻ったという園児の話を聞いて、何か犯罪の臭《にお》いを嗅《か》ぎ取ったのかもしれませんね」

「そして、さっきの女子大生が言ってたように故人は非公式に調べつづけてたんでしょうか?」

「その可能性はありそうですね。そして、羽村巡査は大きな陰謀《いんぼう》に気づいたのかもしれません。それだけではなく、すでに立件できるだけの証拠は揃《そろ》えてたとも考えられます」

「そうだとしたら、直属の上司に何もかも打ち明けて、本格的な捜査をさせるでしょ?」

「犯罪の主犯格が手強《てごわ》くて、羽村巡査は竦《すく》んでしまったのかもしれません」

「首謀者《しゅぼうしゃ》は闇社会の首領《ドン》か、大物政財界人だったんでしょうかね」

「そこまでは推測できませんが、とにかく明日にでも『ひまわり幼稚園』に行ってみましょう」

「はい」

「あっ、別班の二人が境内から出てきました。故人の血縁者や友人から何か新たな手がかりを得られたんでしょうか?」

「自分、ちょっと訊いてきます」

「お願いします」

辺見は軽く頭を下げた。久我が別班の二人に駆け寄った。辺見はウールコートの襟《えり》を立て、首を縮めた。一段と冷えてきた。
四、五分後、相棒が駆け戻ってきた。
「収穫はなかったそうですよ」

「そうですか。では、東京に帰りましょう」

辺見たちは、ほぼ同時にアリオンに乗り込んだ。

2

邸宅街に入った。

世田谷区成城五丁目だ。久我は、覆面パトカーの速度を落とした。羽村の通夜が営まれた翌日の午後一時過ぎである。

「もう殉職した被害者は骨になってしまったんでしょう。遺族のことを考えると、遣《や》り切れませんね」

助手席で、辺見が呟《つぶや》いた。

「ええ、でしょうね。羽村巡査は殉職したことで二階級特進で、警部補の職階を与えられたわけですが、身内はちっとも嬉しくないはずです」

「ええ。警察官が職務中に命を落とすことは立派なことかもしれませんが、故人はさぞ無念だったにちがいありません」

「自分も、そう思います。一刻も早く犯人《ホシ》を取っ捕まえてやりたいな」

「そうですね」

会話が中断した。被害者の制服を着用して警察官になりすました小谷直広は、午前中に身柄を東京拘置所に移された。起訴されることになるだろうが、実刑は免れるのではないか。

「この近くに『ひまわり幼稚園』があるはずです」

久我はハンドルを操《あやつ》りながら、左右に目を向けた。

高級住宅が並んでいる。どの家も敷地が広く、庭木が多い。落ち着いたたたずまいだ。百数十メートル先の左側に目的の幼稚園があった。建物は少しも派手ではない。邸宅街に融《と》け込んでいる。

久我は、アリオンを園内の駐車場に入れた。

すぐに相棒と車を離れ、事務室を訪ねた。すでに電話で来訪目的は伝えてある。久我たち二人は女性事務員に園長室に案内された。

園長は五十代の半《なか》ばで、志賀良子《しがりようこ》という名だった。ふくよかで、眼鏡をかけている。

「年中組《ねんちゆう》の皆川《みながわ》先生と由奈《ゆな》ちゃんに十分後にここに来るよう伝えてほしいの」

志賀園長が女性事務員に言って、歩み寄ってきた。久我たちは、それぞれ園長に名刺を手渡した。園長も二人に自分の名刺を差し出した。

三人は応接ソファに坐《すわ》った。久我は辺見と並んで腰かけた。

「『浮雲の会』の方たちが慰問してくださったのは、去年の十二月五日の正午過ぎでしたの。最初に会長のご挨拶《あいさつ》があって、リズム体操、マジックショーが演じられ、人形劇がはじまったんですよ」

園長が澱《よど》みなく喋《しやべ》った。久我は、まず確認した。

「由奈ちゃんが手洗いに立ったのは、人形劇の途中だったんですね？」

「ええ、そうです。受け持ちの皆川先生に断って、トイレに行ったんですよ」

「先生は一緒に行かれたわけじゃないんですね？」

「ええ。入園したばかりの年少組の子には先生が同行する場合もありますけど、原則として、トイレにはひとりで行かせてますの」

「そうですか。講堂から手洗いまでは、どのくらい離れてるんでしょう？」

「四十メートルほどでしょうか。怪しい男は塀《へい》を乗り越えて、園内に侵入したようです。園児が集まると、いつも正門は閉めるようにしてるんですの。正門には防犯カメラを設置してあるんですけど、塀の部分には……」

「セキュリティーシステムは設けてないわけですね？」

「そうなんですよ。だから、塀から外部の者に忍び込まれたら、すぐには園の関係者も気づかないんですよね」

志賀園長は済まなそうな顔つきになった。

「別に園側には落ち度はなかったと思いますよ」

「そう言っていただけると、少しは気持ちが楽になります」

「由奈ちゃんは、どのあたりで不審者に声をかけられたんでしょう？」

「トイレの近くに講堂に通じる渡り廊下があるんですが、そこで由奈ちゃんは三十代と思われる男に呼び止められたんだそうです。それで怪しい奴は胸の名札を見ながら、『苗字《みょうじ》は山岡《やまおか》だよね？』と何度も訊いたらしいんです」

「園児たちの名札には、下の名しか書かれてないんですね？」

「はい。四、五年前までは姓だけを書かせてたんですけど、それだと親しみが湧《わ》かないでしょ？」

「そうかもしれませんね」

「それだから、園児の下の名を平仮名や片仮名で入れさせるようになったんですよ」

「そうですか」

「もう刑事さんたちはご存じでしょうが、由奈ちゃんは現国土交通大臣の山岡登《のぼる》さんのお孫さんなんですよ。ご長男の娘さんなの」

「そうだったんですか⁉」

思わず久我は、かたわらの辺見を見た。ベテラン刑事も驚いている様子だった。

山岡大臣は六十七歳で、民自党の国会議員だ。過去にも二度、閣僚になっている。

「由奈ちゃんの父親も代議士なんですか？」

「いいえ、東都大学の准教授ですよ。お名前は利光《としみつ》さんで、ちょうど四十歳のはずです。由奈ちゃんのお母さんは留衣《るい》というお名前で、三十二、三歳だったと思います。独身のころは、国際線のキャビンアテンダントをなさってたと聞いてます」

園長が言った。

そのとき、ドアがノックされた。志賀園長が応答した。さきほどの女性事務員が三人分の緑茶を運んできた。すぐに彼女は園長室から出ていった。

「粗茶ですけど、どうぞ！」

園長が勧めた。

久我は遠慮なく日本茶を啜《すす》った。香りがよく、味もいい。玉露《ぎょくろ》だろうか。

「山岡由奈ちゃんが妙な男に声をかけられたことは、親御さんには伝えたんでしょうか？」

辺見が園長に問いかけた。

「ええ、電話で由奈ちゃんのお母さんに伝えました。由奈ちゃんが家で不審者のことを話すかもしれないとは思ったんですけど、念のためにね」

「そうですか。警察には？」

「いいえ、通報はしませんでした。おかしな男は由奈ちゃんの腕を摑んだわけではないという話でしたから、あんまり大げさに騒ぎ立てるのもどうかと思ったんですよ」

「しかし、由奈ちゃんの祖父は現職の大臣なんです。一応、通報はしておいたほうがよかったのかもしれませんよ」

「そうですね。でも、由奈ちゃんのお宅のどなたかが成城署に一報は入れてるかもしれません」

「それは考えられますね。由奈ちゃんは両親と一緒に山岡大臣夫妻と同居されてるんですか？」

「ええ。近くにある山岡邸で、二世帯が一緒に生活されてるんですよ。由奈ちゃんのお父さんの妹は商社マンと結婚されて、ロンドン暮らしをしてますんで、大臣夫人がご長男一家と同居されたがったようです。由奈ちゃんが生まれるまでは、ご長男夫婦は参宮橋《さんぐうばし》でマンション暮らしをしてたようですけどね」

「そうですか。その後、由奈ちゃんが同じような目に遭《あ》われたことは？」

「ありません」

志賀園長が即答した。

園長室のドアが、またノックされた。今度の入室者は、年中組を受け持っている皆川先生と山岡由奈だった。先生は二十代の後半で明るい印象を与える。下の名は梢《こずえ》だった。

由奈は色白で、育ちのよさを感じさせる。円《つぶ》らな瞳が愛くるしい。

久我たち二人は腰を浮かせ、それぞれ自己紹介した。

皆川先生と由奈は園長の横に腰かけた。由奈は真ん中に坐る形になった。

「思い出したくないことを話してもらわなければならないんだけど、大丈夫かな？」

久我は斜め前の由奈に話しかけた。

「はい」

「去年の十二月五日のことなんだけど、由奈ちゃんはトイレの帰りに変な奴に渡り廊下の所で苗字をしつこく訊かれたんだよね？」

「そうなの。とっても怕《こわ》かったわ」

「どんな感じの男だったの？　三十代と思ったのはどうしてなのかな」

「四十歳のパパよりも、ちょっと若い感じだったから」

「そうか。背は、どうだったの？　でっかかったのかな。それとも……」

「ちっちゃかった。うちのママよりも背は低かったわ」

「ママは身長何センチなの？」

「えーと、百六十四センチだったかな。ママよりも七、八センチは低いと思う」

「体つきは太ってた？」

「普通ね。でも、サラリーマンじゃない感じだった。黒い革《かわ》のコートをセーターの上に着てて、下はジーンズだったから」

「そう。その男は、由奈ちゃんに苗字を訊いただけ？」

「お祖父《じい》ちゃまのことも知ってるみたいなことをちょっと言ってた」

「どんなふうに？」

「えーと、なんだったっけな？　よく思い出せない」

由奈が泣き笑いに似た表情を見せた。

「無理に思い出さなくてもいいんだ。とにかく、由奈ちゃんは怖くなったんだね？」

「うん、そう。わたし、どこかに連れて行かれるかもしれないと思っちゃったの。そしたらね、自然に涙が出てきちゃったんだ。それで泣きながら、講堂に戻ったの」

「逃げながら、後ろを振り返ってみなかったのかな？」

「おっかなくて、わたし、そんなことはできなかった」

「そうだろうね。由奈ちゃんが講堂に逃げ込んだら、手品を見せてくれた羽村ってお兄さんが近づいてきたんだ？」

「うん、そう。お兄さんに変な男性《ひと》のことを話したら、すぐに講堂から飛び出していったの。お兄さんは幼稚園の周《まわ》りを走り回ってくれたんだけど、おかしな人はどこにもいなかったって」

「そうなのか」

「わたし、その夜はなかなか眠れなかったの。ママが一緒にベッドに入ってくれたんだけど、なんだか怕くってね」

「そうだろうな」

「刑事さん、もういいでしょうか？」

皆川先生が口を挟んだ。久我は辺見に目顔で指示を仰《あお》いだ。

「お二人は、もう結構です。ご協力に感謝します」

辺見が皆川梢に謝意を表した。皆川先生は由奈を立ち上がらせ、園長室から連れ出した。

「ボランティアの羽村巡査は、不審者のことを皆川先生には言わなかったんですかね？」

久我は園長に顔を向けた。

「渡り廊下の所で由奈ちゃんが怪しい男に声をかけられたということは皆川先生に話したようですが、ほかは特に何も言わなかったそうですよ」

「そうですか。大騒ぎするほどのことじゃないと判断したんですかね」

「そのあたりのことはよくわかりませんが、数日後に羽村さんは当直明けに山岡邸を訪れて、由奈ちゃんの母親に会ったらしいんですよ。それでね、お母さんに由奈ちゃんをしばらく独《ひと》りで外出させないほうがいいと言ったらしいんです」

「羽村巡査は由奈ちゃんが変質者に連れ去られるとでも思ったのかな」

「そうなのかもしれませんね。そのあたりのことは、由奈ちゃんのお母さんから直接うかがってみたら、いかがでしょうか。山岡邸をお訪ねになるんでしたら、わたくし、先方さんに予《あらかじ》め連絡しておきますよ」

「そうしていただけると、とても助かります」

辺見が園長に言った。園長は快諾《かいだく》し、ソファから立ち上がった。

久我たちは園長室を辞去し、捜査車輛に乗り込んだ。

「羽村巡査は十二月五日の翌日から翌々日に山岡宅の周辺を個人的にパトロールしたんではないですかね？」

助手席で、辺見が言った。

「それで、怪しい小柄な男が山岡大臣宅の周《まわ》りをうろついてることに気づいたんでしょうか？」

「そうなのかもしれません。不審者の正体を突きとめたのかどうかはわかりませんが、由奈ちゃんが拉致《らち》される恐れがあると感じたんでしょうね」

「黒革のコートを着た小男は性的異常者なんですかね。そうではなく、現職大臣の孫を誘拐して、身代金《みのしろきん》をせしめる気でいたんでしょうか？」

「不審者は由奈ちゃんに苗字を確かめようとしたという話ですから、前者ではないでしょう」

「幼女に性的ないたずらをすることが目的なら、わざわざ姓名を確かめる必要はないわけですから」

「そうですね。自分、頭が悪いな。怪しい小柄な男は、営利目的の誘拐を企《たくら》んでたんでしょう」

「そうなんでしょうか。現職大臣といっても山岡代議士は若いときから政治活動をしてきただけで、会社経営者ではありません」

「ええ、そうですね。それでも、一般国民よりははるかに所得が多いはずです」

「それは間違いないでしょう。しかし、大臣の孫を誘拐しても、巨額の身代金をせしめることは難しいでしょ？　財界人ではありませんからね、山岡大臣は」

「そうですが、かわいい孫を人質に取られたら、五千万円でも一億円でも身代金を工面すると思いますよ」

久我は控え目に反論した。

「そうかもしれません。しかし、身代金だけが目的なら、犯人は別の資産家を狙うでしょう。現職大臣には必ずＳＰが付きますし、私邸にも立ち番の制服警官が張りつきます」

「ええ、そうですね。わざわざガードの固い相手の孫娘を人質には取らないか」

「わたしは、そう思います。不審者が由奈ちゃんを連れ去る気でいたとしたら、犯行目的は身代金ではないでしょう」

「山岡大臣か、長男夫婦に何か恨みがあるんですかね？」

「そうなのかもしれませんし、犯人は山岡一族に何か裏取引を持ちかけるつもりだったとも考えられます」

「あっ、そうだな。さすが名刑事ですね。読みが深い」

「この程度の推測は誰にもできるんではありませんか？」

「きついことをおっしゃる」

「せっかちに筋《すじ》を読もうとすると、見えるものが見えなくなってしまうものです。わたしも二、三十代のころはそうでしたから、偉そうなことは言えませんがね」

辺見が微苦笑した。

久我はアリオンを発進させた。二つ目の角を左折すると、右側に山岡邸があった。豪邸だった。敷地は優《ゆう》に三百坪はありそうだ。奥まった場所に二階建ての洋風住宅が見える。

レリーフをあしらった門扉《もんぴ》の前には制服警官が立っていた。二十三、四歳だろうか。

久我は捜査車輛を山岡邸の斜め前の路肩《ろかた》に寄せ、エンジンを切った。相棒と車を降り、立ち番の警官に身分を告げる。

「ご苦労さまです！」

相手がかしこまって敬礼した。辺見が先に口を開いた。

「小柄な三十代の男が去年の十二月五日前後に山岡宅の周りをうろついてませんでしたか？」

「該当する不審者に職務質問したことがあります。十二月四日の夕方のことでした。確か氏名は佐伯朋和で、年齢は三十四歳ですよ」

「なんだって⁉」

久我は辺見と顔を見合わせた。

「運転免許証を見せてもらって、すぐに犯歴照会をしたんです。前科歴もありませんでしたし、物騒《ぶっそう》な物も所持してませんでしたので、そのまま立ち去らせたんですが、まずかったでしょうか？」

相手が久我に言った。

「いや、いいんだ。それはそうと、宇田川町交番に詰めてた羽村という巡査が先日、殺されたんだが……」

「その事件のことは、もちろん知ってます。被害者の羽村さんは去年の十二月八日の夕方に大臣宅を訪ねてきて、ご長男の奥さんにお目にかかってるんですよ。そのとき、わたしが取り次いだんです。申し遅れましたが、成城署地域課の辻原喬《つじはらたかし》巡査です」

「羽村巡査は、佐伯のことで何か訊かなかった？」

「特に何も質問されませんでしたね」

「そうか」

「おふた方が見えられることは、若奥さんからうかがっていました。どうぞお入りください」

辻原が門扉を押し開けた。

久我たち二人は洒落《しゃれ》た石畳を進み、ポーチに上がった。ノッカーを鳴らすと、すぐに由奈の母親が姿を見せた。知的な美人だった。

「園長先生から電話をいただきました。どうぞお入りください」

「お邪魔します」

久我たちは広い玄関で靴を脱いだ。玄関ホールに面した応接間に通された。二人は深々とソファに並んで腰かけた。

「コーヒーでよろしいかしら？」

山岡留衣がどちらにともなく訊いた。先に辺見が応じた。

「どうかお構いなく。早速ですが、本題に入らせていただきます。去年の十二月八日の夕方、羽村巡査がお宅を訪ねましたね？」

「はい」

留衣が辺見の前に坐った。

「羽村巡査は、あなたにしばらくお嬢さんを独りでは外出させないようにと忠告したとか？」

「ええ、そうなんです。十二月五日に由奈が幼稚園で不審な男に声をかけられましたんでね」

「羽村は怪しい小柄な男の正体を突きとめたようでした？」

「さあ、それはわかりません。羽村さんは、そのことには触れませんでしたから」

「そうですか」

辺見が口を閉じた。久我は由奈の母に声をかけた。

「ご主人の山岡利光さんは、東都大の准教授をされてるとか？」

「はい、経済学部で教えています」

「ご主人が何かトラブルに巻き込まれたなんてことは？」

「まったくありません。夫はおっとりしたタイプですから、他人とぶつかったことはないと思います」

「義父の山岡大臣が何か揉め事を抱えてる気配は？」

「夫の両親とは原則として、夕食を一緒に摂《と》っているんですよ。義父はふだん通りに由奈とお喋りをしてますから、別に悩み事はないと思います。もともと家庭に仕事の話は持ち込む方ではありませんから、たとえ何か面倒な問題を抱え込んでいても、家族には洩《も》らさないでしょうね」

「大物政治家はそれだけの度量がなければ、とても務まらないんでしょう」

「ええ、多分。よくは存じませんが、政界は強《したた》かな策士《さくし》がたくさんいるようですから、義父も気が休まることがないんでしょうね。ですけど、仕事上の悩みを家族に打ち明けても解決するわけではありません。ですから、義母や息子にも何も言わないんでしょう」

「そうなんでしょうね」

「羽村さんには、娘が親切にしていただいたんで、捜査の状況がとても気になってましたの。容疑者はもう……」

「もう少し時間がかかりそうですね」

「早く犯人が捕まるといいわ。折を見て、娘と一緒に羽村さんのお墓参りをさせていただくつもりでいるんですよ」

「そうしてあげてください」

「はい」

「最後に確認させてください。十二月五日の出来事は地元署に通報されました？」

「いいえ。娘は連れ去られそうになったわけではないんで、事を大きくしたくなかったんです。義父は閣僚ですから、何かとマスコミの目が向けられていますでしょ？ですから……」

「わかります」

「そんなことで、娘のことは警察には黙っていたんです」

留衣が言った。これ以上長居しても、手がかりは得られないだろう。

久我は辺見に目で合図して、先に腰を浮かせた。

3

捜査本部の警察電話を鳴らす。

辺見は刑事用携帯電話《ポリスモード》を右耳に当てた。

アリオンの中だ。山岡宅を辞《じ》したのは数分前である。

予備班の斉木班長が受話器を取った。辺見は名乗って、去年の十二月五日の出来事を詳しく報告した。さらに三日後に殉職警官が山岡宅を訪れた事実も伝えた。むろん、佐伯朋和の不審な行動にも触れた。

「居酒屋『道草』の佐伯店長は、山岡大臣の孫を誘拐する気だったんではありませんかね」

斉木が言った。

「その可能性はあると思います。しかし、犯行目的は身代金目当ての誘拐ではないでしょう。山岡大臣は有数の資産家ってわけではありませんから」

「辺見さんの推測は正しいんだろうな。営利誘拐ではないとすると、犯人側は大臣の孫を人質に取って、何かの切り札に使う気でいたのかもしれないな」

「わたしも、そう読みました。山岡大臣に限らず自分の孫を宝物のように慈《いつく》しんでる祖父母は多いはずです。愛《いと》しい孫が危害を加えられそうになったら、どんな要求も呑《の》んでしまうでしょう」

「犯人側は由奈ちゃんを切札にして、山岡大臣に何か裏取引を持ちかける気でいたようだな」

「おそらく、そうだったんでしょう。しかし、その計画は失敗に終わった。だから、もう山岡大臣の孫は連れ去られることはないと思います」

「そうでしょうね。当然、山岡家の人々は警戒心を強めるはずですから」

「ええ、そうですね。犯人側は次の手を何か考えてるんでしょう」

「辺見さん、どんなことが考えられます？」

「山岡家の誰かに何か醜聞《スキャンダル》や弱みがあれば、それを脅迫材料にされるかもしれません」

「それ、考えられますね。殺された羽村巡査は佐伯の怪しい行動を何らかの方法で知って、密《ひそ》かにマークしてたんじゃないのかな」

「そう考えてもいいと思います。そして、何か陰謀を嗅ぎつけた。だから、口を封じられたんでしょう」

「辺見さんは、久我と一緒に佐伯に張りついてみてください。わたしは別班の者に山岡家の人々に何か弱みがあるかどうか探らせます」

「お願いします」

「この時間なら、まだ佐伯は店にはいないんじゃないのかな。対象者《マルタイ》の自宅の住所をすぐに調べます。このまま少し待っててください」

「わかりました」

辺見は上着の内ポケットから手帳を取り出した。

二分も待たないうちに、斉木が佐伯の自宅の住所を教えてくれた。渋谷区代々木二丁目二十×番地、『メゾン代々木』三〇四号室だ。アドレスを書き留め、通話を切り上げる。

「佐伯の家《ヤサ》に向かいます」

久我が捜査車輛を走らせはじめた。辺見は前方を見ながら、自分が無意識に意外な行動をとったことに驚いていた。

この十五年間、異動になった所轄署で数々の捜査本部事件に携《たずさ》わってきたが、自ら捜査主任、副捜査主任、予備班班長に聞き込みの報告をしたことは一度もなかった。相手に問われたときに捜査状況を教えるに留《とど》まっていた。つまり、それだけ捜査に力を注《そそ》いでいなかったわけだ。俸給に見合った労働をしていたにすぎなかった。

だが、今回の捜査で久我とコンビを組んで以来、自分の内部で何かが少しずつ変化しはじめている。そのことは自覚していた。

久我は祖父から、本庁時代の辺見のエピソードをあれこれ聞いていたようだ。どのエピソードもだいぶ脚色されていたにちがいないが、鮨屋《すしや》の大将が孫にまったくの作り話を語ったとは思えない。

久我が昔の自分に何かを感じて、警察官を志したとすれば、失望と幻滅《げんめつ》を味わわせたことになる。十五年前の一件で、自分は刑事失格の烙印を捺さざるを得なくなった。大切な誇《ほこ》りを棄《す》ててしまったことで、いまも自己嫌悪感は消えていない。腰抜けになったという思いも拭えていなかった。

しかし、久我と出会ったときから、自意識過剰な敗北者のままで停年退職するのはみっともないのではないかとぼんやりと思うようになった。尻尾《しっぽ》を巻いた負け犬のままでは男が廃《すた》る。惨《みじ》めだし、女々《めめ》しすぎる。

それ以前に、それこそ税金泥棒だ。個人で果たせることは限られている。それでも逃げるのは卑怯《ひきょう》だ。気負《きお》わずに精一杯、不正と闘う。それでこそ、警察官だろう。

少なくとも、あまり後輩刑事を落胆させることは避《さ》けたい。敗者復活にチャレンジしてみるぐらいの意地は見せたいものだ。

いつしか辺見は、そんな気持ちになりつつあった。

「斉木さん、びっくりしてましたでしょ？」

久我がにやついた。

「えっ、どうしてです？」

「自分もまさか辺見さんが捜査本部《チョウバ》に率先して報告を上げるなんて思ってもいませんでしたから、かなり驚きましたよ」

「ただの気まぐれですよ」

「そういうことにしておきましょう」

「本当に気まぐれなんですが、少し道筋が見えてきたような気もしたんでね」

「その調子で、くだけた口調で喋ってくださいよ。自分、なんか嬉しくなってきました」

「嬉しくなった？」

「はい。辺見さんが少しずつ心を開いてくれてると感じたからです」

「わたしは別に久我君に心を閉ざしてなんかないつもりですがね」

「素直ではありませんね、辺見さんは。でも、少し屈折《くっせつ》した大人の男は魅力的ですよ」

「誉《ほ》め言葉と受け取っておきます」

辺見は小さく苦笑した。

「話は違いますが、佐伯が例の黒いビニール袋を小谷の部屋のベランダに投げ込んだ疑いは消えたわけですが、自分らはアリバイ工作を見抜けなかったんですかね？」

「羽村巡査を殺して官給品をそっくり奪ったのは『道草』の店長だったのではないかと言いたいんでしょ？」

「ええ、まあ」

「本事案《ほんじあん》では、佐伯はシロだと思います。誰かが羽村殺しの犯人に見せかけたくて、マニア仲間の小谷の自宅アパートのベランダに例の物を投げ込んだんでしょう」

「やっぱり、そういうことなんでしょうか？」

「だと思います」

「そうならば、謎の人物は佐伯に何かうまい話を持ちかけて、去年の十二月五日に山岡由奈を拉致するよう唆《そそのか》したんではありませんかね？」

「そうなのかもしれません」

「どっちにしても、佐伯朋和は臭《くさ》いな」

久我が運転に専念しはじめた。

それから十数分後、捜査車輌は『メゾン代々木』に着いた。三階建ての低層マンションだった。

辺見たちはアリオンを路上に駐め、静かに階段を上がった。

エレベーターはなかった。三〇四号室に近づく。辺見は表札を確かめてから、青いスチールドアに耳を寄せた。

部屋の主は、大きな声で通話中だった。馴々《なれなれ》しい口調で喋っている。相手は友人か、ポリスマニア仲間なのだろう。

「ストレートに訊問《じんもん》してみます？」

久我が小声で言った。辺見は黙って首を横に振り、三〇四号室から離れた。そのまま二人は『メゾン代々木』を出た。

「少し外で様子をうかがってみましょう」

辺見は路上で言った。

「車の中から三〇四号室のドアは見えませんね。交代で、道で張り込みましょう」

「三十分ごとに交代したほうがよさそうですね」

てててください」

「そうしましょう。最初は自分が外で張り込みますよ。辺見さんは車の中で体を休め
久我がそう言い、さりげなく辺見から離れた。

辺見はアリオンの助手席に腰を沈めた。

久我が通行人を装いながら、『メゾン代々木』の前を行きつ戻りつしはじめた。低層マンションに差しかかると、きまって三〇四号室のドアを見上げた。

うかがい方が大胆すぎる。未熟も未熟だ。低層マシションの居住者にそのうち訝《いぶか》しがられるだろう。対象者の佐伯にも、張り込みを覚《さと》られるかもしれない。

辺見は見ていられない気持ちになったが、あえて先輩風は吹かさなかった。張り込みも尾行も失敗を重ねないと、上手にならないことを経験で知っていたからだ。

二十分が過ぎても、なんの変化もなかった。

久我はいかにも寒そうだ。背を丸めて、両手をコートのポケットに突っ込んでいる。

少し早目に交代してやるべきか。

そんなことを考えていると、辺見の懐《ふところ》で私物のスマートフォンが着信した。

スマートフォンを取り出し、ディスプレイを見る。発信者は妻の淳子だった。

「具合が悪くなったのか?」

「ううん、そうじゃないの。祐輔が東京本社に来てるんだって。少し前に電話があっ

たのよ」

「そうか」

「本社の会議に出るようにって上司に言われて、急に出張してきたんだって。それでね、今夜は祐輔はこっちに泊まるのよ。明朝、新幹線で大阪に戻って、そのまま支社に行くと言ってたわ」

「久しぶりに息子が戻ってくるんで、はしゃいだ声だったんだな。すごく嬉しそうだね？」

「そりゃ、嬉しいわよ。それで今夜は少し高い牛肉を買って、スキヤキにしようと思ってるの。いま、ヘルパーの桜井さんに夕食の買い出しに行ってもらってるのよ」

「そう」

「あなた、早く帰ってきてね。祐輔は七時前後には、こっちに来ると言ってたわ。あなたも、そのくらいには戻れるんでしょ？」

「いや、無理だな。捜査に少し動きがあったんでね」

辺見は言った。

「あら、どうしたの？　所轄署勤務になってからは、十五年も早く帰宅するようになってたのに」

「たまには捜査に熱を入れないとな」

「今度の被害者は若いお巡りさんだったのよね。身内が殺されたんで、弔《とむら》い合戦をする気になったの？」

「おれには妙な身内意識なんかないよ。なぜか急に刑事魂みたいなものが息を吹き返したんだ」

「それは喜ばしいことじゃないの。眠ったように生きてるあなたは、もう見飽《みあ》きちゃったわ。昔のように生き生きと捜査に打ち込んで。祐輔とは、いつでも会えるんだから。もちろん、早く帰れるんだったら、戻ってきてほしいけどね。でも、あんまり無理はしないで」

妻が先に電話を切った。不覚にも辺見は涙ぐみそうになった。

だらだらと過ごしてきた十五年間、淳子はただの一度も発破《はっぱ》をかけたりしなかった。咎《とが》めたり、厭味《いやみ》を口にすることもなかった。

しかし、内心では殻《から》に閉じ籠《こも》ってしまった夫に歯痒《がゆ》さを感じていたのだろう。生気を失った連れ合いに幻滅していたにちがいない。

辺見は長い歳月、うじうじと生きてきた自分を改めて恥じた。打ちのめされたら、不屈のボクサーのように何度でも立ち上がればいい。傷だらけになっても、巨大な敵に強烈なボディーブロウを放つ気構えを保《たも》ちつづける。

そうすれば、いつか反撃のチャンスが巡ってくるだろう。それだけを信じて、がむしゃらに突き進めばいいのではないか。継続は力なり、だ。怯《ひる》んでいたら、何も変化は生まれない。もう〝眠り刑事《デカ》〟とは、おさらばだ。

辺見は自己暗示をかけ、覆面パトカーを降りた。相棒と交代し、『メゾン代々木』の前を往復しはじめた。寒さを堪《こら》えながら、ひたすら歩く。

やがて、陽《ひ》が沈んだ。

スクーターに乗った佐伯が低層マンションの敷地から現われたのは、午後五時数分前だった。辺見はスクーターが遠ざかってから、覆面パトカーの助手席に乗り込んだ。すぐさま久我がアリオンを発進させた。

佐伯のスクーターは裏通りを幾度か折れると、ＪＲ代々木駅前通りに出た。どこにも寄ることもなく、スクーターは『道草』に横づけされた。

佐伯はスクーターを店舗ビルの間に押し入れると、居酒屋の中に消えた。

まだ準備中だったが、店には煌々《こうこう》と照明が灯《とも》っていた。従業員たちが仕込みに追われているのだろう。

「佐伯が店の中で怪しい人物と接触するとは思えないな。辺見さん、このまま店を張り込むんですか？」

「営業中に対象者《マルタイ》が誰かと会う可能性はなさそうだね。佐伯が店の外に出てきたら、事情聴取してみましょう」

二人は居酒屋の隣のテナントビルの前に停めた捜査車輛の中で、時間を遣り過ごした。

佐伯が『道草』から出てきたのは、六時一分前だった。軒灯《けんとう》の近くに屈《かが》み込み、電源を入れた。辺見たちは素早くアリオンを降り、佐伯に歩み寄った。佐伯が二人を見て、にわかに落ち着きを失った。何か後ろめたいからだろう。

「少し話をうかがいたいんですがね」

久我が言った。

「まだ、ぼくは疑われてるんですか⁉　宇田川町交番の巡査が殺された晩のアリバイはあるんですから、いい加減にしてくださいよ」

「その件じゃないんです」

「別に危《ヤバ》いことなんかしてません」

「お手間は取らせません。ここでは目立ちますから、車の中に入りましょう」

辺見は佐伯の肩を包み、アリオンの後部座席に乗せた。すぐに自分もリアシートに腰を沈める。久我が急いで運転席に入った。

「去年の十二月四日の夕方、あなたは成城の山岡大臣宅の周辺をうろついてて、立ち番の辻原という巡査に職務質問されましたね？」

辺見は穏やかに確かめた。

「えっ⁉」

「あなたは辻原巡査に求められて、運転免許証を見せたはずです。空とぼけても、意味はありませんよ」

「その通りです。閑静な高級住宅街を歩いて、自分をちょくちょく奮《ふる》い立たせてるんですよ。いつか自分もビッグになって、でっかい邸《やしき》に住むぞってね。それだけだったんですが、お巡りさんに不審がられてしまって……」

「あんた、去年の十二月五日、成城五丁目にある『ひまわり幼稚園』に忍び込んで、国交大臣の孫の山岡由奈に渡り廊下の所で声をかけたんじゃないのかっ」

久我が上体を捩《ねじ》って、佐伯を睨《にら》んだ。

「そ、そんなことはしてません」

「由奈って園児は、相手が三十代の小柄な男だったと証言してるんだ」

「それだけで、ぼくを疑ったんですかっ。捜査のやり方が少しずさんなんじゃないのかな？」

「そうまで言うなら、これから山岡宅まで捜査車輛を走らせよう。由奈って子に面通ししてもらえば、彼女に苗字をしつこく訊いた男があんたかどうかはっきりするからね」

「それは……」

佐伯がひどく取り乱した。視線を泳がせ、全身を小刻みに震わせはじめた。

「嘘《うそ》はつき通せるもんではありません」

辺見は、佐伯の肩に手を当てた。佐伯の呼吸が乱れた。

「山岡大臣の孫娘に声をかけましたね」

「え？」

「観念しろ！」

久我が声を張った。佐伯は口を開けたが、言葉は発しなかった。

「楽になったら、どうです？」

「すみません！　魔《ま》が、魔が差したんです」

佐伯が言って、辺見に取り縋《すが》った。

「やっぱり、そうでしたか。山岡大臣の孫を連れ去るつもりだったんでしょ？」

「そ、そうなんですけど、由奈って子に泣かれたんで、急にこっちもビビっちゃったんですよ。それで幼稚園の塀を乗り越えて、懸命に逃げたんです」

「途中で追っ手に気づいたんではありませんか？」

「いいえ。でも、レンタカーを急発進させたとき、後方に人影があることに気づきました。ナンバーを読まれたかもしれないと思ったんですけど、相手の姿かたちを見る余裕はなかったんですよ」

「そうかな。あんたは後方にいたのが羽村巡査とわかったんで、第三者に殺《や》らせたんじゃないのかっ。それで、そいつに羽村の制服なんかをポリスマニア仲間の小谷の部屋のベランダに投げ込ませたんだろうが！」

久我が喚《わめ》いた。

「違う、違うんだ。警官殺しには関与してないし、小谷の部屋のベランダに羽村巡査の制服なんかも投げ込ませてない」

「本当だなっ」

「もちろんだよ」

「山岡由奈を拉致する気だったことは認めるんだな？」

「二、三日、山岡大臣の孫娘を部屋に軟禁してくれって頼まれたんだよ。営利誘拐を企んでたわけじゃないんだ」

「どこの誰にたのまれた？」

「石井《いしい》と名乗る男から去年の十二月二日の夜にスマホに電話があって、山岡大臣の孫を二、三日預かってくれたら、絶対に警察官採用試験にパスさせてやるって言われたんだよ。警察の偉いさんに親しい人物がいるから、規定の身長に達してなくても、必ず合格させてやると……」

「そんな話、信じられない」

「嘘じゃないんだ。どうしても警察官になりたかったんで、相手の話に乗ってしまったんだよ。そしたら、次の日、自宅マンションの郵便受けに大臣宅や『ひまわり幼稚園』の住所を記したメモ、それから山岡由奈のスナップ写真を収めた書類袋が入ってたんだ」

「石井と称した相手は、公衆電話を使ったんだろうね？」

　辺見は佐伯に問いかけた。

「ええ、そうです。スマホのディスプレイに、公衆電話と表示されてました」

「声から年齢は察しがつくと思うんですが……」

「含み声だったんですよ。おそらくボイス・チェンジャーを使ってたんだと思います」

「幼稚園に無断で入り込んで、山岡大臣の孫を連れ去ろうとした。それだけで、れっきとした犯罪です。警察で取り調べを受けてもらいます。いいですね？」

「は、はい。でも、店の者に後のことを頼んでおかなければなりませんから、五、六分、『道草』に戻らせてください」

「自分が一緒に行きます」

　久我が先にアリオンから出て、佐伯と一緒に居酒屋に入っていった。

　佐伯は苦し紛《まぎ》れに、もっともらしい作り話を思いついたのか。そうではなく、事実なのか。判断がつかない。

辺見は腕を組んで、長く唸《うな》った。

4

佐伯が泣きはじめた。

渋谷署の三階にある刑事課の取調室2だ。室内の空気は重苦しい。

久我は隅《すみ》の記録係の席に坐っていた。本庁の斉木警部はスチールデスクを挟《はさ》んで、被疑者の佐伯と向かい合っていた。斉木の背後には、辺見刑事が立っている。

「そっちのスマホの着信記録はチェックさせてもらった。確かに供述通り、去年の十二月二日の夜、公衆電話からの着信があった。自称石井から電話があったことは認めよう」

斉木が被疑者に言った。

佐伯が涙でくぐもった声で何か応じた。だが、聞き取れなかった。

「なんだって？」

斉木が佐伯に訊いた。

「ぼくの話、信じてもらえましたよね？」

「石井と名乗った男から電話があったという話は、事実なんだろう。しかしね、一面識もない相手の頼みをすぐに聞き入れるなんて、話にリアリティーがないな」

「そう思われても仕方ないのかもしれません。でも、警察官採用試験に合格させてやると言われたんで、つい相手の言いなりになってしまったんですよ」

「そっちは、ずっと警察官になりたかったんだよな？」

「はい」

「だったら、物事の善悪の区別はできるだろうが。幼稚園児を強引に連れ出して、二、三日軟禁することは犯罪じゃないかっ」

「そうなんですけどね」

「正直に吐けよ、佐伯。そっちは、石井という男と前々から知り合いだったんだろう？」

「違います。一度も会ったことないんですよ、本当に」

佐伯が焦《あせ》って訴えた。

「そっちの供述通りだとしたら、警察官を志望する資格はないな。平気で家宅侵入罪と誘拐未遂事件をやらかしたんだからさ」

「すみません」

「自称石井がそっちの自宅マンションの郵便受けに入れたという山岡宅と幼稚園の略図、それから由奈って孫のスナップ写真も去年の十二月八日に焼却してしまったって？」

「ええ」

「それは、石井って男の指示だったのか？」

「いいえ、自分の判断で燃やしたんです。山岡由奈を幼稚園から連れ出すことができなかったし、レンタカーで逃げるときに誰かに見られてしまったんでね」

「レンタカーのことなんだが、そっちが十二月五日の午前中にカローラを借りた営業所に翌日、殺された羽村巡査が訪れたことがわかったんだよ。捜査班のメンバーの調べでさ」

「えっ、そうなんですか⁉」

「羽村は、逃走に使われたレンタカーのナンバーを読んで、車の借り主がそっちだって調べ上げてたんだよ」

「そうだったのか」

「羽村巡査は非番の日に、そっちの動きを探ってたんだろう。おまえはそのことに気づいて、羽村を始末する気になった。しかし、自分が実行犯になると、何かと危《ヤバ》い。そこで、石井って奴に相談したんじゃないのか？」

「そんなことしてません。ぼくは、石井という男とは会ったこともないんです。相手の連絡先も知らないんです。だから、相談なんかできるわけありませんよ」

「だったら、あんたが予《あらかじ》めアリバイ工作をしておいて、自分で羽村巡査を殺《や》り、官給品一式を持ち去ったんじゃないのかっ」

久我は椅子ごと振り向いて、佐伯に声を投げつけた。

「事件当夜のアリバイは立証されてるはずですよ。店のオーナーの光武さんが午前二時ごろまで一緒にいたことを証言してくれましたし、出入りの業者とも深夜に電話で喋ってるんです」

「一応、その裏付《ウラ》けは取ったよ。しかし、証言者たちがあんたに頼まれて、偽証したかもしれないからな。別班があんたのアリバイを洗い直しはじめてるんだ」

「何度調べ直しても、こちらはシロですよ。絶対に警官殺しには関与してないんですから」

佐伯が憤然《ふんぜん》と言って、そっぽを向いた。久我は被疑者を鋭く睨《ね》めつけた。

「久我、少し冷静になれ」

斉木が窘《たしな》め、佐伯に顔を向けた。

「くどいようだが、本当に石井という奴とは一面識もないんだな？」

「ええ」

「そいつは、警察の偉いさんとパイプがあるとか言ってたんだって？」

「はったりだったのかもしれませんが、そう言ってました」

「石井は、そっちが警察官志望だってことをどうやって知ったんだろうな？　何か思い当たるか？」

「ぼくがよく行ってる高田馬場の『非常線』というポリスグッズの店には、常連客たちがグッズの交換情報を書き込む掲示板があるんですよ。その掲示板に何度も書き込みをして、名前とスマホの番号を記しましたから、石井と名乗った男は……」

「掲示板の書き込みを見た？」

「ええ、多分ね。それしか考えられません」

「そうか」

「『非常線』に聞き込みに行ってもらえば、石井の正体はわかるかもしれません。店は早稲田《わせだ》通りに面してて、高田馬場駅から数百メートル離れてるだけですから、行けば、わかると思います。店の経営者は春名輝男《はるなてるお》という名で、五十代の半ばです」

佐伯が言った。斉木が振り向いて、辺見に声をかけた。

「久我と一緒に『非常線』に行ってもらえます？」

「ええ、いいですよ」

辺見が取調室2を出た。久我は立ち上がって、辺見を追った。

二人はエレベーターで階下に降り、ほどなくアリオンに乗り込んだ。

午後七時半を回っていた。

久我の運転で、高田馬場に向かう。目的のポリスグッズの店を探し当てたのは、およそ数十分後だった。

雑居ビルの一階にあった。間口はさほど広くないが、割に奥行きがある。久我たち二人は覆面パトカーを店の近くの路上に駐め、『非常線』に足を踏み入れた。四人の客が品定《しなさだ》めをしていた。男ばかりだ。

陳列されている模造品は、どれも精巧だった。掲示板は中ほどにあった。久我は書き込みを読んだ。

佐伯の書き込みは下段にあった。レア物の黒革コートと模造S＆W《スミス ウエッソン》CS40チーフズ・スペシャルを交換希望と記入され、氏名とスマートフォンの番号が付記されている。

「佐伯はいい加減なことを言ったわけじゃないようですね」

横に立った辺見が低く言った。

「ええ。しかし、なんか彼も疑わしいんですよね。正体不明の石井って奴は、実在するんでしょうか。ひょっとしたら、佐伯は十二月二日の晩、公衆電話から自分のスマホに電話をかけて、石井が実在するかのように小細工を弄《ろう》したんじゃないのかな」

「なんのために？」

「自分はあくまでも主犯ではなく、従犯だと印象づけたかったのかもしれません。佐伯はもっともらしいことを言ってますが、山岡一家に何か個人的な恨みがあって、由奈を引っさらう気でいたんじゃないですか？　身代金目当てじゃなくて、由奈の両親か祖父母を慌《あわ》てさせたくてね」

「しかし、これまでの聞き込み情報では佐伯と山岡家の人々は接点がないはずです」

「ええ、確かにね。佐伯は成功者の一家を妬《ねた》んでて、狙う相手は誰でもよかったんでしょう。ここ数年、その種の八つ当たり犯罪が多発してますよね？」

「そうだが……」

「格差社会ですから、負け組は勝ち組の存在が目障《めざわ》りで仕方ないんでしょう」

「佐伯は一応、『道草』の店長を任されてます。負け組というわけでもないと思いますがね」

「でも、店の経営者ではありません。単なる雇われ店長です。そもそも佐伯は、警察官になりたがってたんです。希望してる職業に就けなかったことで、世の中を恨んでたのかもしれません。さらに社会でうまく立ち回ってる成功者に対しても、悪い感情を懐《いだ》くようになったんじゃないでしょうか？」

「思い通りに生きてこれなかったからといって、その程度のことで自棄《やけ》になって暴走する人間はいないでしょ？　仕事も住む所もないわけじゃないんですから」

「しかし……」

「わたしは、そう思いますね。羽村殺しに関しては、佐伯はシロでしょう」

辺見が確信ありげに言って、掲示板から離れた。

久我は推測だけで佐伯を疑った自分の未熟さを恥じた。功を急ぎすぎているのか。

そう思いながら、相棒に従った。

店主の春名は奥の陳列ケースの向こうに立っていた。

白髪混《しらがま》じりだが、若造りだった。気が若いのだろう。

辺見が警察手帳を春名に見せ、姓だけを名乗った。久我も自己紹介する。

「佐伯朋和は、この店の常連客ですよね？」

辺見が春名に確かめた。

「ええ、上客のおひとりです」

「掲示板に佐伯の書き込みがありますが、本人が記入したんですか？」

「そうです。それぞれお客さんが書き込むことになってるんですよ。それが何か？」

「去年の十一月から十二月上旬にかけて常連客以外の者が熱心に掲示板を覗《のぞ》き込んでたことがありました？」

「十一月の末のある晩、ふらりと店に入ってきた四十歳前後の男が商品をひと通り見てから、掲示板の前に立って何かメモしてました」

「どんな男でした？」

「髪を短く刈り込んでましたね。背丈は百七十センチぐらいで、肩と胸が厚かったな。普通のサラリーマン風ではありませんでした」

「そうですか」

「眼光が鋭くて、ちょっと崩れた感じでしたね。といっても、組《くみ》関係者じゃないと思います。ひょっとしたら、あなた方とご同業かもしれませんよ」

「そう感じた理由は？」

「わたしがその方にどんな物をお探しでしょうと声をかけましたら、『真正銃《マブチャカ》があったら、欲しいんだけどね』なんて冗談を口にされたんですよ。そんな隠語がごく自然に出てくるのは、筋者《すじもの》か警察関係者ぐらいでしょ？」

「一般の人たちは拳銃《チャカ》という隠語は知ってても、真正銃《マブチャカ》までは馴染《なじ》みがないでしょう。あなたの言う通りでしょうね」

「警察の方が、わたしの店で改造銃が売られてるかどうか探りを入れにきたのかな。そういう物が手に入れば、店はもう少し儲《もう》かるんでしょうけどね。もちろん、冗談ですよ」

　春名がにっと笑った。久我は辺見よりも先に口を開いた。

「過去に上野のモデルガンショップで改造銃が売られてた事例があるんですよ。ここでも、密造銃や改造銃がこっそり売られてたりして」

「そ、そんな危ない商売はしてません！」

「冗談ですよ」

「びっくりさせないでください」

「申し訳ない。ところで、その四十年配の男はその後、この店に来ました？」

「いいえ、一度見えたきりですね。ただの冷やかしだったんだろうか。いや、そうじゃないな。単なる時間潰《つぶ》しだったら、掲示板の書き込みをメモなんかしないはずですから」

「ええ、そうですね。店内には防犯カメラが設置されてるな、春名さんのちょうど頭上に。十一月末の録画をちょっと観せてもらえます？」

「あいにく消去しちゃったんですよ、映像は。毎月、月末に録画した映像は消しちゃうんですよ。何カ月分もの映像を保存しておくスペースがないもんだから、万引きがあったときは録画したものを永久保存するようにしてるんですが、何も起こらない月はすべて映像を一カ月単位で消去してるんです」

「そうなのか」

「お役に立てなくて、ごめんなさい。また気になる四十年配の客が来たら、どちらかに連絡しますよ。名刺をいただけます？」

　店主が言った。久我は自分の名刺を春名に手渡した。

「小谷直広も、この店の常連だったんですよね？」

　辺見が店主に訊いた。

「ええ、そうです。テレビのニュースで小谷さんが先日殺された交番詰めの巡査の制服と制帽を着用して警官になりすましてたことを知って、腰を抜かしそうになりましたよ」

「そうでしょうね」

「当店のお客さんの多くは警察官を志望してたんですが、いろんな理由で夢は叶わなかったんです。実はね、わたしもそのひとりだったんですよ。色弱《しきじゃく》なんで、採用試験を受けられなかったんです」

「それで、ポリスグッズの店を……」

「ええ、そうなんです。小谷さんは自分の夢を完全には捨てられなかったんだろうな。だから、とんでもないことをしちゃったんでしょう。マスコミ報道によると、小谷さんは警察官殺しは強く否認したようですね？」

「小谷は羽村という巡査を殺害はしてません。そのことは、はっきりしたんです」

「では、彼はどんな方法で殺された警官の制服なんかを手に入れたんですか？」

「捜査中の事件なんで、その質問には答えられないんですよ」

「ええ、そうでしょうね。捜査の素人がこんなことを言ってはいけないんでしょうが、殺人犯は警察オタクじゃないと思うな。どんな理由があっても、憧《あこが》れてる職業に就いてる人たちを殺害するなんて考えられませんよ」

「でしょうね」

「警察にアレルギーのある人間の犯行なんじゃないのかな。ええ、そうにちがいありませんよ。そういう奴がポリスマニアの仕業に見せかけて、犯行に及んだんでしょう。公務執行妨害罪で検挙されたことがある連中を洗い出してみたら、どうです？　過激派の奴らがなんか怪しいな」

「ご高説、拝聴しておきます。ご協力、ありがとうございました」

「どういたしまして」

店主がおどけて最敬礼した。久我たちは、『非常線』を出た。

「掲示板の前でメモを執《と》ってたという四十絡《がら》みの男が気になりますね」

辺見が言った。

「そいつが自称石井なんでしょうか？」

「ええ、その可能性はあるでしょうね。真正銃《マブチャカ》という隠語を自然に使ったようですから、現職か元警察官と考えてもいいかもしれません」

「現職とは思いたくないな。何か悪さをして、懲戒免職になった奴なんでしょう。それも、暴力団係《マルボウ》だったんじゃないんだろうか」

「そうなのかもしれません。彼らは、頻繁《ひんぱん》に隠語を使いますからね」

「ええ。懲戒免職になる悪徳警官が毎年、全国で五、六十人はいます。その中には働き口が見つからないで、ヤー公になった者もいます。そこまで落ちぶれなくても、危ない橋を渡って喰ってる奴もいるようです」

「依願退職と違って、免職処分になった元警官を雇ってくれる会社はそう多くないですからね。喰うために犯罪に手を染めてしまう者も出てくるんでしょう。残念なことです」

「そうですね。過去五、六年間の免職者のリストを本庁警務部人事一課監察か警察庁から取り寄せて、正業に就いてない者を洗い出してみましょうよ。その中に、石井と称した男がいるかもしれませんから」

「そうしましょうか。しかし、それですぐに自称石井を突きとめることはできないかもしれません。山岡家の人々の私生活や交友関係を洗ってる別班が何か手がかりを摑んでくれるといいんですがね」

「ええ。それにしても、羽村巡査のサクラがなかなか見つからないな。凶器班は円山町周辺だけではなく、都内の公園や河川《かせん》をくまなく調べてるんですけどね。羽村を殺った犯人が拳銃は手許《てもと》に置いてあるんでしょうか？」

「そう考えたほうがいいのかもしれませんね」

「聞き込みの結果を斉木さんに報告したら、どこかで晩飯を喰いましょう。自分、だいぶ前から腹が鳴ってるんです」

久我は先に捜査車輌の運転席に乗り込み、懐のスマートフォンを探った。

第四章　癒着《ゆちゃく》の気配

1

キッチンが明るい。

まだ午前四時を過ぎたばかりだ。辺見は自分の寝室を出て、台所に足を向けた。

前夜、実家に泊まった息子の部屋はひっそりとしている。就寝中らしい。辺見はスリッパの音を殺しながら、居間まで歩いた。

台所で妻が杖《つえ》で体を支えながら、左手だけで庖丁《ほうちょう》を使っている。トマトを切っているようだ。

「朝食は、おれが作るよ。淳子はベッドに横になっててていいって」

「祐輔にちゃんとした朝ご飯を食べさせてやりたいのよ。大阪では、出勤前に牛乳を飲みながら、コンビニで買った調理パンを食べることが多いようだから。それじゃ、栄養が偏《かたよ》っちゃうでしょ？」

「そうだな」

「といっても、たいした朝食をこしらえたわけじゃないの。鮭《さけ》を焼いて、厚焼き卵とスモークド・サーモン入りのサラダを作っただけだけどね。それから、笹蒲鉾《ささかまぼこ》と明太子《めんたいこ》もあるわ」

「それじゃ、お茶碗と箸《はし》を出して」

「何か手伝うよ」

「わかった」

「昨夜《ゆうべ》は遅くまで、ご苦労さまでした。帰宅したのは、午前零時少し前だったようね？」

「そうだったな。淳子も祐輔も寝てたようだから、スキヤキを少しつついて、風呂に入ったんだ」

辺見は言った。

捜査本部事件だからといって、すべての捜査員が所轄署に泊まり込んでいるわけではない。自宅が近い者は終電車があるうちに戻る。辺見の自宅マンションは渋谷から東急東横線で二つ目の中目黒駅に近い。

家の遠い者や独身者は、たいてい捜査本部の置かれた所轄署に泊まっている。相棒の久我も渋谷署で寝泊まりしていた。ふだんは官舎住まいだ。

「あなたの分の牛肉、取ってあるの。スキヤキにします？」

「いや、みんなと同じ献立《こんだて》でいいよ」

「そう。きのうね、祐輔が東京本社に戻れるよう上司に掛け合うって言ってくれたんだけど、そんなことをする必要はないと言ったの。あなたがそばにいてくれるわけだもんね」

　妻が言った。

「そうだよ。で、祐輔の反応は？」

「内心は、ほっとしてたんじゃないかな？　京都に好きな女性《ひと》がいるんだから」

「おれたちは、まだ五十代なんだ。息子に頼らなくても、二人で何とかやっていけるさ」

「そうね」

「サラダを作ったら、椅子に腰かけてろよ。後《あと》は、こっちがやるからさ」

　辺見は食卓に三人分の茶碗や箸を並べ、皿と鉢《はち》も置いた。

　朝食の用意ができたころ、タイミングよく息子が起きてきた。辺見は祐輔が洗顔をしている間に三人分のご飯を盛りつけ、味噌汁をよそった。その後、急いで自分も顔を洗った。

　それから間もなく、家族は食卓を囲んだ。

「本社に呼び戻されるまで、大阪支社にいてもいいのかな」

　息子が箸を使いながら、辺見に話しかけてきた。

「そうしろよ。話は、母さんから聞いた。家のことは本当に心配しなくてもいいんだ」

「それじゃ、そうさせてもらうよ。父さんも元気になったみたいだからさ」

「元気になった？」

「そう。こっちが中学二年生ぐらいのときは父さん、なんか溌剌《はつらつ》としてた。だけど、その後は急に生気がなくなっちゃった。仕事で何かショックなことがあったんだろうね」

「人生、雨の日も風の日もあるさ」

「そうだね。それから長い間、父さんは何かに耐えながら、家族のために必死で働いてる感じだった」

「そんなふうに映ってたのか」

「だけど、いまは長いトンネルを抜けたような感じだよ。何かが吹っ切れたんだろうね？」

「母さんも、そう思ったわ」

　妻が息子に同調した。

「いまコンビを組んでる本庁の久我という若手刑事がやたら張り切ってるんだ。熱血漢で、なかなかの好青年なんだよ。彼に煽《あお》られてるうちに、少しモチベーションが上がってきたのかもしれない」

「十五、六年前の父さんに戻ったような感じだよ。きのうだって、だいぶ帰りが遅かったようだしね。どこかで梯子酒《はしござけ》をしてたわけじゃないんでしょ？」

「仕事だよ」

「捜査は難航してるの？」

「ああ、まあ。まだ犯人の割り出しができてないんだ。殺された若い巡査は誰からも好《す》かれてたようだから、一日も早く加害者を捕まえてやりたいんだがね」

「きっと父さんは、犯人を逮捕できるよ。昔みたいに顔つきがシャープになってきたから」

「そうかい」

辺見は照れ笑いを浮かべ、頬のあたりを撫《な》でた。

「祐輔が言ったように、父さんは今回の事件の捜査に携《たずさ》わってから、以前のように生き生きとしてきた。ええ、頼もしくなったわ」

淳子が笑顔で言った。妻が笑ったのは久しぶりだった。

辺見はなんとなく嬉しくなった。口許《くちもと》を緩《ゆる》める。

息子は朝食を摂《と》ると、慌《あわ》ただしく実家を飛び出していった。地下鉄を乗り継《つ》いで、東京駅で新幹線に乗ると言っていた。下りの始発列車には間に合わないかもしれないが、なんとか出社時刻には勤め先に滑《すべ》り込めるだろう。

辺見は後片づけを手早く済ませ、洗濯機を回し、ざっと掃除をした。妻をベッドに横たわらせ、ホームヘルパーに宛《あ》てた伝達事項をメモする。

ヘルパーの桜井睦美がやってきたのは午前八時半だった。辺見は睦美に妻の昼食の食材が冷蔵庫に入っていることを告げ、急いで自宅を出た。

渋谷署に着いたのは、午前九時四分前だった。

辺見は五階の捜査本部に直行した。各班のメンバーが十人ほど思い思いに坐《すわ》っていた。久我はインスタントコーヒーを飲んでいる。

瞼《まぶた》が腫《は》れぼったい。前夜は熟睡できなかったようだ。

「眠そうですね？」

辺見は相棒の隣に腰かけた。

「あちこちから大きな鼾《いびき》が聞こえてきて、ぐっすり眠れなかったんですよ。きょうこそ、耳栓《みみせん》を買います」

「そうしたほうがよさそうですね。斉木警部は食事ですか？」

「だと思います。もう間もなく戻ってくるでしょう」

「そうですかね」

「きのう、辺見さんが帰宅された直後に別班が次々に戻ってきたんですよ」

「何か新しい手がかりを摑《つか》んだんですか？」

「別所《べっしょ》・式根《しきね》コンビが山岡大臣の長男の利光から新情報を得たらしいんです」

久我が言った。

「どんな？」

「去年の十一月中旬に大臣宅に一通の告発状が届いたらしいんですよ。差出人は『東日本オンブズマン』という市民運動団体で、告発の内容は公共事業の入札にまつわる談合がいまだに行われてるのは山岡大臣が大手ゼネコンと癒着《ゆちゃく》しているからではないかと綴《つづ》られ、ただちに黒い関係を断ち切れと忠告してたそうです。そして、忠告を無視したら、談合のことを主要マスコミにリークすると脅迫したようなんです。告発状というより、脅迫状ですね」

「その手紙は大臣宛だったんでしょ？」

「ただ山岡様と表書きされてたらしいんですよ。それで、息子の山岡利光が開封したらしいんです。准教授は手紙を読んだ後、それを父親に手渡したそうです」

「大臣は文面を読んで、どんな反応を示したんでしょう？」

「単なる言いがかりだと怒って、封書ごとシュレッダーにかけてしまったというんですよ」

「それは残念ですね。その脅迫状が残ってれば、捜査の役に立ったんでしょうが」

「ええ、そうですね」

「『東日本オンブズマン』という市民運動団体には馴染《なじ》みがありません。久我君は知ってました？」

「いいえ、自分も知りませんでした。最近、組織化された団体なんでしょう」

「そうなんだろうか。由奈ちゃんの父親は差出人の住所を記憶してるんですかね」

「ええ、それは憶《おぼ》えてるようでした。事務局は新宿区西新宿三丁目十×番地だったかな。確か、そうです。辺見さん、差出人が忠告を無視した山岡大臣に腹を立てて、孫の由奈ちゃんをどこかに二、三日、軟禁しようとしたんではありませんか？」

「まだなんとも言えませんが、その可能性はありそうですね」

「自称石井が『東日本オンブズマン』の一員と考えれば、佐伯朋和を使って山岡由奈を拉致《らち》させようと画策したとも思えますでしょ？」

「そうですね。もしそうだとしたら、脅迫状の送り主は山岡大臣が大手ゼネコンと癒着して談合に目をつぶってるという確証をまだ得てないんでしょう」

「そうか、そうですよね。山岡大臣にそういった弱点があるんでしたら、それが充分に裏取引の脅迫材料になるからな」

「ええ、そうですね。差出人は、わざわざ大臣の孫娘を人質に取る必要はないわけです」

「大臣を脅かした奴が、まだ致命的な弱みを握ってないなら、由奈ちゃんはまた拉致される恐れがあるんじゃないですか？」

「その心配はないと思います。佐伯が誘拐に失敗してますから、同じ手は使わないでしょう」

　辺見は煙草《たばこ》に火を点《つ》けた。

「ああ、そうでしょうね。何か別の手口で、山岡大臣を脅迫するつもりなんでしょう」

「ええ、おそらくね。それはそうと、懲戒免職になった悪徳警官のリストはきょう中に揃《そろ》いそうですか？」

「はい、午前中にはリストが届くはずです。そのチェックは別のコンビにやらせると斉木さんがさっき言ってました」

「そうですか」

「えーと、それから別所・式根班には山岡大臣の女性関係を探らせると言ってましたから、自分らは脅迫状の差出人を突きとめろと指示されるんだと思います」

「そうなんでしょう。ところで、山岡利光が何か揉《も》め事を起こしたことはなかったんですかね」

「そういうことはなかったようですよ。大学の同僚たちとはうまくいってるようですし、教え子の評判もいいみたいですから。誰かと不倫してる気配はまったくないそうです」

「奥さんの留衣はどうなんでしょう？」

「山岡留衣も良妻賢母タイプで、悪い噂《うわさ》は聞かなかったそうです。大臣夫人は少し気難しいようですが、特に他人とトラブルになったことはないそうです」

「そうですか。山岡大臣には公設秘書と私設秘書がいるんでしょ？」

「公設秘書は男性二名、私設秘書は女性ひとりだそうです。三人とも平河町《ひらかわちょう》にある大臣の事務所詰めで、私邸に住み込んでる者はいないとの話でした」

「山岡大臣が秘書たちと何かで揉めたことは？」

「そういうことは一度もないそうです」

久我が言って、マグカップを大きく傾けた。

辺見は短くなった煙草の火を消した。そのとき、予備班の斉木班長が姿を見せた。辺見は斉木と朝の挨拶《あいさつ》を交わした。

「去年の十一月にポリスグッズの店で掲示板を覗《のぞ》いてたという男は、自称石井、臭《くさ》いですよね？　それから、元警官の可能性もありそうだな。辺見さんが言ったように、普通の勤め人や自営業者は真正銃《マブチャカ》なんて隠語は知りませんからね」

「ええ」

「山岡大臣宅に去年の十一月中旬に届いたという脅迫状のことは、もう久我から聞いてます？」

「ええ、少し前に聞きました」

「わたしは、石井と称した男が脅迫状を送りつけたのではと睨《にら》んだんですよ。辺見さんは、どう思われます？」

「そうなのかもしれませんね」

「久我を連れて、西新宿の『東日本オンブズマン』の事務局に行ってほしいんですよ。うまくしたら、自称石井の正体がわかるかもしれないでしょ？」

「そうですね。早速、動いてみましょう」

「お願いします」

斉木が奥に向かった。

辺見たちは相前後して立ち上がり、そのまま捜査本部を出た。アリオンに乗り込み、西新宿をめざす。

目的の場所に着いたのは、二十五、六分後だった。『東日本オンブズマン』の事務局は見当たらない。該当する番地には月極《つきぎめ》駐車場があった。

「脅迫者は架空《かくう》の市民運動団体の名を使ったようですね」

辺見は覆面パトカーの中で相棒に言った。

「そうなんでしょう。くそったれめが！」

「脅迫者は、このあたりに土地鑑《かん》があったんだと思います。だから、具体的な住所を書いたんでしょう。もしかしたら、昔、この近所に住んでたのかもしれません」

「そうですね。あるいは、勤め先があったのかな。新宿署が近くにありますが、自称石井は新宿署にいたことがあるんでしょうか？」

「それはわかりませんが、人間は偽名を使う場合、無意識に本名の一字を入れたり、似通った字を選びがちです」

「ええ、そうですね。もしくは、知り合いの苗字《みょうじ》を拝借したりもします。偽《にせ》の住所を書くときも、何らかの縁のある地名を使ったりする」

「ええ。自称石井がかつて新宿署にいたと考えるのは出来すぎでしょうが、近所で聞き込みをしてみましょう。何かヒントを得られるかもしれませんからね」

「それを期待しましょう」

久我が車の鍵《キー》を抜いた。辺見たちは覆面パトカーを降りた。

ビルと民家が混然と連なっている地域だった。小さな商店も見える。有料駐車場の斜め前には製本屋があった。二階は住居になっているようだ。

辺見たちは、製本屋のドアを開けた。

すると、機械の向こうから作業着を着た六十前後の男が歩いてきた。辺見は警察手帳を呈示し、姓を告げた。

応対に現われた男は製本所の主《あるじ》で、この場所で生まれ育ったらしい。

「月極駐車場になってる所には、かつて個人住宅があったんですか？」

久我が問いかけた。

「三年前まで、段ボール製造会社があったんだよ。でも、倒産しちまったんだ。跡地を中野の不動産会社が買って、賃貸マンションを建てる予定だったんだよ。けど、資金繰《ぐ》りがつかないとかで、ずっと月極駐車場になってるんだ」

「そうなんですか。ところで、この近所に石井という家がありますか？」

「ないね」

「石川《いしかわ》、石堂《いしどう》、石森《いしもり》なんて苗字のお宅は？」

「それもないと思うよ。個人宅だけじゃなく、そういう名の会社や商店もないな」

「そうですか。お仕事中に申し訳ありませんでした」

辺見は相手に一礼し、ドアを閉めた。

そのときだった。辺見は他人の視線を強く感じた。さりげなく横を見る。五十年配の男が焦《あせ》って物陰に隠れた。茶系のウールコートを背広の上に着込んでいる。

「ここにいてください」

辺見は久我に耳打ちして、不審者のいる場所に歩《ほ》を進めた。相手が慌てて駆け出し、脇道に駐《と》めた灰色のクラウンに乗り込んだ。

辺見はクラウンのナンバーを頭に刻みつけた。灰色の車は、ほどなくに走り去った。

辺見は相棒のいる所に戻った。

「怪しい五十男は車で逃げました」

「例の石井と称した奴なんですかね？」

「自称石井ではなさそうですが、仲間なのかもしれません」

「車のナンバーは？」

「憶えてます」

「それなら、すぐにナンバー照会してみましょう」

久我が急《せ》かした。辺見はうなずき、アリオンの助手席に乗り込んだ。

捜査車輛《しゃりょう》に搭載《とうさい》されている端末を操作して、ナンバー照会をする。

数分待つと、クラウンの所有者が判明した。都丸幸司《とまるこうじ》という名で、満五十歳だった。

現住所は大田区南雪谷《みなみゆきがや》四丁目三十×番地だ。

「ついでに、A号照会をしてみてはどうでしょう？」

久我が言った。

辺見は、すぐに犯歴照会もしてみた。前科歴はなかった。辺見は都丸の自宅に電話をして、夫人から職業も探り出した。

都丸幸司は、準大手ゼネコン『東光建工《とうこうけんこう》』の秘書室室長だった。

「『東光建工』は二年前に国土交通省の幹部職員四人にそれぞれ三百万円の現金を握

らせて、公共事業の入札に便宜《べんぎ》を図ってくれるよう働きかけ、東京地検特捜部に摘発されてますよ」

　相棒が言った。

「ええ、そんなことがありましたね。それ以来、『東光建工』は公共事業の受注が途《と》絶《だ》えてしまったんではなかったかな？」

「そうです、そうです。贈賄《ぞうわい》罪で起訴された準大手ゼネコンは山岡大臣に難癖をつけて、大手ゼネコンとの癒着ぶりをマスコミに教えるぞなんて脅迫して、公共事業を請け負わせろと迫る気だったのかもしれません。しかし、大臣に黙殺されてしまったんで、孫の由奈を佐伯に引っさらわせ、裏取引を持ちかけようとしたんではないのかな？」

「そんなふうに筋《すじ》を読めば、ストーリーは繋《つな》がりますね」

「ええ。自称石井は、『東光建工』に雇われた人間なんだと思います。それで高田馬場の『非常線』の掲示板を見て、言葉巧《たく》みに佐伯を仲間に引きずり込んだんでしょうね。警察官採用試験に合格させてやると言われて、佐伯はつい話に乗ってしまったんでしょう」

「そうなのかもしれません」

「都丸って秘書室室長をマークしてみましょう。『東光建工』の本社は港区芝大門《しばだいもん》にあるはずです」

「少し張り込んでみましょうか」

辺見は応じた。

「もう少しくだけた喋《しゃべ》り方をしてくださいよ。そんなふうに距離を置いた話し方をされると、自分はまだ相棒と認めてもらえてない気がして……」

「所轄署に異動になってから、ずっとこういうふうに上司や同輩と接してきたもんですから、いつの間にか、習《なら》い性《しょう》になってしまったんだと思います」

「体育会系のノリでかまいません。大先輩に同格扱いされると、なんだか小馬鹿《こばか》にされてるようで、なんか抵抗あるんですよ」

「小馬鹿になんかしてません」

「お願いですから、自分を若輩者《じゃくはいもの》扱いしてください」

「少しずつ親しみのこもった喋り方をするよう努力します」

「堅い！　まだ堅いですよ」

「そうかな？」

辺見は運転席を見た。

久我が肩を竦《すく》めて、覆面パトカーを走らせはじめた。

2

全身の筋肉が強張《こわば》っている。

久我はステアリングを抱き込みながら、坐り直した。覆面パトカーの運転席だ。

少し先に『東光建工』の本社ビルが見える。十六階建てで、外壁は白っぽい。

見通しは悪くなかった。

表玄関は見渡せる。好都合なことに、地下駐車場の出入口は表玄関の真横にあった。

マークした都丸幸司が勤務先から姿を見せれば、容易に気づくだろう。秘書室の室長が社内にいることは、偽電話で確認済みだった。久我は張り込む前に金《きん》取引会社の営業員を装って都丸に電話をかけ、商品を売り込む振りをしたのである。

「すっかり暗くなりましたね」

助手席の辺見が呟《つぶや》き、窓の外に目を向けた。ほんの数十分前まで夕色《ゆうしょく》が漂っていたのだが、いまは闇が深まっている。だが、まだ午後五時を過ぎたばかりだ。

「辺見さんは凄《すご》いな」

「何がです？」

「張り込んで六時間が経《た》っても、ほとんど同じ姿勢でいられるんですから」

「そう見えるでしょうが、両足を交互に小さく動かしてるんですよ。ずっと坐りっ放しですと、血の巡りが悪くなりますからね」

「ええ。下手すると、エコノミー症候群になっちゃうからな」

「そうですね」

「今夜、都丸は何か尻尾《しっぽ》を出してくれるでしょうか？」

「それを期待するのは甘いかもしれないな」

「辺見さん、その調子でフランクに喋ってくださいよ」

「わかりました。いや、わかったよ。張り込みの初日で大きな手がかりを得られることは稀《まれ》なんだ」

「そうですよね。これまでに自分も、そんなラッキーな思いをしたことはなかったな」

「でしょうね。いや、だろうね。ただ何年かに一度、そういう幸運に恵まれることがあるんだ。きょうがそういう日だといいんだがね」

「そうなってほしいな。渋谷署の署長、刑事課長、本庁《うち》の理事官の二人は焦《じ》れはじめてるようですから」

「だろうね」

「自分ら兵隊は別に怠《なま》けてるわけじゃないんですが、上の人たちには現場がもたついてるように感じるんでしょう」

久我は長嘆息《ちょうたんそく》した。そのすぐ後、捜査本部の斉木警部から電話がかかってきた。

「都丸室長は、まだ会社にいるのか？」

「ええ。もう間もなく動きがあると思います。係長《ハンチョウ》、懲戒免職になった元警官の洗い出しは進んでます？」

「何人か気になる奴がいるんだが、まだ絞り込むまでには至ってないんだ」

「そうですか」

「別所・式根コンビの調べで、山岡大臣に愛人がいることが判明したよ」

「どんな女性なんです？」

「桐野《きりの》あずみ、三十二歳だ。関東テレビ報道局の美人記者だよ。ニュース番組にレポーターとして出演してるから、久我も彼女の顔は知ってるよな？」

「ええ。少し気が強そうですが、いい女ですよね。あの桐野あずみが山岡大臣と不倫関係にあったとは、ちょっと意外だな。親子ほどの年齢差があるでしょ？」

「そうだな」

「美人記者はファザコンで、かなり年上の男にしか関心がないのかもしれませんね。六十を越えてるおっさんの彼女になるなんて、もったいない話です。ね、係長《ハンチョウ》？」

「ま、いいじゃないか。男の好みもいろいろだからな、女性によってさ」

「そうなんですが、なんか山岡大臣が憎たらしくなってきました」

「妬《や》くな、妬くな。辺見さんに、大臣と桐野あずみのことも伝えといてくれ」

「了解！」

久我は通話を切り上げ、辺見に山岡大臣と桐野あずみが特別な間柄であることを伝えた。

「そう。富や権力を握った男たちは、たいてい女好きだからね。わたしは、さほど驚かないよ」

「確かに成功者たちは権力欲や金銭欲ばかりではなく、色欲も強いようですね。そうしたエネルギーがあるから、金や名声を手に入れられたんでしょう」

「そうだろうね」

「山岡大臣には女性関係のスキャンダルがあったわけだ。『東日本オンブズマン』という架空団体の名を使って大臣宅に脅迫状を送りつけた奴は、なんで不倫のことをちらつかせなかったんでしょう？」

「女性関係のスキャンダル程度では、ベテラン国会議員を震え上がらせることは無理だと判断したんだろうね」

「そういうことだったのか。それはそうと、告発内容のことですが、大臣が言ったように単なる言いがかりなんですかね？　過去には総理大臣も汚職に連坐《れんざ》して、東京地検特捜部に逮捕されてます。収賄容疑で検挙《アゲ》られた閣僚や元大臣は何人もいるわけだから、山岡が大手ゼネコンと癒着してたとしても不思議じゃないでしょ？」

「そうですね。いや、そうだね。国交省と関わりのある企業はゼネコンだけじゃない。鉄道会社、航空会社、運輸会社と数多いよな？」

「ええ。それぞれがビジネスのことを考えて、現職の国交大臣と〝いい関係〟を保《たも》ちたいとさまざまな形でアプローチしてるはずです」

「それは、そうだろうね」

「たとえば大手ゼネコンなら、巨額の公共事業を受注したくて、談合に目をつぶってくれと大臣に〝お目こぼし料〟を届けてるかもしれません」

「それはありうるだろうね。しかし、大臣の政治団体に裏献金の類《たぐい》を回すわけにはいかない。現金《ゲンナマ》をこっそり届けたとしても、怪しまれやすいからな？」

「ええ、そうですね。裏献金は政治家の関連してる組織には届けられません。おそらく一般個人に裏献金や口利《き》き料なんかがいったん渡されてから、迂回《うかい》して政治家の隠し口座なんかに振り込まれてるんでしょう」

「大物政治家たちは何人かのダミーを経由させてから、口利き料や裏献金を受け取ってるんだろうね」

「辺見さん、山岡大臣は愛人の桐野あずみに大手ゼネコンの汚れた金を受け取らせてたんじゃありませんか？　そうだとしたら、脅迫状に書かれてたことはまったくの言いがかりではないってことになります」

「そうだね」

辺見はそう応じただけで、ほかには何も言わなかった。久我はそれが少し不満だったが、口には出さなかった。

アリオンは沈黙に支配された。

時間が虚《むな》しく流れる。都丸が本社ビルの表玄関から現われたのは、午後七時数分過ぎだった。ウールコートを小脇に抱え、黒革のビジネス鞄《かばん》を提《さ》げている。自分の車に乗る様子はうかがえない。

都丸はビル街を足早に歩き、日比谷通りに向かった。

久我は低速で追尾《ついび》しはじめた。車間距離は、たっぷりと取った。

都丸は日比谷通りに出ると、タクシーに乗った。タクシーは日比谷通りから第一京浜国道をたどって、ＪＲ品川駅前で停《と》まった。

「対象者《マルタイ》は電車に乗る気みたいですね。辺見さん、先に駅構内に入ってもらえます？　自分はどこかに車を駐めたら、すぐ追いますから」

「それじゃ、後でポリスモードを鳴らすことにしよう」

辺見がアリオンを降り、改札口に足を向けた。

数メートル先で、すぐに立ち止まった。

久我は視線を延ばした。改札に向かった都丸が体を反転させ、タクシー乗り場に急いだ。

辺見が大股で引き返してきて、覆面パトカーの助手席に腰かけた。

「どうやら都丸は尾行を警戒してるようだね。おそらく目的地とは逆方向にタクシーを走らせ、尾行されてるかどうか確認したんだろう」

「自分らは尾行に気づかれたんでしょうか？」

「まだ覚《さと》られてはいないと思う。もし尾行に気づいていたら、電車に乗り込んだにちがいない。そのほうが尾行を撒《ま》きやすいからね」

「ええ。用心して、もう少し車間距離を取るようにします」

久我はフロントガラス越しに、タクシー乗り場を見た。

客の列は短かった。都丸は三番目に立っていた。

ほどなく対象者はタクシーに乗り込んだ。車体の基調色は若草色だった。タクシーは駅前から第一京浜国道を右に折れた。

久我は捜査車輌を発進させた。

都丸を乗せたタクシーは高輪の邸宅街を抜け、桜田通りに入った。道なりに進み、六本木通りを走って溜池《ためいけ》交差点を左折した。タクシーは外堀《そとぼり》通りを直進し、紀尾井《きおい》町の老舗《しにせ》料亭『喜代川《きよかわ》』に横づけされた。

都丸は料金を払うと、慌ただしく料亭の中に入っていった。

久我は『喜代川』の数軒先の黒塀《くろべい》の際《きわ》に車を停めた。ライトを消し、エンジンも切る。

「都丸は会社の重役の名代《みょうだい》として、大物政治家に会うんですかね」

「その目的は何だと思う?」

辺見が訊《き》いた。

「『東光建工』がまた以前のように公共事業を受注できるよう働きかけるんじゃないですか? 山岡大臣が大手ゼネコンと癒着してる証拠を見せてね。それから、関東テレビの桐野あずみ記者と不倫してることも話すつもりなんでしょう」

「相手は政治家なんだろうか」

「辺見さんは、そうじゃないと考えてるんですね?」

「まあ。山岡大臣が関連企業と黒い関係にあるとしても、そのことを民自党の国会議員が暴《あば》くことは避《さ》けたいと思うんじゃないだろうか」

「保守系の国会議員は程度の差こそあっても、たいがい大手企業とは不適切な繋がりを持ってますからね」

「そう。ほとんどの大物政治家が裏献金を大企業から貰《もら》ってる。政治には金がかかるからね。政治献金規制法内のカンパだけじゃ、派閥の実力者にはのし上がれない」

「でしょうね」

「仮に大物政治家が山岡大臣の収賄や女性関係を公《おおやけ》にしたら、今度は自分の身が危《あや》うくなる。相手は現職の閣僚なんだ。たとえ対立してる派閥の人間でも、そう簡単に敵に回すわけにはいかない。派閥同士がもろに反目《はんもく》し合ったら、民自党は分裂騒ぎにまで発展するだろう」

「そうか、そうですね。都丸は第一野党の幹部代議士に山岡大臣が大手ゼネコンと癒着してることを訴えて、公共事業の入札を巡る談合をぶっ潰《つぶ》すことを狙《ねら》ってるのかもしれませんよ。そうなれば、『東光建工』がまた入札に参加できるわけでしょ？」

「そうだが、『東光建工』は二年前に贈賄罪で摘発されてる。第一野党は民自党を追い落としたいわけだが、過去に問題を起こした準大手とは手を組まない気がするな」

「言われてみると、そんな気もしてきました」

「これは単なる勘なんだが、都丸は国土交通省のエリート官僚と料亭で密談してるんではないかな」

「官僚の言いなりになってる閣僚が多いですが、山岡大臣は違います。官僚主導の政治を嫌って、国会答弁の草稿も自分で書いてるようですからね」

「大臣自身が実際に筆を執《と》ってるのかどうかは疑問だが、高級官僚たちのロボットになることは明らかに嫌ってるようだね」

「ええ。テレビの国会中継のとき、山岡大臣は答弁の草稿を手渡そうとした側近の官僚を突き飛ばして、睨みつけてましたよ。あの調子で、事務方《かた》のトップの事務次官も平気で怒鳴《どな》りつけてるんでしょう」

「多分、そうなんだろう。優秀な官僚《キャリア》たちは、どこか政治家を見下《みくだ》してるからね。自分たちがいなければ、国会議員はこの国の舵取《かじと》りなんかできないと思ってる節《ふし》がある」

「そうですね。だから、山岡大臣は思い上がってるエリート役人たちを目の仇《かたき》にしてるんでしょう」

久我は言った。

「そうなんだろうな。話が横に逸《そ》れてしまったが、国交省の幹部職員の中に山岡大臣を苦々しく思ってる者がいたら、『東光建工』に力を貸すとも考えられるね」

「ええ。都丸が『喜代川』で誰と会ってるのか、料亭の者に訊いてみませんか？」

「老舗料亭が客のことをすんなりと教えてくれるとは思えないな」

「そうでしょうね。なら、『喜代川』の前で都丸の密談相手を確かめましょう」

「そうするか。しかし、二人で門の前に張り込んでたら、どうしても人目につく。こっちが先に……」

辺見が助手席のドアに手を掛けた。

久我は相棒を押し留《とど》め、先に覆面パトカーを降りた。

そのとたん、刃《やいば》のような寒風が吹きつけてきた。久我はコートのボタンを掛け、老舗料亭の門に近づいた。

そのとき、一台のタクシーが彼の横を走り抜けた。風圧でよろけそうになった。タクシーは『喜代川』に横づけされた。

降り立った客は五十三、四歳の男だった。

いかにも切れ者という顔立ちだ。その横顔には、見覚えがあった。

久我は記憶の糸を手繰《たぐ》った。じきに思い出した。

料亭の石畳を踏んでいるのは、テレビの国会中継で見かけた男だ。山岡大臣に草稿を突き返された役人と並んでいた人物だった。本省の事務次官クラスの幹部職員なのではないか。

男が料亭の玄関に吸い込まれた。

久我はアリオンに駆け戻り、少し前にタクシーを降りた五十年配の男のことを辺見に話した。

「テレビの国会中継で見た記憶があるというなら、国交省の幹部職員と考えてもいいだろうね。その男は、都丸に招かれて料亭に来たにちがいない」

「エリート官僚と思われる彼は山岡大臣に何か含むものがあって、『東光建工』に協力してるんですかね？」

「そう考えてもいいと思うよ。ちょっと電話で探りを入れてみよう。うまい手を思いついたんだ」

辺見が懐《ふところ》から刑事用携帯電話を摑み出し、ＮＴＴに『喜代川』の代表電話番号を問い合わせた。そして、すぐに数字キーを押した。

久我は耳をそばだてた。

電話が繋がった。

「国交省の者です。わたしの上司は、もうそちらに着きましたでしょうか？」

「………」

「はい、そうです。伊丹《いたみ》事務次官は到着してるんですね。よかった。タクシーの手配が遅れてしまったんで、気を揉んでたんですよ」

「………」

「いいえ、わざわざ事務次官に伝える必要はありません。ありがとうございました」

辺見が通話終了キーを押し、にっと笑った。

「都丸の待ち人は、国交省の事務次官だったんですね？」

「そう。伊丹という姓だが、下の名前までは聞き出せなかったよ。事務次官は、都丸の座敷にいるそうだ」

「斉木さんに連絡して、事務次官のプロフィールを教えてもらいます」

久我は捜査本部の警察電話を鳴らした。斉木係長に経緯《いきさつ》を話し、伊丹の経歴を調べてくれるよう頼む。

「折り返し、こっちから連絡するよ」

斉木が通話を切り上げた。久我はポリスモードを折り畳んだ。

上司から電話があったのは、およそ十分後だった。

久我は斉木の話を聞きながら、事務次官の経歴を頭に叩《たた》き込んだ。伊丹健太郎《けんたろう》は広島県尾道《おのみち》市出身で、東大法学部在学中に国家公務員Ⅰ種（現・総合職）試験に合格し、卒業後に旧厚生省に入っている。

その後、旧大蔵省に移り、六年前に国土交通省入りしていた。本省の事務次官に昇りつめたのは五年前だ。現在、五十四歳である。

港区内にある公舎は、庭付きの戸建て住宅だ。妻の香織《かおり》は四十八歳で、ひとり息子の旬《しゅん》はハーバード大学院に留学中だった。二十四歳だという。

「山岡大臣とは、どうもしっくりいってないらしいよ。国交省の官僚たちからの情報だから、間違いないだろう」

斉木が電話の向こうで言った。

「伊丹事務次官は事あるごとに大臣に反発してるんですね？」

「いや、大臣には口答えしたことは一度もないらしい。従順に振る舞ってるそうだが、腸《はらわた》は煮えくり返ってるんだろうな。山岡は伊丹を番頭扱いしてるというんだ」

「山岡も東大出身者でしたっけ？」

「いや、大臣は地方の国立大を卒業してるはずだ。東大出身者にコンプレックスを持ってるのか、伊丹にはだいぶ辛《つら》く当たってるという話だったよ」

「そういうことなら、事務次官が仕《つか》えてる大臣の秘密や弱みを『東光建工』に洩《も》らしてる可能性はありそうですね？」

「そうだな」

「積年《せきねん》の恨《うら》みを晴らしてるだけなんでしょうか。伊丹事務官は山岡大臣の失脚を狙って、何か野望を遂《と》げようとしてるんですかね？」

「どんな野望が考えられる？」

「いずれ政界に進出しようとしてるのかもしれません」

「それだったら、山岡に矢を向けるようなことはしないはずだ。番頭に徹して大臣に恩を売っとけば、いつか政界に引っ張り上げてもらえるかもしれないだろう？」

「そうですね。しかし、伊丹の我慢はすでに限界を超えてしまったのかもしれませんよ」

「だとしたら、事務次官は山岡大臣の失脚をひたすら願いそうだな」

「そうですかね？　そうだったとしたら、山岡の暗部をマスコミか東京地検特捜部に密告《チク》るでしょう？」

「ま、そうだろうな」

「そうしなかったのは、何か伊丹が企《たくら》んでるのかもしれませんよ」

「そのあたりのことを辺見さんに訊いてみてくれよ」

「わかりました。何か動きがあったら、一報します」

久我は電話を切って、斉木が集めてくれた伊丹に関する情報を辺見に詳しく伝えた。

「事務次官は山岡大臣に番頭扱いされてることにプライドを傷つけられて、何か仕返しをしてるんだろうか。切れ者のエリート官僚が激情に駆られて、『東光建工』と組んで山岡宅に脅迫状を送りつけたり、大臣の孫の由奈を連れ去らせようとするはずはないと思うが」

「そうですね」

「おそらく伊丹事務次官は、『東光建工』に山岡大臣の収賄の証拠や愛人情報を流しただけなんだろう」

「それで多額の謝礼を貰っただけなんですかね。しかし、伊丹が『東光建工』との繋がりを羽村巡査に知られたとしたら、何かと立場がまずくなるでしょう？」

「そうだね。伊丹事務次官は本事案《ほんじあん》には関与してないとは言い切れないか。準大手ゼネコンの『東光建工』と謀《はか》って、羽村巡査を誰かに片づけさせた疑いも出てくるからな」

「辺見さん、伊丹は単に山岡大臣を少し懲《こ》らしめてやりたいと思って、『東光建工』に接近したんですかね。それとも何かとんでもないことを企んでて、『東光建工』を利用する気になったんでしょうか？」

「そのへんのことはなんとも言えないね。伊丹と『東光建工』の都丸が何か密談していいるらしいという事実を知っただけだから」

　辺見が言った。

「ベテランは慎重なんだな。都丸と伊丹事務次官が単に老舗料亭で酒を酌《く》み交わしてるわけじゃないでしょ？　二人は何か危《ヤバ》い相談をしてるに決まってますよ」

「そうだとは思うが、推測や臆測《おくそく》に引きずられると、捜査でミスをすることになる。事実のピースだけを拾い集めていかないと、結局は遠回りすることになる」

「おっしゃる通りですね」

「都丸と伊丹の二人をマークしてれば、事件の真相が少しずつ透《す》けてくるさ」

「そう願いたいな」

　久我は背凭《せもた》れに上体を預けた。

3

待ちくたびれた。

辺見は緊張が緩みそうになった。間もなく午後十一時になる。依然として、都丸と伊丹は料亭から出てこない。

「動きがないと、ダレちゃいますね」

運転席の久我が生欠伸《なまあくび》を嚙《か》み殺した。その直後、相棒の顔が引き締まった。

「どうしたんだい？」

辺見は問いかけてきた。

「マークした二人が路上に出てきました」

相棒はドアミラーに目を向けていた。街灯の光が映っていた。

「振り向かないほうがいいな」

辺見は助手席のパワーウインドーを下げた。風に乗って、都丸と伊丹の遣《や》り取りがかすかに聞こえてきた。

「やっぱり、ハイヤーを呼びますよ。事務次官は、だいぶお飲みになってますんで
……」

「都丸君、もう気を遣《つか》わないでくれ。今夜は、すっかりご馳走《ちそう》になったね」

「どういたしまして。例の件、ひとつよろしくお願いします」

「任せてくれ。ちゃんとやるよ」

「伊丹さん、体が少しふらついてますよ。いったん『喜代川』の中に戻って、ハイヤーを待ちましょう。そのほうがいいですよ」

「大丈夫、大丈夫！　表通りまで歩いて、酔いを醒《さ》ますから」

「どうしてもハイヤーにはお乗りになりたくない理由がおありなんですね。どなたか女性のお宅に行かれるおつもりなんでしょ？」

「想像に任せるよ」

「隅《すみ》に置けませんね、事務次官も」

「都丸君こそ、例のクラブホステスと赤坂あたりのホテルで落ち合うことになってるんじゃないの？」

「彼女とは、そんな仲じゃありませんよ。ただの客とホステスの関係です」

「弁解しなくてもいいじゃないか。人生は一回しかないんだ。お互いに大いに愉《たの》しもうじゃないか。それじゃ、お寝《やす》み！」

伊丹が歩きだした。辺見は、助手席のパワーウインドーを元に戻した。

「都丸が料亭の中に戻っていきました。ここで、別々に尾行しますか？」

久我が指示を仰《あお》いだ。

「都丸はひとりで飲み直してから、家に帰るつもりなんだろう」

「あるいは、お気に入りのクラブホステスとどこかで密会することになってるんじゃないのかな？　自分、伊丹を尾《つ》けましょうか？」

「いや、二人で事務次官を尾行しよう」

辺見は言った。久我が短い返事をし、急いで捜査車輛の向きを変えた。伊丹は、すでに遠ざかっていた。

アリオンが事務次官を追いはじめた。

伊丹は外堀通りまで歩いた。千鳥足《ちどりあし》というほどではなかったが、少し酔った様子だった。伊丹は外堀通りで、タクシーの空車を拾った。タクシーは四谷方面に向かった。

「港区内の官舎にまっすぐ帰るんじゃないな」

久我が独《ひと》りごち、タクシーを追走しはじめた。

タクシーは新宿通りに入り、四谷消防署の手前を右に折れた。

外苑東《がいえんひがし》通りを数百メートル進み、舟町《ふなまち》のマンションの真ん前に停まった。十一階建ての南欧風の建物だった。

伊丹はタクシーが走り去ってから、マンションの表玄関に歩を運んだ。馴《な》れた足取りだった。

「事務次官にも愛人がいたんですかね」

「そうなんだろうか」

辺見は曖昧《あいまい》に応じ、伊丹の動きを覆面パトカーの中から見守った。

伊丹は集合インターフォンの前に立ち、何度かテンキーを押した。口は開かなかった。暗証番号を押したのだろう。

オートドアが開いた。

伊丹はエントランスロビーに入り、エレベーターに乗り込んだ。

「行ってみよう」

辺見は先に車を降りた。すぐに久我が運転席を離れた。

二人はマンションの表玄関まで走った。辺見は、透明なオートドア越しにエレベーターホールを見た。

階数表示ランプは、最上階の十一階で静止していた。集合郵便受けに目をやる。一〇五号室のネームプレートに桐野という文字が記してあった。

「このマンションに、山岡大臣の愛人が住んでるようだな」

「伊丹は、大臣の愛人を寝盗《ねと》ったんじゃないですか？　深夜に独身女性宅を訪ねたわけですから、そうにちがいありませんよ」

久我が言った。

「そうなのかな」

「自分は、そうだと思います。エリート官僚は政治家に番頭扱いされてるんで、その腹いせに美人放送記者を口説《くど》いたんでしょう。要するに、下剋上《げこくじょう》の歓《よろこ》びを味わいたかったんですよ」

「そうなんだろうか」

「桐野あずみは六十代半《なか》ばのパトロンに物足りなさを感じてたんで、伊丹と男女の関係になったんでしょう」

「しかし、大臣の愛人に手を出したら、伊丹は出世の途《みち》を閉《と》ざされる。官僚がそのことを予想できないわけない」

「ええ、そうでしょうね。でも、伊丹は山岡大臣に自尊心をさんざん傷つけられたんで、損得よりも仕返しをしたい気持ちが強くなったんでしょう。あるいは、桐野あずみの魅力に負けてしまったのかもしれないな」

「エリート官僚が出世のことを忘れて、不倫にのめり込むかね？」

「そういうこともあると思いますよ。学校秀才でエリート街道を突っ走ってきた男も、人間ですからね。それに伊丹は、事務次官まで出世したんです。それで、もう充分に偉くなったと満足してるんじゃないのかな？」

「伊丹はそうだとしても、桐野あずみがパトロンの山岡を裏切る気持ちになるだろうか」

辺見は異論を唱《とな》えた。

「なると思うな。伊丹は大臣よりも十歳以上若いし、ルックスも悪くないですから」

「そうだが、事務次官は桐野あずみの自宅マンションの家賃を負担したり、手当を払えるかい？」

「『東光建工』との繋がりが深いようだから、伊丹は準大手ゼネコンから少しまとまった小遣いを貰ってるんじゃないですか。それなら、美人放送記者の面倒は見られるでしょ？　桐野あずみも、まだ関東テレビで働いてるわけですし」

「そうだね。伊丹とあずみは山岡に隠れて、密会を重ねてたんだろうか」

「多分、そうなんでしょう」

久我が応じた。

そのとき、エレベーターの階数表示ランプが十一階で点滅した。ランプは各階を素通りして、地下一階で停まった。

「あずみと伊丹はミッドナイト・ドライブをする気になったみたいだな」

「そうなんだろうか」

「辺見さん、地下駐車場に回ってみましょうよ」

「ああ、そうしよう」

二人はアプローチを逆戻りし、マンションの地下駐車場に向かった。出入口はシャッターで防がれ、スロープを下ることはできない。

「くそっ、入れないな」

久我が歯嚙《はが》みした。

その直後、シャッターの前にドルフィンカラーのＢＭＷが停止した。マンションの居住者らしい男性ドライバーが遠隔操作器《リモート・コントローラー》を使って、シャッターを巻き揚げた。

「反則技だが、ＢＭＷの後《あと》から地下駐車場に潜《もぐ》り込もう」

辺見は相棒に囁《ささや》いた。

ＢＭＷがスロープを下りはじめた。辺見たちはシャッターが下降しきらないうちに、マンションの内部に侵入した。

ＢＭＷは、すでに視界から消えていた。二人は壁に沿って、スロープを下った。

「防犯カメラに自分らの姿が映ってるでしょうが、仕方ありませんよね」

「何か問題になったら、こっちが責任を持つ。久我君は渋々、わたしに従ったと言い訳すればいい」

「ありがとうございます」

久我が満面に笑みをたたえた。

「礼を言われるようなことはしてないが……」

「自分のことを初めて君《くん》づけで呼んでくれましたよね。それが嬉しかったんですよ。ようやく完全に気を許してくれたと思えたんで」

「そういうことだったのか」

辺見は笑顔を返し、中腰になった。ドルフィンカラーのBMWは、エレベーターホールのそばに駐めてあった。ドライバーが車から離れ、函《ケージ》の中に消えた。

辺見たちは姿勢を低くして、地下駐車場の奥に進んだ。

すると、左隅に伊丹事務次官がいた。

シャンパンカラーのアルファードに何か積み込んでいた。伊丹の足許には、銀色に光るジュラルミンケースが置かれている。車内には、すでに同じケースが一個収められていた。

辺見は相棒と顔を見合わせた。中身は札束なのではないか。

伊丹は足許のジュラルミンケースを車内に積み込むと、急ぎ足でエレベーターホールに向かった。その額はうっすらと汗ばんでいた。

「事務次官はジュラルミンケースを二個、車の中に入れたようですね。中身が札束なら、ケースには一億円分入ってるんでしょう。万札なら、一億円で十キロの重さになります。ケースの重さも加わるから、一個分で十数キロになるな」

「二個も運んだら、この季節でも汗ばむだろう。ジュラルミンケースは、桐野あずみの部屋から運び出されたにちがいない」

　辺見は言った。

「ええ。山岡大臣は大企業から裏献金や口利き料をせびって、現金《ゲンナマ》を愛人宅に届けさせてたんでしょう。それなら、万が一、汚職が明るみに出ても、大臣は収賄容疑に問われないで済みますから」

「そうだね。しかし、汚れた金をいつまでも愛人宅に置いておくわけにはいかない。だから、山岡大臣は番頭扱いしてる伊丹事務次官に裏金を別の場所に移してくれと頼んだのかもしれないな」

「辺見さん、こうは考えられませんか？　伊丹と桐野あずみが深い関係になったんで、二人で共謀して大臣の隠し金を横奪《ど》りする気になった。そのことが山岡に知られても、二人は警察に引き渡される心配はない。そんなことしたら、大臣は収賄罪で手錠《ワッパ》打たれることになりますからね」

「そうなるな。しかし、二人はそこまで大胆な犯行《ヤマ》を踏めるだろうか。その前に伊丹と桐野あずみが男女の仲になったのかどうか確かめないとね」

「ええ。どっちにしても、事務次官はここに戻ってくるでしょう。駐めてある車の陰に身を潜《ひそ》めて、様子をうかがいましょう」

　久我が言って、ワンボックスカーの後ろに入り込んだ。辺見も近くの四輪駆動車の背後に隠れる。

十数分待つと、地下駐車場のエレベーターの扉が開閉する音がした。男女の話し声もかすかに響いてきた。

辺見は耳に神経を集めた。

複数の靴音が次第に高くなった。足音は二つだった。

「わたしが男だったら、片方は持ってあげられるんだけど、とても重すぎて。伊丹さん、ごめんなさいね」

「気にしないでいいんだ。さっき二個を運んだから、さすがに重く感じるけどね。でも、この二個も車まで持っていくよ」

「お願いしますね。先生は伊丹さんを扱《こ》き使ってばかりいるけど、テストしてるんだと思うわ」

「桐野さん、それはどういう意味なのかな？」

「山岡先生は、あなたが見込みがあるかどうかテストしてるにちがいないわ。先生の息子さんは二世議員になる気はまったくないらしいから、あなたに選挙地盤をそっくり譲ってもいいと考えてるみたいよ」

「数年前までは政界進出を考えてたが、いまはそういう気はないんだ。国会議員どもは頭が悪いくせに、この国を背負ってる気でいる。われわれ官僚の助けがなきゃ、政治家は何もできないくせにね。はっきり言って、無能な奴ばかりさ」

「山岡先生も、そのひとりと思ってるんでしょ？」

「ノーコメントだな」

「やっぱり、そう思ってるのね。あなたは先生に逆《さか》らったことはないけど、心の中では軽蔑《けいべつ》してるんでしょ？」

「その質問にも答えられないな」

「いまの返事で充分よ。もういじめないわ」

美人放送記者が含み笑いをした。

「桐野さん、大臣にちゃんとした恋愛感情を持ってるの？」

「ええ、一応ね。先生は表では偉そうにしてるけど、本当は気が小さい男性《ひと》なの。泣き虫でもあるわ。ずっと年上だけど、なんだか母性本能をくすぐられちゃうのよ」

「そう。でも、この先も桐野さんは妻にはなれないんだよ。わたしも女房とは気持ちが離れてしまったんだ。いっそ大臣の隠し金をいただいて、二人で逃げないか。四億円あれば、一生、遊んで暮らせるだろう」

「悪い男性《ひと》ね。先生に言いつけちゃおうかしら？」

「冗談、冗談だよ。山岡大臣に妙な告げ口はしないでほしいな」

「あら、焦ってる。よっぽど先生が怖《こわ》いのね？」

「大臣は執念深い性格だからね。裏切り者は残酷なまでに潰しちゃうだろう?」

「ええ、そうね」

「だから、逆鱗《げきりん》に触《ふ》れるような真似はしたくないんだ」

伊丹が口を噤《つぐ》んだ。

辺見は首を伸ばした。伊丹と桐野あずみは、アルファードのそばに立っていた。伊丹の前には二つのジュラルミンケースが置かれている。

「早く積み込んで、先生の山荘に運びましょう」

「別荘の鍵を預けてくれれば、わたしひとりで裏金を運ぶよ」

「それは駄目! あなたは飲んでるし、先生にちゃんと見届けてくれとも言われてるの」

「わたしが四億円を持ち逃げするかもしれないと思ってるんだな、山岡大臣は」

「そうは思ってないんでしょうけど、大金だから、やはり心配なんでしょうね」

あずみが言って、目顔で伊丹を促《うなが》した。

伊丹が車のドア・ロックを解《と》いた。あずみが伊丹のコートを抱えて、運転席に坐った。伊丹が掛け声を発し、二個のジュラルミンケースを車内に積み入れた。

「それじゃ、行きますか。桐野さん、運転を頼みますね」

事務次官が助手席に乗り込んだ。

アルファードは少しバックし、走路を進みはじめた。スロープに差しかかるのを確認し、辺見たちは階段の昇降口に向かった。一階に駆け上がって、外に出る。オートロックのドアも内側からは自由に開けられる。

二人はアリオンに飛び乗った。早くもアルファードの尾灯《テールランプ》は濃い闇に紛《まぎ》れかけていた。久我が捜査車輌を走らせはじめた。

「尾行に気づかれたら、サイレンを鳴らして対象車輌を停止させよう」

辺見は言った。

「職務質問《バン》かけても、ジュラルミンケースの中身を見せろと強くは言えないでしょ？」

「そうだね。低姿勢に見せてほしいと頼むほかないだろう」

「それでは、埒《らち》が明かないと思います。公安部の連中がよくやってるように、自分、わざと転んで路上に倒れますよ。伊丹に突き倒されたと主張して、公務執行妨害罪で緊急逮捕します。それなら、強制捜査もできますからね」

「そういう反則技は使いたくないね。そこまでやるのは、相手の人権を無視してるからな」

「でも、伊丹たちがどうしてもジュラルミンケースの中身を見せたくないと頑強に拒《こば》んだら、お手挙げですよ」

「そのときは、おとなしく諦《あきら》めよう」

「そうするしかないですか」

久我が溜息《ためいき》をついた。

少し経つと、アルファードが視野に入ってきた。久我が減速した。

アルファードは首都高速から、東名高速道路に入った。とうに日付は変わっていた。

あずみが運転する車はハイウェイを高速で走りつづけ、御殿場《ごてんば》ＩＣ《インターチェンジ》から朝霧《あさぎり》高原方面に向かった。交通量は少ない。たまに地元ナンバーの乗用車やトラックと擦《す》れ違う程度だった。

やがて、朝霧高原に達した。

洒落《しゃれ》た造りの別荘が点在しているが、電灯は点いていない。持ち主たちの多くは、春、夏、初秋しかセカンドハウスを利用していないのだろう。

アルファードが県道を逸れ、別荘地内の道路に入った。一キロほど先で、アルファードが急停止した。

「尾行に気づかれたのかもしれません。どうします？」

「ライトを消してくれないか」

辺見は言った。久我が手早くヘッドライトを消す。

十数秒後、アリオンの前に人影が立ちはだかった。ほとんど同時に、アルファードが急発進した。そのまま猛然と走り去った。

「追います」

久我がヘッドライトを灯《とも》した。

黒いフェイスマスクを被《かぶ》った男が両腕を差し出していた。握られているのは、なんとS&WのM360J《サクラ》だった。羽村に貸与されていたリボルバーなのか。撃鉄《ハンマー》は掻《か》き起こされているようだ。

「ライトを消して、数十メートル退《さ》がるんだ」

辺見は相棒に命じた。久我が言われた通りにした。

通常、刑事は聞き込みのときは拳銃は持ち歩いていない。

銃声は轟《とどろ》かなかった。前方で人影が動いた。逃げる気になったのだろう。

「久我君、フェイスマスクの男を取り押さえよう」

「了解！」

二人は、ほぼ同時に覆面パトカーを降りた。

辺見は暗がりを透かして見た。いくら目を凝《こ》らしても、動く人影は目に留まらない。

「まだ近くにいるはずです」

「そうだろうな。手分けして、捜そう」

「はい」

「不用意に近寄るなよ。こっちは、二人とも丸腰なんだから」

「わかりました」

久我が右手にある別荘の敷地内に入った。

辺見は左手の闇を見ながら、付近を走り回った。

だが、リボルバーの銃口を向けてきた男はどこにもいなかった。アリオンに駆け戻ると、久我が小声で報告した。

「逃げた奴は他人の山荘に勝手に入り込んで、息を殺してるんだと思います。別荘地の管理事務所まで突っ走って、協力を要請しましょう」

「そうしたほうがよさそうだな。ついでに山岡大臣の別荘がある場所を教えてもらってくれないか」

「はい。では、行ってきます」

「久我君、車で行けよ。そのほうが安全だ」

「でも、さっきの男がこの近くに隠れてるかもしれませんので」

「こっちは大丈夫だから、車で管理事務所に行くんだ」

辺見は相棒に命令口調で言った。

だが、久我はすでに走りだしていた。

辺見は覆面パトカーに駆け寄って、高らかにサイレンを鳴らしはじめた。屋根《ルーフ》に赤色灯もセットした。逃げた男を心理的に追い込むことを思いついたのだが、人が動く気配は伝わってこない。

　十数分待つと、管理事務所のライトバンが走り寄ってきた。

　助手席から久我が降り、駆けてくる。

「この別荘地に山岡名義のセカンドハウスはないそうです。おそらく伊丹か女性放送記者が尾行されてることに勘づいて、自分らをここに誘い込んで、うまく逃げたんでしょう」

「だろうな。しかし、この周辺に山岡大臣の別荘があるはずだ。地元署に協力してもらって、そのセカンドハウスをチェックしてみよう。多分、伊丹たちはその別荘に四億円の裏金を隠す気でいたんだろうが」

「ええ、そうだったんでしょうね。それはそうと、逃げた奴が持ってたのは間違いなくＭ360Ｊでしたよ」

「やっぱり、そうだったか。Ｍ360Ｊは裏社会には、まったく出回ってない。あの拳銃は、殺された羽村巡査に貸与されてたリボルバーなんではないだろうか」

「その可能性は高そうですね」

「伊丹たち二人には逃げられたが、大きな手がかりを得られたのかもしれないぞ。それにしても、忌々《いまいま》しいね」

　辺見は踵《かかと》で路面を蹴りつけ、夜空を仰いだ。

月も星も浮かんでいなかった。

4

目的の所轄署に着いた。

午前三時過ぎだった。久我は捜査車輌を一般駐車場に入れた。

伊丹と桐野あずみを保護している警察署は、国道四六九号線沿いにあった。越前岳《えちぜんだけ》の麓《ふもと》のあたりだ。国道を西下すると、富士宮《ふじのみや》市に達する。朝霧高原からは五、六キロ離れている。

別荘地管理事務所のスタッフと地元署員たちが朝霧高原一帯を駆けずり回ってくれたが、アルファードは見つからなかった。M360Jを持った正体不明の男も非常線には引っかからなかった。静岡県警は県下全域に検問所を設けてくれた。

そのおかげで、越前岳の山裾《やますそ》をとぼとぼと歩いていた伊丹とあずみを地域課の警察官たちが見つけてくれたのである。

二人の話によると、別荘地の外れで散弾銃《ショットガン》を持った男が暗がりから現われ、あずみの車を停止させたらしい。黒いフェイスマスクを被り、色の濃いサングラスをかけていたという。

散弾銃の銃身は短く切り詰められていたそうだ。男はアルファードに乗り込み、伊丹たち二人を四、五キロ先の林道で強引に車から降ろしたらしい。そして、四個のジュラルミンケースごとアルファードを奪ったという話だ。

久我たち二人は静岡県警本部から数十分前にそのことを聞き、ただちに所轄署に急行したのである。伊丹たち二人は、ジュラルミンケースの中身については警察関係者には重要書類だと偽《いつわ》っていた。久我たちも、あえて事実を明かしていない。

アリオンを降り、署内に駆け込む。当直の若い制服警官に身分を明かし、来意も告げた。久我と辺見は、二階の刑事課の奥にある会議室に導かれた。

そこには伊丹たち二人のほか、静岡県警捜査一課と所轄署の刑事が四人いた。

「ご苦労さまです。わたし、県警捜一の鳥居《とりい》です」

四十代半ばのスポーツ刈りの男が名乗って、久我たち二人に名刺を差し出した。鳥居護《まもる》警部補は強行犯係だった。久我と辺見も、それぞれ鳥居に名刺を手渡した。

「アルファードを強奪した犯人は、現在も逃亡中なんですね？」

相棒の辺見が鳥居に確かめた。

「そうなんですよ。百カ所以上の検問をまんまと擦《す》り抜けたとは考えられませんから、犯人は県下の人里離れた場所に身を隠してるんだと思います」

「ええ、多分ね」

「夜が明けたら、山狩りをします。もちろん、航空隊のヘリも飛ばしますよ」

「ご協力に感謝します」

「いや、いや。静岡県警《うち》は神奈川県警や埼玉県警と違って、警視庁に妙な対抗意識なんか持ってませんから、全面的に協力しますよ」

「心強いですね、そう言っていただけると」

「われわれがいないほうが、事情聴取しやすいでしょ？　一時間ほど時間を差し上げます」

　鳥居がそう言い、部下や所轄署の刑事と会議室を出ていった。

「われわれは渋谷署に設置された捜査本部事件を調べてる者です」

　久我は伊丹たちに名乗り、辺見が相棒であることを教えた。すると、伊丹事務次官が口を開いた。

「先夜、渋谷署管内で交番勤務の若い警官が殺されて、身ぐるみを剝《は》がされた事件があったね。おたくらは、その事件の捜査をしてるわけか」

「そうです。被害者の羽村という巡査は制服や制帽ばかりか、拳銃など官給品のすべてを犯人に持ち去られてしまったんです」

「そのことは報道で知ってるよ。そんな事件の捜査に携わってるおたくらが、なんでわたしたちを尾行してたんだね？」

「やはり、尾行に気づかれてたんだな」

「そんなことよりも、早くわたしの質問に答えてくれ」

「は、はい」

久我はエリート官僚の尊大《そんだい》な態度にむっとしたが、顔には出さなかった。

「なぜなんだ？」

「事務次官は、せっかちなんですね。去年の十二月五日、山岡大臣のお孫さんの由奈ちゃんが通ってる『ひまわり幼稚園』で不審な男にしつこく氏名を訊かれたんですよ。そいつは、大臣の孫娘を連れ去って二、三日、軟禁する気だったようです」

「そんなことがあったのか。わたしは何も知らなかった。山岡大臣はプライベートなことはめったに口にしないからね」

伊丹が唸《うな》って、腕を組んだ。久我は昨年十二月五日の出来事を話し、殺された羽村が幼稚園児拉致未遂事件を個人的に調べていた節があることも明かした。

「まさか大臣のお孫さんをわたしが引っさらわせようとしたなんて疑ってるんじゃないだろうな？」

「そんなことは思ってませんよ。しかし、伊丹事務次官は山岡大臣の右腕のような方なんで、脅迫状のことなんかをご存じかもしれないと思って、接触できるチャンスをうかがってたんです」

「脅迫状って、なんのことだね？」

「山岡宅に届いた脅迫状めいた手紙には大手ゼネコンの談合がいまだに行われてることが書かれ、大臣の関連企業との癒着を暴くという脅迫じみた文言《もんごん》も綴られてたんですよ」

辺見が答えた。

「差出人は誰なんだね？」

「『東日本オンブズマン』という市民運動団体でした。しかし、調べたところ、それは架空の団体だったんですよ」

「それなら、大臣に敵意を持ってる人間が実在しない団体名を使って、警告を発したんだろう」

「大臣はご長男に脅迫状に書かれてることは言いがかりだとまともに取り合わなかったそうですが、そうなんでしょうか？」

「保守系の国会議員はいわゆる〝族議員〟じゃなくても、大企業とは仲良くしてるんだ。言ってる意味、わかるよね？」

「ええ。政治活動には、大変お金がかかると聞いてます。歳費や支援団体の寄附だけでは、何もできないとか？」

「それが現状だね。高潔《こうけつ》なことを言ってたら、票なんか集まらない。支持者が少なくなれば、とても衆議院や参議院の代議士になれない。都議選にも落ちてしまうだろう。それは野党の議員も同じだよ。きれいごとを言ってたんじゃ、政治はできない。そんなもんなんだ。進歩的文化人たちは理想論ばかり言ってるがね、そもそも政《まつりごと》は権力闘争なんだよ。国を治《おさ》めたいと考えてる野望家たちはどんな手段も用《もち》いても、ライバルを蹴落としたいと願ってるんだ」

「そうだよ。金の力で多くの味方を得たいと考える政治家が出てくるわけですね」

「そうだよ。だいたい政治家を志す人間は目立ちたがり屋で、権力欲が人一倍強い。自分の野心のためなら、平気で誇《ほこ》りも棄《す》ててしまうし、法律やモラルも破る。優れた官僚たちとは土台、人間の質も品格も異なるんだ。ありていに言えば、救いようのない俗物どもさ」

「手厳しいですね」

「わたしは、この国の未来を案じてるんだ。優秀な官僚たちが一丸となって立ち上がらないと、日本は三等国に成り下がってしまう」

「政界だけではなく、官僚社会も腐敗しきってるという意見もあります。伊丹さんは、そのことをどう思われてるんでしょう？」

「堕落《だらく》した有資格者《キャリア》が各省にいることは認めるよ。しかし、そんな奴はほんの一部だ。有能な役人のほうが多いんだよ」

「そうでしょうか」

「おたくは官僚嫌いらしいな」

伊丹が辺見に鋭い眼差《まなざ》しを向けた。久我は執《と》り成《な》す気持ちで話に割り込んだ。

「話を元に戻しますが、伊丹事務次官は山岡大臣が国交省と関わりの深い大手ゼネコン、航空会社、運輸会社なんかと不適切な繋がりを持ってると感じられてるわけですか？」

「裏献金や口利き料の類《たぐい》を関連企業から貰ってるかどうかってことだな？」

「ええ、まあ」

「当然、貰ってるさ」

伊丹はこともなげに言った。かたわらに坐った美人放送記者が目を剝《む》く。

「何を言いだすの⁉　伊丹さん、頭がおかしくなったんじゃない？」

「桐野さん、わたしは東大出の官僚《キャリア》だよ。ぼんくら政治家どもと一緒にしないでほしいな」

「でも、あなたは国交省の事務次官でしょうが！　国交大臣を貶《おとし》めるようなことを言ったら、あなたはご自分の立場が……」

「ご心配なく。大臣が収賄容疑で逮捕されるようなことはありませんよ。三人の秘書やわたしたち仕えてる者が泥を被るよう予《あらかじ》め手を打って、関連企業から大臣の政治活動費を回してもらってるんだ。法的には政治献金規制法には触れないはずだから、大臣も愛人のあなたもびくつくことはないんだよ」

　伊丹があずみを見ながら、にやついた。

「あなたは何か誤解してるわ。わたしは山岡先生に頼まれて演説草稿を書いてるだけで、特別な間柄じゃありません」

「四谷の高級マンションに住んでて、そういう弁解は通らないよ。関東テレビのサラリーは並の会社よりは多いが、月に四十五万円の家賃は払えないでしょ？」

「家賃は、父が負担してくれてるのよ。わたしの父親は開業医ですからね」

「苦しい言い訳だな。ま、いいや。大臣の演説草稿を代筆してる桐野さんの自宅に四億円もの大金を預けるなんて、山岡さんも不用意だね」

「なんの話をしてるの⁉　わたしには、さっぱりわからないわ」

　あずみは明らかに狼狽《ろうばい》していた。

　伊丹は、彼女の自宅マンションの地下駐車場で冗談めかして言い寄った。だが、まともに相手にされなかった。事務次官はそのことで傷つき、自暴自棄になったのか。

「女は恐ろしい生きものだね。どんな女性も生まれながらの女優なんだという俗説があるが、あながち間違ってはいないな。実に嘘《うそ》がうまい。どんなに否定しようが、桐野さんは大臣の愛人なんだ」

「あなたを名誉毀損《きそん》で訴えてやるわ」

「ベッドで大臣に泣きついて、腕っこきの弁護士を紹介してもらうんだね」

「あなたは変だわ。クレージーよ」

あずみが伊丹に毒づき、二つ離れた椅子に移った。伊丹が冷ややかに笑った。

「桐野さんの車には、四個のジュラルミンケースが積み込んでありましたね？」

辺見が事務次官に声をかけた。

「そこまで知られてたか。おたくらは、桐野女史の自宅マンションから尾けてきたんだな？」

「そうです。ジュラルミンの中身は札束ですね？」

「ああ、そうだよ。ケースには一億円ずつ入ってる。総額で四億円だよ」

「そのお金は、山岡大臣が関連企業から集めた裏献金なんですね？」

「いや、裏献金にはならないんだ。大臣が顧問弁護士や公認会計士の知恵を借りて、大手ゼネコンの『大宝《たいほう》建設』から合法的にカンパさせたんだよ。その錬金術《れんきんじゅつ》はだいぶ複雑だし、わたしの口から教えるわけにはいかないな」

「山岡大臣は見返りとして、公共事業の大半を『大宝建設』に落札させたんですね？同じような理由で、大臣は大手航空会社や運輸会社からも〝政治活動資金〟をカンパさせ、それぞれに便宜を図ってやった。そうなんでしょ？」

「否定も肯定もしない。おたくの想像に任せるよ」

「四億円ごとアルファードを奪った奴に心当たりは？」

「ないね。別荘地の外れでショットガンを構えた奴が車の前に飛び出してきて、車内に乗り込んできたんだ。わたしは大臣に頼まれて、桐野さんと一緒に四億円を先生の別荘に移すことになってたんだよ」

「別荘地管理事務所の話だと、山岡大臣のセカンドハウスなんて管理地内にはないという話でしたがね」

「あるよ。ただし、その山荘は大臣の名義にはなってない。夫人の弟の名義を借りてるんだ。大臣の義弟は増永克朗《ますながかつろう》って名で、観光会社の代表取締役だよ」

「社名は？」

「『オアシス・コーポレーション』だったかな」

「捜査車輌の前に立ちはだかったフェイスマスクの男には気づいてましたね？」

「ああ、見たよ。どこの誰なのか知らないが、そいつのおかげで、わたしたちはいったん追尾から逃れることができたんだ。しかし、その後、仲間と思われるショットガンを持った男に……」

「あの二人をあなたが手引きしたと疑えないこともないんですよね」

久我は口を挟《はさ》んだ。

「わたしが計画的に大臣の隠し金を強奪したと疑ってるのか⁉」

「そういう疑いを持ちたくなる理由があるんですよ。事務次官は山岡大臣に番頭扱いされてたようですから、内心、面白くなかったと思うんです。違いますか」

「ま、面白くはなかったね。しかし、わたしは誇り高い官僚なんだよ。どんなに貧乏したって、泥棒はしない。見くびらないでくれ」

「そうですか。ところで、昨夜《ゆうべ》、紀尾井町の『喜代川』で『東光建工』の都丸幸司氏とお会いになってましたよね？」

「えっ」

伊丹が絶句した。目をしばたたかせ、目まぐるしく視線を泳がせる。どう取り繕《つくろ》おうか、頭の中で考えているのか。

「都丸さんとは、だいぶ親しいようですね？」

「それほど親しいわけじゃない。三年前に公共事業を受注したとき、『東光建工』の社長や重役たちと一緒に彼も挨拶に来たんだよ。どちらも日本酒党なんで、年に何度か一緒に飲んでるんだ」

「それだけですか？」

「何が言いたいんだっ」

「『東光建工』は二年前に贈賄容疑で摘発されて以来、公共事業を受注してません。

入札業者から外されたんでしょ？　それで事務次官のあなたに働きかけて、なんとか入札に参加できるよう尽力してもらえないかって頼んだんじゃないんですか？」

「公共事業の入札は会社の規模に関係なく、どのゼネコンも参加できるんだ」

「それは、あくまで原則でしょ？　中小のゼネコンや過去に問題を起こした準大手が仮に入札に参加しても、受注はできないんじゃないですか？　大手ゼネコンが談合で、現大臣と関わりの強い『大宝建設』が落札することがベストだと事前に話し合ってるんでしょうからね」

「昔はともかく、いまはゼネコンの談合なんてない」

「そうでしょうか」

「談合なんてないよ、本当に」

「過去の公共事業の大半を大手の『大宝建設』が落札してるのは、単なる偶然だったとおっしゃるんですか？」

「ああ、そうだよ」

「国交省の幹部役人が公共事業の予算額を入札前にこっそりと『大宝建設』に教えてるのではないかという見方をしてる者が少なくないんじゃないんですか。山岡大臣にそうしてくれないかと頼まれたら、おそらく誰も断れないでしょ？　省内では〝天皇〟と呼ばれてる伊丹事務次官でもね」

「わたしを腰抜け扱いするなっ。たとえ大臣命令であっても、一企業に便宜を図ったりしない。無礼なことを言うな」

「言葉が過ぎたかもしれません。しかし、公共事業の多くを『大宝建設』が受注してることは、どう考えても不自然です」

「それは、わたしも感じてるよ。だから……」

「準大手ゼネコンの『東光建工』にもそろそろ公共事業を請け負わせてもいいのではないかと考えはじめたんでしょ？」

久我は先回りして、推測を喋った。

「推測や臆測で物を言うな。袖《そで》の下を使われて、このわたしが『東光建工』に肩入れする気になったんではないかって？」

「違いますか？」

「わたしはね、金になんかひざまずかない」

「金欲しさからではなく、本音では苦々しく思ってる山岡大臣と張り合う気になったんではありませんか。大臣が大手の『大宝建設』をひいきにしてるなら、あなたは準大手ゼネコンの『東光建工』に肩入れしてやろうという気になられたのかもしれない。そうではないんですか？」

「きみは心理学者みたいに自信たっぷりに言うが、見当違いも甚《はなは》だしいな」

伊丹が嘲笑《ちょうしょう》した。

「都丸さんは単なる飲み友達で、『東光建工』からは何も働きかけはなかった？」

「当たり前じゃないかっ」

「『喜代川』の勘定は、『東光建工』が払うことになったはずです。都丸さんと別れるとき、あなたはご馳走になった礼をはっきりと言いました」

「支払いは割り勘だったんだよ。きみは何か勘違いしてるね」

「その件は、これくらいにしましょう。持ち去られた大金が戻らなかったら、山岡大臣はどんな反応を示すでしょう？」

「頭ごなしに怒鳴るだろうな、わたしを。無能呼ばわりされると思うよ。桐野さんは自分の愛人だから、お咎《とが》めはないだろうがね。冗談じゃないよ。向こうの出方次第では、こちらも尻《けつ》を捲《まく》ってやる」

「やり返せるだけの切札を持ってるってことですね？」

「うん、まあ。大物政治家はいろいろ手を汚してるから、その気になれば、閣僚だって失脚させられるさ」

「その前に、伊丹さんは何もかも失うことになるわ。最悪の場合は……」

桐野あずみは、さすがに最後までは言わなかった。伊丹事務次官は死の予感を感じ取ったのか、急にうなだれた。

「後は、静岡県警に委《ゆだ》ねよう」

辺見が久我の肩を軽く叩《たた》いた。

久我は椅子から腰を浮かせた。

第五章　官僚《キャリア》の迷走

1

警察電話が通話可能状態になった。

受話器を取ったのは、静岡県警捜査一課の若い捜査員だった。

辺見は名乗って、鳥居警部補に代わってもらった。四億円を積んだアルファードが散弾銃を持った男に強奪されたのは三日前だ。

その後、静岡県警から何も捜査情報はもたらされていない。辺見はさすがに焦《じ》れて、自分のほうから電話をかけたのである。渋谷署の捜査本部だ。午後七時過ぎだった。

「先日はどうも！」

鳥居が親しみの籠《こも》った声で話しかけてきた。

「桐野あずみの車と四個のジュラルミンケースは、まだ見つからないんですか？」

「そうなんですよ。それから、強奪犯とM360Jを持ってたフェイスマスクの男もね。連日、山狩りをして、検問所も増やしたんですが、残念ながら……」

「そうですか」

「事件当夜のうちに犯人の二人は県外に逃れたのかもしれません。そちらの捜査状況はいかがです？」

「伊丹事務次官は事情聴取を受けた後、いったん東京の官舎に戻ったんですが、翌日から行方をくらましてしまったんですよ」

「えっ⁉　なぜ姿を消したんです？　重要書類を謎の男に車ごと持ち去られたことで、山岡大臣に強く叱《しか》られたんですかね。それだから、伊丹事務次官は途方に暮れてしまったんでしょうか？」

「きのう、山岡大臣に会うことができたんですよ。大臣は、伊丹事務次官を詰《なじ》ったりしなかったと言ってました」

「重要書類を持ち去られたのに、声を荒《あら》らげもしなかった？　寛大《かんだい》すぎるな。強奪された書類は汚職か何かに関連したものだから、あまり騒ぎたてたくないってことなんでしょうね。東京地検特捜部が動きはじめたら、面倒なことになるからな。で、大臣は強奪されたジュラルミンケースの中身についてはどんなふうに言ってるんです？」

「汚職絡《がら》みの書類なんかではないと強調してましたよ。政治活動資金の使途《しと》明細帳簿類だと言ってました」

「裏付《ウラ》けは？」

「ええ、その通りでした」

辺見は言い繕《つくろ》った。

「そうですか。先夜の事情聴取で、伊丹は山岡大臣のことを快《こころよ》く思ってないという印象を受けたんですが、そのあたりはどうなんでしょう？」

鳥居が問いかけてきた。

「事務次官は大臣に番頭扱いされてることが面白くなかったようですね」

「それなら、伊丹が腹いせに大臣の重要書類をかっぱらう気になって、ショットガンの男を手引きしたんじゃないのかな？　その疑いが濃《フケ》いですよ。山岡大臣が仕組まれた裏帳簿強奪に勘づいたようなんで、事務次官は逃げたんじゃありませんか？」

「そうなんでしょうか」

「わたしの読み通りだったとすれば、山岡大臣は飼い犬に手を咬《か》まれたことになります。裏切られた怒りは大きいと思いますよ。場合によっては、伊丹は始末されちゃうんじゃないかな？　ゼネコンは裏の世界の奴らと接点がないわけじゃないですからね。山岡大臣がその気になれば、手を汚してくれるアウトローは簡単に見つかるでしょう」

「ええ、それはね。しかし、伊丹は国交省の事務次官まで出世した男です。プライドを傷つけられたからといって、そんな形で山岡大臣に仕返しするだろうか。何らかの報復をする気でいたんだったら、山岡大臣を政界から追放するようなことをやると思うんですよ」

辺見は言った。

「そう言われると、なんだか自信がぐらついてきました。確かに辺見さんがおっしゃった通りかもしれません。あっ、もしかしたら……」

「鳥居さん、ほかに何か思い当たったんですね」

「ええ、ちょっと。桐野あずみがパトロンの裏帳簿か何かを奪う気になったとは考えられませんか？　大臣とは三十歳以上も年齢差があるんです。恋愛感情があったとは思えないんですよ。あずみの狙《ねら》いは結局、金だったんでしょう。しかし、大臣は思っていたよりも金銭にシビアで、それほど贅沢《ぜいたく》はさせてもらえなかった。それで裏帳簿でもかっさらって、後日、パトロンに買い戻させる気だったのかもしれないな。そして、ネットの裏サイトでショットガンを持った実行犯を見つけ出したんじゃないのかな？」

鳥居が言った。辺見は事件当夜、四谷のマンションの地下駐車場での伊丹とあずみの遣《や》り取りを思い出していた。

あずみは言い寄る伊丹を軽くいなして、パトロンに対する想《おも》いを吐露《とろ》していた。彼女は打算だけで、山岡の愛人になったのではなさそうだ。はるか年上の男の包容力《ほうようりょく》に魅《み》せられてしまったのだろう。

「辺見さん、どうです？　桐野あずみ、ちょっと臭《くさ》いでしょ？」

「ただの勘ですが、彼女がショットガンの男を手引きしたのではないと思います」

「そうですかね」

「アルファードを奪《と》った奴の仲間と思われるフェイスマスクを被《かぶ》ってた男は、M360Jを握ってたんです」

「ええ、そういう話でしたね。県内では拳銃紛失騒ぎは一件も発生してませんから、そいつは東海地方には縁が薄い人間と考えてもいいと思います。何か進展があったら、すぐ辺見さんに連絡しますよ」

　鳥居が通話を切り上げた。辺見は受話器をフックに戻した。

　そのとき、斜め前に坐《すわ》った斉木警部が辺見に話しかけてきた。

「いま携帯に別班から報告があったんですが、伊丹の妻の香織が一年八カ月前から『東光建工』の非常勤役員になって、毎月二百五十万円の報酬を貰《もら》ってることがわかったそうですよ」

「破格の役員報酬ですね。失踪中の伊丹事務次官は、『東光建工』が以前のように公共事業を請け負えるよう省内でいろいろ根回しをしてたんでしょう」

「それだけでは、少し報酬が多い気がするんですよ」

「確かにね。事務次官は、山岡大臣が『大宝建設』など関連企業と癒着《ゆちゃく》してる証拠を摑《つか》んで、準大手ゼネコンの『東光建工』に情報を流してたんでしょう」

「そうなんだと思います。それで秘書室長の都丸は『東日本オンブズマン』という架《か》空《くう》団体名を使って、山岡宅に例の脅迫状を送りつけた。しかし、大臣は意に介さなかった。だから、自称石井に命じて佐伯朋和に大臣の孫の由奈を拉致《らち》させようとしたんでしょう」

「だが、佐伯は失敗《ドジ》を踏んで、しかもレンタカーのナンバーを羽村巡査に見られてしまった。羽村は非番の日に幼稚園児拉致未遂事件の真相を探りはじめたんで、先日、殺害されることになった。事件の流れは、そうなんではないのかな」

「多分ね」

「その後、鑑《かん》取《ど》り班のメンバーは羽村巡査の遺族や旧友たちから何か手がかりは？」

「母親が羽村の遺品を整理してたら、東急池上線の雪が谷大塚駅近くのラーメン屋と喫茶店のレシートが一枚ずつあったというんですよ。どちらも日付は去年の十九日と二十七日だったらしいんです」

「斉木さん、都丸室長の自宅は確か大田区南雪谷四丁目にあるはずです」

「それじゃ、羽村伸也は幼稚園児拉致未遂事件に『東光建工』の都丸が関わってる疑いがあると考え、室長の身辺を調べてたんでしょう」

「そう考えてもいいと思います」

「捜査班のメンバーを四人ほど都丸に張りつかせます。辺見さんたち二人は、行方をくらました伊丹の捜査をよろしく！」

「わかりました」

「事務次官は、なぜ急に消息を絶《た》ったんでしょうかね。夫人にも何も告げずに姿をくらまし、スマホの電源も切ってるということは何かに追いつめられたんじゃないのかな？」

「どんなことで伊丹は消息を絶たなければならなかったんでしょう？」

辺見は問いかけた。

「山岡大臣は聞き込みのとき、伊丹を少しも責《せ》めなかったということでしたよね？」

「ええ」

「しかし、実は事務次官を烈《はげ》しく責めたんじゃないですかね。それだけじゃなく、強奪された四億円を弁償しろと言ったのかもしれませんよ」

「山岡大臣はそこまで強くは言えないでしょ？　番頭格の伊丹には裏献金を合法すれすれの方法で集めてたことを知られてるはずですし、愛人のことも当然……」

「そうですね。だとすると、伊丹は狂言を思いついて山岡の裏金四億円を横奪りしたのかもしれません。ショットガンの実行犯を手引きしてね」

「その線はないと思います」

「なぜ、そう思われるんです？」

斉木が訊《き》いた。辺見は質問に答えた。

「なるほどね。伊丹が大臣に仕返しをするなら、失脚するようなダメージを与えるだろうな。先夜、事務次官は桐野あずみに言い寄ったと言ってましたよね」

「ええ、まともに相手にはされませんでしたが」

「あずみは、伊丹に口説《くど》かれたことをパトロンに告げ口したんじゃないのかな。で、伊丹は山岡と顔を合わせられなくなったんではありませんか？」

「自信満々で生きてるエリート官僚がその程度のことでは傷つかないでしょ？　そんな繊細な神経は持ってないと思いますよ」

「そうでしょうね。伊丹が四億円の裏金を強奪されたことで重い責任を感じて、自死するとも思えないな」

「そういうことは、まず考えられないでしょう」

「でしょうね」

会話が途切《とぎ》れた。そのすぐ後、警察電話が鳴った。斉木が受話器を取る。

通話時間は十数秒だった。

「敷島署長からの電話でした。辺見さんにすぐ署長室に来てほしいとのことです」

「珍しいことがあるな。早期退職を勧告されるのかもしれません」

「まさか……」

「渋谷署に来てから、わたしは一度も手柄を立ててません。考えられないことじゃないでしょ？」

「署長だって、本庁時代の辺見さんの活躍ぶりは噂《うわさ》で聞いてるはずです。もしかしたら、次の人事異動で桜田門に戻れるという内示なのかもしれないな。そうだったら、ぜひ、直《じか》に刑事の心得を伝授願いますね」

「そんなことは考えられませんよ」

辺見は立ち上がり、捜査本部を出た。エレベーターで一階に降り、奥にある署長室に急ぐ。なんだか気が重い。

辺見はドアをノックし、署長室に入った。

応接セットに敷島署長と伴刑事課長が坐り、何か神妙な顔で話し込んでいた。

「何か？」

辺見はキャリア署長に顔を向けた。敷島が中腰になって、自分の前のソファを手で示した。辺見は目礼し、署長と向かい合う位置に腰かけた。

「きのうの夜、叔父貴《おじき》から電話があって、発破《はっぱ》をかけられちゃったんですよ」

敷島が言った。署長の母方の叔父は、警視庁総務部長の蟹瀬貴之《かにせたかゆき》である。東大出身のキャリアで、五十三、四歳だ。職階は警視長だった。

「早く捜査本部事件を解決させろとせっつかれたんですね？」

「そうなんです。被害者の羽村は渋谷署の地域課巡査だったわけだから、一期の一カ月以内に加害者を逮捕しないと、体面を保《たも》てなくなるぞときつく説教されてね」

「そうですか」

「叔父は刑事部に数年いただけだから、捜査の大変さがよくわかってないんだ。総務部の仕事は事務処理がメインですからね。各種備品や鑑識検査器、分析器《ぶんせき》の納入業者たちとつき合ってるんだから、サラリーマンみたいなもんでしょ？」

「ええ、まあ」

「なのに、偉そうに発破をかけるんですよ。おふくろの実弟だから、黙殺するわけにもいかないんだ。それに、警察官僚の先輩にもなるわけだしね」

「ご用件をおっしゃってください」

辺見は促《うなが》した。署長は一瞬、ためらいを見せたが、意を決した顔つきになった。

「本庁の捜一の連中を出し抜いてほしいんだよね」

「出し抜く？」

「そうです。要するに、渋谷署《うち》の捜査員に警官殺しの犯人《ホシ》を確保してほしいんだ。捜一のメンバーよりも早く手錠《ワッパ》打ってもらいたいんですよ」

「状況によって、本庁の刑事が先に加害者を取り押さえることもあるでしょうから……」

「それはわかってますよ。だから、コンビを組んでる本庁の者の気を逸《そ》らして、その隙《すき》に犯人を確保してほしいんだ」

「それはアンフェアでしょ？　捜査本部事件は本庁と所轄の捜査員が協力し合って、犯人を逮捕するわけですからね」

「そうなんだが、どっちが先に加害者を確保したかによって、外部の人間の評価は違ってくるでしょ？」

「どっちの刑事が手錠を打ったかなんてことは、たいして重要じゃありませんよ。合同捜査なんですから、双方の手柄です」

「建前はその通りなんだが、直接、犯人の身柄を確保したほうが評価は高いと思うね」

刑事課長の伴が署長の横顔をうかがいながら、辺見に言った。諭《さと》すような口調だった。

「そんなことはないでしょ？　評価は同じですよ」

「それじゃ、癪《しゃく》じゃないか」

「課長、どういうことなんです？」

「捜査本部の捜査費は所轄署が全額負担してるんだ。それで手柄は同じってことになったら、所轄署は立つ瀬がないじゃないか？　そうは思わないかね？」

「思いません。殺人事件など凶悪犯罪は所轄署の捜査だけでは容易には解決できないんで、本庁に協力を要請してるんですから、客分の面倒を見るのは当たり前ですよ」

「金のことは、どうでもいい。署長のお気持ちを考えなさいよ。警察官僚《キャリア》でありながらも所轄署の署長というお立場上、本庁の上杉理事官や斉木警部に気を遣《つか》わなければならないんだ。二人ともノンキャリアなんだよ。有資格者としては、屈辱なんじゃないのか？」

「キャリアもノンキャリアもないでしょ？　捜査に協力してくれた者には、それなりの謝意を示す。それが人としての礼儀ですよ」

「融通を利かせてほしいな、もっとさ」

「アンフェアなことはしません」

辺見は言い返した。

「署長、辺見警部補を説得できなくて申し訳ありません」

伴課長が敷島に詫《わ》びた。

「頑固なんだね、辺見さんは」

「係長の堀江が一昨日《おととい》の昼前に退院しましたんで、彼を捜査班に入れましょうか。堀江なら、本庁の斉木警部に対抗心を燃やしてますから」

「堀江係長はキャリアのわたしを嫌ってるみたいだから、協力してくれないと思うがな」

「わたしが堀江をなんとか説得しますよ」

「そうしてもらいましょうか」

署長が言って、辺見に挑《いど》むような目を向けてきた。伴課長も険《けわ》しい表情になっていた。

「失礼します」

辺見はソファから立ち上がり、大股で署長室を出た。

五階の捜査本部に戻ると、相棒の久我が走り寄ってきた。緊張した面持《おもも》ちだ。

「何があったんだい？」

辺見は訊いた。

「伊丹事務次官が死にました」

「えっ⁉」

「目白《めじろ》署管内のマンションの非常階段の踊り場から転落して、首の骨を折ったようです。踊り場には伊丹のコートと革靴が置いてあったそうです。遺書は見当たらないみたいですが、本庁機捜《きそう》と目白署は自殺だという見方をしてるそうです」

「そうか」

「斉木警部は自分ら二人に一応、臨場《りんじょう》するようにと指示して、佐伯の最後の取り調べに向かいました。新たな供述も得られなかったら、『道草』の店長は明朝、東京拘置所に送ることになったそうです」

「そう。伊丹が死んだ現場に行ってみよう」

「はい」

久我が先に廊下に飛び出した。すぐに辺見は相棒を追った。

二人はアリオンで転落現場に向かった。

現場は、JR目白駅から数百メートル離れた場所だった。目白通りから一本奥に入った通りに面した九階建てのマンションだ。

マンションの前には立入禁止の黄色いテープが張られ、路上には捜査車輛《しゃりょう》と鑑識車が連なっている。野次馬の数が多い。

辺見たちは覆面パトカーを降り、マンションの裏庭に回った。

ライトの光が交錯《こうさく》し、かなり明るい。

遺体にはブルーシートが掛けられている。本庁機動捜査隊の古屋警部補が紺色の制服姿の鑑識係員と何か話し込んでいた。

辺見は会釈《えしゃく》しながら、古屋に近寄った。古屋が鑑識係員に何か言って、肩を押しやった。

「わざわざこちらに足を運んだのは、死人《マンジュウ》が渋谷の巡査殺しの事件《ヤマ》と無関係ではないからなんでしょ？」

「遺体《ホトケ》は国交省の伊丹事務次官なんですね？」

　辺見は真っ先に確かめた。

「ええ。非常階段の七階の踊り場に事務次官のコートと靴があったんで、てっきり自殺か誤《あやま》って転落したと思ってたんですよ。しかし、靴の底に泥を払った痕《あと》があったし、コートの右袖《そで》のボタンも一つ取れてた」

「それで、他殺の疑いが濃いと判断したわけですか」

「そうなんですよ。犯人は踊り場に伊丹事務次官を誘い込み、不意を狙って裏庭に突き落とそうとしたんだと思う。揉《も》み合ってるうちに伊丹のコートが脱げて、袖ボタンが千切《ちぎ》れた。その後、犯人は事務次官の腰を突き上げて、手摺《てすり》から落とした。枯れた芝生が落下音を吸収したらしく、ベランダに出てくるマンション居住者はいなかったんですがね」

「どの部屋もエアコンやファンヒーターを使ってただろうし、テレビの音量や流しの音なんかで、人の落下音に気づかなかったんでしょう」

「それをいいことに犯人はこっそり非常階段から裏庭に降りて、被害者の靴を脱がせた。そして急いで七階の踊り場に戻って、コートと泥を払った紐靴《ひもぐつ》を置き、現場から逃げた」

「しかし、靴の底には裏庭の土が少しこびりついていたんで……」

「土だけじゃなく、枯れた芝も付着してたんですよ。で、われわれは検視官の八百板さんに来てもらったんです。その結果、被害者の腰と太腿《ふともも》の裏側に圧迫痕《あっぱくこん》があることがわかったんですよ」

「司法解剖はいつ？」

久我が古屋に訊いた。

「明朝、目白署から東京都監察医務院に回されるようです」

「そうですか。一両日中に犯人がわからなかったら、本庁の殺人犯捜査六係あたりが目白署の捜査本部に出向くことになりそうだな」

「ええ、そうなるでしょう」

「ちょっと遺体《ホトケ》を拝《おが》ませてもらいますね」

辺見は布手袋《ぬのてぶくろ》をしてから、ブルーシートをはぐった。

伊丹事務次官は俯《うつぶ》せで亡《な》くなっていた。首が奇妙な形で捩《ねじ》れている。

「所持品は、運転免許証、名刺入れ、クレジットカード入りの札入れなんかです。現金は五十数万円で、硬貨も幾《いく》らか入ってたな。スマートフォンは、なぜか持ってませんでした」

古屋が言った。

「犯人が持ち去ったんでしょう」

「多分、そうなんだろうな。ということは、被害者と交友のあった人間の犯行なんでしょうね」

「とは限らないでしょ？　犯人は事務次官の知り合いに頼まれて、会ったこともない被害者を殺《や》ったかもしれませんからね」

「ああ、そういうことも考えられるな。それはともかく、警官殺しとエリート官僚はどう繋《つな》がってるんです？」

「それが、まだくっきりと見えてこないんですよ」

辺見は遺体をブルーシートで覆《おお》った。

2

気が重かった。

しかし、事情聴取をしないわけにはいかない。

久我は、涙ぐんでいる未亡人の伊丹香織を正視した。戸建て官舎の応接間だ。

事務次官が死んだ翌日の午前十一時過ぎである。まだ司法解剖は終わっていないだろう。

「奥さん、少し質問させてもらってもかまいませんか」

「は、はい」

未亡人がわずかに顔を上げた。目頭《めがしら》にハンカチを当てたままだった。口紅も塗《ぬ》っていない。前夜はショックで一睡もできなかったのではないか。

「伊丹さんが無断外泊されて帰宅したときのことをもう一度、よく思い出していただきたいんですよ。ひどく疲れた様子だったということでしたね？」

「ええ。山岡先生に頼まれて大事な書類を朝霧高原の別荘に運ぶ途中に女性秘書の車ごと奪われてしまったと申してました」

「そうですか」

久我は、横に坐った辺見を見た。

辺見が小さく首を横に振る。余計なことは喋《しゃべ》るなというサインだろう。

静岡県警は先日の事件の真相をマスコミには明かしていない。現金四億円が山岡大臣の愛人の車に積み込まれていた事実は静岡県警も知らなかった。あずみの実名も公開されなかった。彼女は山岡の私設秘書とだけ発表されていた。静岡県警は現職大臣のスキャンダルを暴《あば》くことを避《さ》けたのだろう。

「事務次官は数時間寝《やす》まれてから、行き先を告げずに出かけられたんですね？」

「ええ、そうです」

「そのときの様子は？」

「沈んだ顔をしてました。暗い表情と言ったほうが正確かもしれません」

「玄関を出られるとき、ご主人は何かおっしゃいませんでした？」

「長いつき合いでも、他人《ひと》の心は読み取れないもんだな。そんな謎めいた言葉を呟《つぶや》いて、淋《さみ》しげに笑いました」

「信頼してた人物に裏切られたんでしょうか？」

「わたしも一瞬、そう思ったんです。ですけど、昔から親しくしていた方たちと何かで仲違《なかたが》いしたという話も聞いておりませんでしたから、そうではないだろうと……」

「伊丹さんは、奥さんには山岡大臣のことをどんなふうに言ってました？」

「それはですね」

香織が口ごもった。

「あまりよくは言ってなかったんだろうな」

「先生はわがままな性格なようで、仕えるのは疲れるというようなことは洩《も》らしてました。それから、役人よりも政治家のほうが国家にとって大事なんだという先生のお考えには異論があるようでした。わたしには多くを語りませんでしたけどね」

「伊丹さんは優秀な官僚《キャリア》がこの国の舵取《かじと》りをすべきだと考えていたんでしょうか？」

「露骨な言い方はしませんでしたが、本音ではそう考えてたんでしょうね。民自党の国会議員は財界との腐れ縁を断つことはできないから、まともな政治活動なんかできっこないと申してましたんで」

「エリート官僚たちだって、大物政治家や財界人の意向《いこう》は無視できないでしょ？　政財界人に疎《うと》まれたら、出世の途《みち》を閉《と》ざされることになりますから」

「ええ、そうですね。ですから、夫は志の高い官僚《キャリア》たちが団結を強めて、政治家や財界人を捩《ねじ》伏せなければ、日本はよくならないんだと息子とわたしによく力説してました。それから……」

「ほかにも、何かおっしゃってたんですね？」

久我は上体を乗り出した。

「夫は酔ったとき、自分に財力があったら、各省の若手キャリアに呼びかけて、〝未来政経塾〟を主宰したいと言ってました。塾生たちの交通費や宿泊費を負担してあげて、定期的にセミナーを開きたいんだと申してましたね。でも、国家公務員といっても、それほど俸給をたくさんいただいているわけではありませんでしょ？」

「伊丹さんは何かサイドビジネスで月々、別収入を得てたんではありませんか？」

「そんなことはないはずです。警察の方もそうでしょうが、公務員はアルバイトを禁じられてますのでね」

「奥さん、われわれはあなたが、『東光建工』という準大手ゼネコンの非常勤役員を務めて、毎月二百五十万円の報酬を貰ってる事実を知ってるんですよ」

　相棒の辺見が口を挟《はさ》んだ。

「えっ、なにかの間違いでしょ⁉　わたしは、まったく聞いてません」

「本当ですね？」

「はい。主人がわたしには内緒で『東光建工』の非常勤役員になっていて、妻名義の口座に報酬を振り込ませてたんでしょうか？」

「そうなのかもしれないんですよ」

「公務員はアルバイトを禁じられてるのに、なぜ夫はリスキーなことをしたんでしょう？」

「さきほど奥さんが話された〝未来政経塾〟を実現させたくて、伊丹さんは『東光建工』の非常勤役員を引き受けたんだと思います」

「その会社は、夫にそれだけの高額な役員報酬を払うだけのメリットがあるのでしょうか？」

　未亡人が不思議がった。

「『東光建工』は二年前に国交省の幹部職員たちを金で抱き込んで、公共事業の受注に成功したんですよ。しかし、その贈収賄事件が発覚したんで、その後、同社は入札から閉め出されてしまったんです」

「そうなんですか」

「国交省のトップ官僚である事務次官を味方につければ、『東光建工』は以前のように公共事業を回してもらえると考え、ご主人に役員報酬を払いつづけてきたんでしょう」

「それで、『東光建工』はまた公共事業を受注できるようになったのかしら？」

「いまのところ、公共事業は請け負ってません」

「『東光建工』は夫がいっこうに口利きをしてくれないことに腹を立てて……」

「その程度のことで、『東光建工』が伊丹さんを殺害する気にはならないでしょう。せっかく実力者の事務次官を非常勤役員に迎えることができたわけですから」

「それでは、いったい夫は誰に殺されてしまったんでしょう？」

「明日にでも目白署に捜査本部が設けられるでしょうから、そう遠くない日に犯人は捕まると思います」

「そうだといいんですけど」

「ところで、奥さんは『東光建工』の秘書室室長の都丸幸司氏をご存じですか？」

辺見が訊いた。

「いいえ、存じません。夫とは親しくしてた方なんでしょうか？」

「だと思います。伊丹さんは都丸氏とは飲み友達と言ってましたんで」

「夫はその方に頼まれて、わたしには内緒で『東光建工』の非常勤役員を務めてたのね」

「ええ、多分」

「主人のことはなんでも知ってるつもりでしたけど、そうではなかったのね」

香織が悲しげに言って、下を向いてしまった。

久我は辺見に目配せし、未亡人に謝意を表した。香織は黙って頭を下げたきりだった。涙を懸命に堪《こら》えているにちがいない。

久我たちは伊丹宅を辞去し、覆面パトカーに足を向けた。運転席に入ったとき、上司の斉木から電話がかかってきた。

「大きな動きがあった。羽村巡査を殺《や》ったという男が渋谷署《ここ》の堀江係長に伴われて出頭してきたんだ」

「なんですって!?　そいつは何者なんです？」

「轟良平《とどろきりょうへい》という名で、三十四歳だ。堀江警部が池袋署にいた五年前に拳銃の密造容疑で検挙《アゲ》られてる」

「職業は？」

「逮捕されるまでは都内の私立高校を中退してから、ずっと旋盤工《せんばんこう》をしてたんだ。二十代のころからガンマニアで、昭和三十年代に販売されてた金属製モデルガンやエアガンを改造してたんだが、その後、工場でひとりで残業をする振りをして、密造銃をこしらえるようになったらしい」

「羽村を襲った動機については、どう供述してるんです？」

久我は問いかけた。

「本物の拳銃をどうしても手に入れたくなったんで、宇田川町交番の羽村巡査を狙ったんだと言ってる」

「で、未発見のＭ360Ｊを持って出頭したんですか？」

「そうなんだ。羽村巡査に支給された物であることは間違いない。残りの官給品はポリスグッズ店『非常線』で顔見知りになった小谷直広の自宅アパートのベランダに投げ込んだと言ってる」

「それなら、真犯人《ホンボシ》っぽいですね」

「それはどうかな。小谷はな、轟良平なんて男はまったく知らないと言ってるんだよ」

「小谷が空とぼけてるんですかね？」

「おれの感触だと、そうじゃない気がする。轟はな、昨夜《ゆうべ》、目白の分譲マンションの非常階段から伊丹事務次官を突き落としたとも自白《ウタ》ったんだよ」

「えっ⁉」

「それだけじゃない。先夜、朝霧高原の別荘地で久我たちの尾行の邪魔をして、いったんアルファードを逃がしてやったとも供述してるんだよ」

「轟がなんでそんなことをしたんです⁉」

「山岡大臣に頼まれたんだと言ってる。大臣は伊丹が裏金の四億円をいつか横奪りするかもしれないと感じてたらしいんだ。それで轟を雇って、ずっと事務次官を監視させてたというんだよ。もちろん、隠し金の強奪も阻《はば》めとも命じられてたらしい。しかし、ショットガンを持った正体不明の男にアルファードごと四億円をかっぱらわれてしまったんだと言ってる。それから、ショットガンの男は伊丹事務次官に雇われた犯罪のプロにちがいないとも言ってたな」

「轟は、伊丹が最初っから四億円の横奪りを計画してたんじゃないかと……」

「そうなんだ。で、轟はそのことを山岡大臣と話したらしいんだよ。山岡は番頭扱いしてた伊丹に裏切られたと逆上《ぎゃくじょう》して、轟に事務次官を殺せと命じたというんだ」

「一応、筋は通ってますね」

「ま、そうだな。しかし、なんか釈然としないんだ。誰かが事件を急転直下させたくて、轟を犯人に仕立てたんじゃないかとも思えなくもないんだよ」

「ええ、話が出来すぎてる気はしますよね」

「ああ」

「轟は旧知の堀江警部に相談してから、出頭したんですね？」

「そう言ってた。渋谷署の堀江係長は、轟の供述に間違いないだろうと言ってる。轟は羽村と伊丹の二人を殺害して、さすがに罪の意識にさいなまれはじめたんで、堀江警部に電話で犯行を打ち明けたらしいんだ」

「堀江さんに説得されて、轟は出頭したわけか。M360Jには、羽村巡査と轟の指掌紋《ししょうもん》しか付着してなかったんですね？」

「ああ。そのことにも、おれは何か作為《さくい》を感じてるんだよ」

「渋谷署の伴刑事課長や敷島署長は轟のことをどう見てるんですかね」

「二人とも真犯人《ホンボシ》と見てるようだな。轟を出頭させた堀江係長は、すぐさま地検に送致すべきだと主張してる。自信満々で、してやったりという顔をしてたよ」

「そうですか。轟の供述の裏付けは取りはじめてるんですか？」

「いや、まだだ」

「なんでしたら、自分らは平河町の山岡大臣の事務所に回って、轟の供述の真偽を確かめてみますよ」

「久我、それはまだ早すぎる。轟の話がでたらめだったら、人権問題になるからな。仮に事実だとすれば、大臣に警戒されて何か手を打たれるかもしれないじゃないか」

「ええ、そうですね」

「辺見さんと一緒に捜査本部に戻ってきてくれ」

斉木が電話を切った。

久我はポリスモードを折り畳み、斉木から聞いたことを助手席の辺見につぶさに伝えた。

「斉木警部と同じように、こっちも何か作為的なものを感じるね。捜査を混乱させたがってるようだな、誰かが」

「それは誰なんでしょう？」

「そこまで具体的なことはわからないが、事件の真相を暴かれては困る人間がいるんだろう」

「そうなんでしょうか」

「轟という男が羽村巡査を狙ったという根拠はなさそうだし、前科歴のある元旋盤工と現職大臣はどこでどう知り合ったんだい？　とても接点があるとは思えないな」

「大臣の秘書の誰かがネットで、危《ヤバ》いこともやってくれそうな人間を捜してて、轟という奴のことを知ったのかもしれませんね」

「山岡大臣が怪しげな人間に隠し金のことを打ち明けて、伊丹が金を横奪りしないかと監視させる気になるだろうかね？　あまりにも無防備じゃないか」

辺見が言った。説得力のある言葉だった。久我はうなずかざるを得なかった。

「多分、山岡大臣は轟とは一面識もないんだろう。朝霧高原の別荘地で不意に暗がりから飛び出してきた男も、轟とは別人だと思うね。確証があるわけじゃないが、そんな気がしてるんだ」

「M360Jを握ってた男は、ショットガンの男と仲間なんでしょうね?」

「おそらく、そうなんだろう。四億円の現金を積んだ桐野あずみのアルファードを強奪させたのは、伊丹だったんだろうか。頭が混乱してきたよ」

「伊丹は、〝未来政経塾〟の運営資金を非合法な手段で調達したかったんでしょうか?」

「フェイスマスクの男とショットガンを持ってた奴を雇ったのが事務次官なら、そうなんだと思う。伊丹は山岡大臣の裏金をまんまとせしめることはできたが、信頼してた旧友か知人に裏切られて、四億円を騙《だま》し取られたんじゃないだろうか。あるいは、その相手と何かでトラブルになったのかもしれないな」

「辺見さん、伊丹事務次官はそいつと組んで、優秀な若手キャリアたちを集めて、無料のセミナーを催すことになってたんじゃないんですか?」

「ああ、考えられるね。二人は〝未来政経塾〟の運営を巡《めぐ》って、意見がぶつかったのかもしれないな。ひょっとすると、運営資金の負担額のことで折り合いがつかなかったんじゃないだろうか」

「どちらとも考えられますね。いずれにしても折り合いがつかなくて、片方が伊丹を葬《ほうむ》らざるを得なくなったんでしょう。だとしても、よほどのことがない限り、何年も親交のあった相手を殺す気にはならないはずです」

「そうだね。伊丹事務次官は、相手の致命的な弱みを表沙汰にするとでも息巻いたんじゃないのかな。そんなことをされたら、その相手は破滅に追い込まれる」

「だから、そいつは保身《ほしん》のために伊丹を誰かに始末させたのかな？」

「とにかく、渋谷署に戻ろう」

辺見が口を閉じた。久我は捜査車輛を走らせはじめた。

二十分弱で、渋谷署に着いた。久我たちは五階の捜査本部に上がった。斉木の姿はなかった。三階の取調室1にいるという。

久我は辺見と一緒に三階に下《くだ》り、取調室1に接続している小部屋《こべや》に入った。俗に覗《のぞ》き部屋と呼ばれている小部屋で、マジックミラー越しに取調室1が覗ける。

斉木はスチールデスクを間にして、三十代前半の男と向かい合っていた。

机上には、ポリエチレン袋に入れられたリボルバーが載《の》っている。背を見せている被疑者は轟良平だろう。

渋谷署の伴刑事課長が斉木の斜め後ろに立ち、腕組みをしている。堀江係長は記録係用の机に尻《しり》を載せていた。久我たちはマジックミラーに耳を密着させた。

「轟、小谷直広はおまえのことは知らないと言ってるんだよ」

斉木警部が被疑者に言った。

「そんなはずねえよ。おれたちは高田馬場の『非常線』ってポリスグッズの店で顔見知りになったんだ。小谷の奴は面倒なことに巻き込まれたくねえんで、おれとは一面識もないなんて言ってるんだろう」

「『非常線』の店主も、おまえが店に来たことがないと証言してるんだ。さっき部下たちが確かめたんだよ」

「店のオーナーも面倒なことには巻き込まれたくねえのさ。だから、偽証したんだろうな」

「ところで、小谷の自宅アパート名と部屋番号を教えてくれないか」

「アパートは恵比寿にあったな。えーと、なんて名だったたっけなあ？」

「おまえは羽村巡査の体から剝《は》いだ制服なんかを黒いビニール袋に詰めて、小谷の部屋のベランダに投げ込んだんだろ？　小谷の犯行に見せかけたくてなっ」

「そうだよ」

「だったら、アパート名くらい憶《おぼ》えてるだろうが。え？」

「おまえ、おれには『光風コーポ』って教えてくれたじゃねえか。そうだったよな？」

堀江が轟に声をかけた。轟が子供のように大きくうなずいた。

「こっちの取り調べ中なんだ。外野は黙っててほしいな」

斉木警部が堀江を叱りつけた。

「なんだと⁉　本庁の人間だからって、でっけえ面《つら》すんじゃねえ。おれは、渋谷署《ここ》の強行係の係長《ハンチョウ》なんだ」

「いいから、口出ししないでくれっ」

「てめえ、いい気になりやがって」

堀江が机から滑《すべ》り降り、拳《こぶし》を固めた。伴刑事課長が堀江に近寄り、部下をなだめる。

「小谷の部屋は何号室だ？」

斉木が轟に訊いた。

「一階だったね。一〇三号室だったと思うよ」

「外れだ。小谷の部屋は一〇二号室だよ。羽村巡査の制服や制帽の入った黒いビニール袋をベランダに投げ込んだのは、おまえじゃないな。轟、誰を庇《かば》ってるんだ？　おまえは羽村も伊丹事務次官も殺しちゃいない。身替り犯だということはわかってるんだっ」

「お、おれが二人とも殺《や》ったって言ってるじゃねえか！」

轟が怒鳴《どな》り返し、堀江に縋《すが》るような眼差《まなざ》しを向けた。堀江が焦《あせ》って視線を逸らした。

「斉木警部は優秀だね。轟がシロだと見事に見抜いた」

横に立った辺見刑事が低く言った。

「ええ、轟はシロっぽいですね」

「轟は堀江係長に救いを求めるような目を向けたんだが、久我君も見逃してないだろう？」

「しっかり見ましたよ。堀江さんが轟を身替り犯に仕立てたんですかね？」

「はい。轟は身替り犯っぽいですね？　堀江さんに頼まれたんでしょうか？」

「そうなのかもしれない」

「なんだって、堀江さんはそんなことを……」

「その理由《わけ》はまだわからないが、堀江係長の身辺を洗ってみたほうがよさそうだな」

「そうですね」

久我は相槌《あいづち》を打った。

「斉木警部、轟は羽村巡査が使ってた拳銃を持って出頭してきたんですよ。その両方には、羽村と轟の指掌紋しか付着してませんでした。それで、充分に立件できるでしょうが！」

伴刑事課長が斉木に言った。

「いいえ、轟は二件の殺人事件には関与してませんね」

「しかし、羽村の拳銃を持ってたし、山岡大臣に雇われて、国交省の伊丹事務次官を殺害した疑いもあるかもしれないんですよ。とりあえず羽村殺しの容疑で地検送りにして、伊丹殺しをゆっくり吐かせてもいいんじゃないのかな？」

「ろくに裏付《ウラ》けを取ってないのに、どうして轟の送致を急ぐんですっ」

斉木が椅子から立ち上がって、伴課長に詰め寄った。

「クロだという心証を得たからですよ」

「そうだとしても性急《せいきゅう》すぎます。羽村殺しに警察関係者がまさか関わってるんじゃないでしょうね？」

「な、何を言いだすんです⁉　そんなことはあり得ません。わたしだけではなく、敷島署長も送致を急ぐべきだと考えてるんです」

「立件材料が揃《そろ》ってないのに、送致なんかできませんよ。誤認逮捕は刑事の恥ですからね」

「署長と相談してみます」

伴が硬い声で言い、取調室1から出ていった。堀江も斉木を睨《にら》み、刑事課長に従った。

斉木が椅子に腰を戻した。轟はおどおどして、斉木と目を合わせようとしない。

「取り調べに立ち合わせてもらいましょう」

久我は相棒に言って、先に小部屋を出た。

3

目の焦点がなかなか定まらない。

向かい合った轟良平は明らかにうろたえている。疚《やま》しさがあるからだろう。

「なんでわたしの顔を見ようとしない？」

辺見は轟に問いかけた。取調室1だ。

机の真横には、本庁の斉木警部が立っている。相棒の久我は記録係の席に坐っていた。

「おっかないんだよ、なんかさ。だから、まともに顔を見られねえんだ。あんた、獲物を見つけた猟犬みてえな目をしてるからな」

轟が言った。辺見は黙って聞いていたが、なんとなく嬉しくなった。

この十五年間、眠ったように生きてきた。長いこと目に輝きを失っていたことは自覚していた。いつも刑事失格、敗北者、臆病《おくびょう》者といった負の単語が頭のどこかにこびりついて離れなかった。

久我の若々しい正義感に刺激され、少しずつ職務に対する姿勢が変わりはじめていることも薄ぼんやりと意識していた。

だが、目にも変化が生まれていたことには気づかなかった。敗《やぶ》れ者の烙印《らくいん》を自ら拭《ぬぐ》う好機が訪れたのかもしれない。

「そんな目でおれを見ないでくれ。心の奥底まで覗かれてるようで、なんだか落ち着かなくなるんだな」

「だったら、素直になってくれ」

「え？」

「そっちが供述したことは、すべて嘘《うそ》なんだろう？　三十年以上も刑事をやってるんで、わかるんだよ」

「おれが羽村ってお巡りと国交省の事務次官を殺《や》ったんだ。同じことを何度も言わせるなって」

「それでいいのか？　何か見返りがあったんで身替り犯になる気になったんだろうが、二人も殺したとなれば、おそらく死刑判決が下るだろう」

「でも、おれは……」

「どっちも殺《や》ってないんだな？」

辺見は轟を直視した。轟が動揺し、視線をさまよわせた。

「偽証だけなら、不起訴処分になるだろう。もっと自分を大事にしろよ」

「お、おれ、百万の謝礼に目が眩《くら》んじゃったんだ。だから、前金で百万を貰って、身替り出頭する気になったんだよ」

「やっぱり、そうだったか。で、どこの誰に頼まれたんだっ」

斉木警部が轟の肩口を摑んだ。

「きのうの夕方、歌舞伎町のサウナで石井と名乗った四十年配の男に声をかけられて、おいしい話を持ちかけられたんだよ。身替り犯になってくれれば、前金で百万くれるって言われたんで、つい話に乗っちまったんだ」

「サウナはどこにあるんだ？」

「新宿区役所裏の桜通りにある『新東京サウナ会館』だよ」

「石井と称した男は、そのサウナの常連みたいだったのか？」

「そうじゃねえな。ロッカールームの場所もよくわからなかったからね。おれはその男に連れられて、近くのレンタルルームに入ったんだ。そこで偽《にせ》の殺人犯になる段取りを説明されて、ポリエチレンの袋に入ってた拳銃に素手で何回か触らせられたんだよ。それから、帯封の掛かった札束を渡されたんだ」

「渋谷署の堀江刑事に同行してもらって出頭した理由は？」

「石井って男がさ、知り合いの刑事がいるかって訊いてきたんだよ。だから、おれは世話になったことのある堀江さんのことを喋ったんだ。そしたら、石井は堀江さんに連絡をとって、一緒に渋谷署に行けって指示したんだよ」

「そうか」

「石井って男は、警察はおれが身替り犯であることはそのうち必ず見抜くはずだから、刑務所《ムショ》送りにはされることはないと何度も言ってた。それだから、おれ、身替り犯になることを引き受けたんだ」

「自称石井はおまえが出頭するまで、ずっと監視してたんだな？」

「そうだよ。おれが堀江さんと落ち合って渋谷署に入るまで、近くで見張ってた」

「出頭したのを見届けて、石井って奴は姿を消したんだろう。堀江刑事には、石井に頼まれて犯人になりすましたことは黙ってたわけだな？」

　辺見は斉木よりも先に口を開いた。

「そうだよ。石井のことを堀江さんに喋っちゃったら、おれは貰った百万円を返せと言われちまうからね」

「自称石井は二つの殺人事件のことを詳しく教えてくれたんだな？」

「そう。事件の日時や手順なんかを細かく教えてくれて、しっかり頭に叩《たた》き込めって言われた。おそらく、石井自身が真犯人なんだろう。そうじゃないとしたら、犯人と親しいんだと思うよ」

「石井のことをできるだけ詳しく話してくれないか」

「髪は短かったよ。ヤー公じゃないと思うけど、ちょっと崩れた感じだったね」

「隠語を交《ま》じえたりしてなかった？」

「Ｍ360Ｊの輪胴《シリンダー》のとこに、おれの指紋《モン》をしっかり付けろと言ったな。石井って男、警察関係者かもしれねえ」

「斉木さん、例の懲戒免職者リストに自称石井と思われる人物は？」

「それがいなかったんですよ、やっぱりね。もしかしたら、現職の警察官《サツカン》なんでしょうか？」

「あるいは、そうなのかもしれません」

「堀江係長は間抜けだな。轟の話を真《ま》に受けるなんて大失敗《おおドジ》をやらかして。文句を言ってやろう」

　斉木が勢いよく取調室１から飛び出していった。

「おれ、堀江さんにぶん殴られそうだな。嘘の話で騙しちゃったわけだからさ。堀江さん、本庁の奴らより手柄を立てられるって、すごく喜んでたんだ」

「おれがおまえをぶん殴ってやりたい気持ちだよ」

　久我が椅子ごと振り向いて、轟を罵《ののし》った。轟はさほど反省の色を見せなかった。

「石井から貰った金は、まだ残ってるんだろ？」

「ああ、六十数万円ね。きのうは歌舞伎町のキャバクラで飲んで、高級ソープに行ったんだ。それでも、四十万も遣《つか》わなかったな。残りの金は、堀江さんと落ち合う前に練馬の実家のおれの部屋に隠してきたんだ。四、五日後には、どうせ釈放されると思ってたからさ」

「そんなに早く釈放にはならない。おまえは捜査妨害をしたんだから、たっぷりと油を絞ってやる」

久我が声を高めた。轟が首を竦《すく》めた。

それから間もなく、堀江係長が血相を変えて取調室1に駆け込んできた。轟が全身を強張《こわば》らせた。

「てめえ、おれに恥をかかせやがって！」

堀江が轟をパイプ椅子から突き落とした。

「係長、落ち着いてください」

「辺見の旦那は、引っ込んでてくれ」

「そういうわけにはいかない」

辺見は毅然《きぜん》と言った。堀江が振り向いた。久我が轟を無言で抱え起こし、椅子に坐らせた。

「旦那はおれよりも年上だが、一応、部下なんだぜ。上司にそういう口の利き方はねえだろうが！」

「刑事が被疑者に暴力を振るうことは慎《つつし》むべきだな。そんなことをする者がいるから、警察は市民に警戒されたり、疎まれたりするんだ」

「偉そうなことを言いやがって」

「轟を詰《なじ》るよりも、自分が捜査本部のメンバーに迷惑をかけたことを詫びるべきだと思うな。轟の話を鵜《う》呑《の》みにして、みんなを混乱させたわけだから」

「ミスをしたことのない刑事なんかひとりもいねえ。あんた、何様のつもりなんだい?」

堀江が言い捨て、取調室1を出ていった。

「辺見さん、カッコよかったですよ」

相棒が言った。

「茶化すなよ」

「本当にそう思いました。轟に振り回されたことは腹立たしいですが、暴力行為はまずいですよね?」

「そうだな」

辺見は同調した。

そのとき、取調室のドアが細く開けられた。斉木だったが、入室しようとしない。

辺見は椅子から立ち上がり、急いで廊下に出た。

「別班からの報告が上がってきたんですが、やっぱり羽村は都丸幸司の自宅周辺を非番の日に調べ回ってたことがはっきりしました。それから、桐野あずみと思われる女が去年の春先から月に一度、都丸宅を訪れてるらしいこともわかったんですよ」

「どういうことなんだろうか」

「訪問時刻は、きまって真夜中だというんです。あずみは家の中に入らずに都丸に自分のアルファードに大きな木箱を積み込ませると、いつも間もなく消えたそうなんです。都丸と美人放送記者には、なんの接点もないはずなんですが」

「これまでの調べでは、そうだね。木箱の中身は何なんだろうか」

「札束じゃないんですかね？『東光建工』は伊丹事務次官と癒着して、以前のように公共事業を受注できるよう根回ししてくれないかと頼んだ。しかし、伊丹は熱心に働きかけてくれなかった。業《ごう》を煮《に》やした準大手ゼネコンは山岡大臣に裏献金を届けて、『大宝建設』と同じように目をかけてもらいたいと働きかけはじめた。そういうことなんでしょう」

「山岡大臣はその話に乗って、愛人のあずみに都丸宅に裏献金を定期的に取りに行かせたのではないかと推測したわけか」

「ええ、そうです。そう考えれば、都丸と桐野あずみの繋がりは説明がつくでしょ？」

「ま、そうだね」

「朝霧高原で強奪された山岡大臣の隠し金は、伊丹が実行犯を雇って犯行《ヤマ》を踏ませたんだろうか」

「辺見さん、そうなんではないですかね。大臣は事務次官の裏切りを知って、自称石井に伊丹を片づけさせた」

「そうだとしたら、当然、山岡はもう四億円を取り戻してそうだな。いや、待てよ。例の石井にそっくり横奪りされたのかもしれない」

「ええ、それは考えられますね。ただ、自称石井が羽村の拳銃を轟良平に渡したことがどうも腑《ふ》に落ちないんですよ」

「そうですな。仮に山岡大臣が羽村巡査に『大宝建設』をはじめ関連大企業と癒着してる証拠を掴まれてたとしても、孫の由奈の拉致を未然に防いでくれた恩人を抹殺《まっさつ》するなんてことは……」

「そこまでは考えないでしょうね」

「都丸幸司と桐野あずみの動きをとことん探《さぐ》ってみれば、何か進展があるでしょう」

「そうですね。別班に都丸をマークさせます。辺見さんたち二人は、あずみに張りついてもらえますか？」

「了解！」

辺見は取調室のドアを開け、久我を手招きした。待つほどもなく久我が廊下に出てきた。

「よろしく！」

斉木が取調室1に吸い込まれた。

辺見は斉木の話を手短に相棒に伝え、エレベーター乗り場に向かった。

二人は宮益坂《みやますざか》の洋食屋でハヤシライスを食べてから、港区六本木にある関東テレビに急いだ。二十分弱で、テレビ局に着いた。

辺見たちは受付で桐野あずみが局内にいることを確認してから、捜査車輌を局員専用通用口の見える場所に移した。

「都丸とあずみに接点があったなんて考えてもみませんでしたよ」

運転席の久我が呟くように言った。

「こっちもだ」

「斉木さんの読み通りなんでしょうか？　『東光建工』は伊丹が頼りにならないとしたら、その時点で妻名義の口座に月々二百五十万を振り込んでた役員報酬を支払わなくなると思うんですよね」

「事務次官に見切りをつけて、山岡大臣に裏献金を届けることになったとすれば、当然、そうするだろうな」

「しかし、伊丹の奥さんの口座には金が振り込まれつづけてた。ということは、あずみが都丸宅に裏献金を定期的に取りに行ってたとは考えにくいですよ」

「久我君の筋読みを聞かせてほしいな」

辺見は促した。

「桐野あずみは、パトロン以外の人物のために動いてるんではないのかな？　都丸から木箱に入った何かを受け取り、それをこっそり相手に渡してた。そいつが何者なのかはわかりませんが、とにかく都丸から直に木箱を受け取れない事情があったんでしょう」

「その点については、こっちもそう直感したんだ。そう考えると、木箱の中身は裏金臭いね」

「額のでかい金だとしたら、『東光建工』の経営陣の誰かが管理しそうですよね？　都丸は秘書室の室長ですが、役員ではありません」

「そうだね。裏金の類《たぐい》だとしたなら、その出所は『東光建工』ではないのかもしれないぞ」

「それ、考えられますね。準大手ゼネコンの取引先に頼まれて、都丸は橋渡し役というか、代理で運び役をやってるんではありませんか？」

「そうなのかもしれないな。どちらにしても、都丸は何らかの不正行為に力を貸してるんだろう」

「桐野あずみの縁者が『東光建工』の取引先の会社の重役をやってるんですかね。それとも、彼女はパトロンに内緒で都丸幸司とも不倫関係にあるのかな。彼女は同年代の男よりも、はるかに年上のおっさんたちに関心があるようですから」

「あずみは中高年の男が好きなんだろうが、山岡大臣に隠れて別の奴とも交際してるとしたら、パトロンとは異なるタイプの相手を選ぶんではないかな。山岡大臣と似通ったタイプは新鮮味がないだろうからね」

「自分と年齢の近いイケメンとつき合ってるんですかね。たとえば、ハンサムな二世国会議員とか。いや、政治家と二股をかけてたら、パトロンにバレちゃうな」

「そうだろうね」

「報道局の同僚記者か、人気キャスターとも不倫してるんでしょうか？」

「大物政治家の愛人になってるんだから、桐野あずみは本質的に権力を握ってるようなエリートに弱いんだと思うよ」

「そうなんでしょう。なんか出世の見込みのない平凡な男には、まるで興味がなさそうな感じですものね？　どこか高慢でもあるな。美人は美人ですが、自分はああいうタイプの女性は苦手ですね。余計な話ですけど」

　久我が微苦笑した。

「どんなタイプなんだい、彼女は？」

「特定の女性なんかいませんよ。辺見さんの息子さんは自分と同じぐらいなんでしょ？」

「二十九歳だから、きみよりも一つ上だね。一応、つき合ってる相手はいるみたいだよ。まだ紹介されてはいないんだが」

「羨《うらや》ましいな。刑事なんかやってると、相手に警戒されて、なかなか彼女ができないんですよ。因果な商売です。だけど、なりたくてなったわけですから、絶対に転職はしません。こうして憧《あこが》れの名刑事と一緒に捜査ができるようになったんですから、年俸三千万円くれると言われても、刑事はつづけますよ」

「年に一億円貰えるとなっても、気持ちは変わらないかい？」

「そんな好条件なら……」

久我が考える顔になった。

「さっさと依願退職するだろうな？」

「案外、辺見さんは意地悪なんですね」

「で、どうなんだい？」

「転職しちゃうかもしれません」

「正直だな」

「しかし、辺見さんが現職でいるうちは辞めないと思います」

「どうして？」

「辺見さんから、いろいろ学びたいからです。それで、いつの日か、自分も伝説に彩《いろど》られた刑事になりたいんですよ」

「こっちを手本にしたら、いつまでも梲《うだつ》があがらないぞ。やめとけ、やめとけ！」

辺見は真顔《まがお》で忠告し、雑談に終止符を打った。

相棒が自分を過大評価していることには当惑したが、悪い気分ではなかった。冬眠《とうみん》したように生きてきた長いスランプから脱《ぬ》け出せるものなら、そうしたいものだ。切実に思う。

むろん、年下の相棒のためではない。自分の刑事人生に有終《ゆうしゅう》の美を成《な》したいという思いが頭をもたげてきたのだ。刑事 魂《だましい》を燃やしながら、捜査活動に全身全霊を捧《ささ》げてこそ、社会の番犬だろう。

不完全燃焼のままで刑事稼業を終えたら、人生に悔《く》いを残す。自分なりに刑事の責任を果たさなければ、前には進めない。ニヒリストを気取ってリングに背を向けるのは、やはり卑怯《ひきょう》だ。闘い抜いて、燃え尽きたい。

胸の奥の闘志は、まだ死んではいないはずだ。十五年間、凍《こお》りついていただけだ。正義も棄《す》てたわけではない。少し目を逸らしていただけだ。

ちょっとした勇気を持てば、諦《あきら》めも臆病風も吹き飛ばせるのではないか。図太く強《したた》かになれば、新たな生き方もできるだろう。

辺見の全身に力が漲《みなぎ》った。

長い張り込みに耐えていると、夕闇が濃くなった。辺見たちは、なおも粘《ねば》り抜いた。

マークした美人放送記者が通用口から姿を見せたのは、午後六時四十分ごろだった。連れはいなかった。桐野あずみは六本木通りでタクシーを拾った。

「尾行を開始します」

久我がアリオンを発進させた。

タクシーは三十分近く走り、東京ディズニーランドに隣接している外資系ホテルの前で停《と》まった。辺見は先に覆面パトカーを降り、あずみを追った。

あずみはホテルの広いエントランスロビーを進み、奥にあるティールームに入った。

辺見はティールームを覗き込んだ。

中ほどのテーブル席を見て、危《あや》うく声をあげそうになった。

なんと桐野あずみは、渋谷署の敷島署長と向かい合っていた。ひと目で、二人が親密な間柄だとわかる。一連の事件には、キャリアの署長が何らかの形で関与していたのか。

辺見は何か厭《いや》な予感を覚えた。あずみは敷島に頼まれて、定期的に都丸宅に謎の木箱を引き取りに行っていたのだろうか。

「対象者《マルタイ》は誰か男と密会してるんですか？」

背後で靴音が響き、久我が小声で話しかけてきた。

「桐野あずみは、渋谷署《うちの》の敷島署長と向かい合ってる」

「ま、まさか⁉」

「そのまさかだよ」

辺見はティールームの嵌《は》め殺しのガラスから少し離れた。相棒が店内に目をやって、驚きの声を洩らした。

「離れたほうがいいな」

辺見は久我のコートの袖を引っ張った。

二人は表玄関近くのソファまで歩き、並んで腰かけた。

「署長と桐野あずみは他人じゃない感じだったな。あずみはパトロンの山岡大臣の目を盗んで、だいぶ前から敷島署長と密会を重ねてたようですね？」

「そうみたいだな。署長と『東光建工』に接点があるとは思えない。敷島警視正の知人か友人が準大手ゼネコンと関連のある企業の重役を務めてるんだろうか」

「そうなら、敷島署長はあずみと同じように例の木箱の運び役を引き受けてるんでしょうか？」

「多分、そうなんだろう」

「敷島署長は若いながらも、順調に出世街道を突っ走ってる警察官僚《キャリア》です。犯罪絡みかもしれない木箱の運び役なんかやりますかね？　そんな危ない橋は渡らない気がしますけど」

「通常なら、自分の出世に響くようなことは絶対にやらないだろうね。しかし、署長は山岡大臣の愛人と深い関係になってしまったようだよな？」

「ええ」

「そのことを誰かに知られたら、脅迫に屈してしまうんじゃないのか。若手キャリアが開き直れるとは思えないいんだよ」

「それは、そうでしょう。署長は女性関係の弱みを握られて、悪事の片棒を担《かつ》がされてるのかな」

「ああ、おそらくね」

「ほかに考えられることは？」

「桐野あずみとの関係を誰にも知られてないとしたら、『東光建工』と深い繋がりのある企業か個人と敷島署長は特別な結びつきがあるんだろう。だから、協力せざるを得なくなったんじゃないのかな？」

「二人はワインを傾けながら、フランス料理でもつつくんですかね？　そして、その後は予約した部屋で熱い一刻《ひととき》を過ごすんだろうな」

「このまま二人の動きを探ろう」

辺見は脚を組んだ。意外な展開になった驚きは、なおも尾を曳《ひ》いていた。

4

客席は半分しか埋まっていない。

最上階の十二階にあるレストランだ。

敷島署長と桐野あずみは、窓際の席で向かい合っている。二人はガラス窓越しに東京湾を眺《なが》めながら、ナイフとフォークを使っていた。

久我はレストランの出入口のそばに置かれた大きな観葉植物の枝の間から、店内をうかがっていた。

敷島たちが一階のティールームから最上階のレストランに移ったのは、数十分前だった。いまは、午後八時半を回っている。

「ここにずっと立ってると、怪しまれるだろう」

辺見が斜め後ろで言った。久我はうなずき、ベテラン刑事とエレベーターホールの脇まで歩いた。

「二人は恋人同士みたいだな」

辺見が言った。

「ええ、そうですね。桐野あずみは近々、パトロンの山岡大臣と別れる気でいるんでしょうか。そして、敷島署長と結婚する気でいるのかな?」

「あずみのほうは、そういう気でいるのかもしれないな。しかし、署長は万事に保守的だから、大物政治家の愛人だった女性を妻に迎える気はないんだろう」

「敷島署長は桐野あずみに恋愛感情を懐《いだ》いてるように見せかけて、彼女を上手に利用してるだけなんですかね」

「多分、そうなんだろう」

「そうだとしたら、軽蔑《けいべつ》したくなるような男だな」

「ま、そうだね。しかし、もっと報道記者のほうが上手なのかもしれない」

「例の裏金の四億円は誰かの犯行に見せかけて、実は桐野あずみが犯罪のプロに強奪させたのではないかと……」

「そういう可能性も否定できなくなったね」

「目的は何なんでしょう? 手切れ金代わりにパトロンの隠し金をかっぱらう気になったんですかね?」

「そんな気になったのかもしれないな。それだけの巨額を持ってれば、敷島をつなぎ留《と》めておくことはできると考えたんじゃないのかな。たとえ、好きな男と結婚はできなくてもね」

「だとしたら、あずみの女心が哀《かな》しいな。切ない話です。辺見さん、敷島署長があずみを唆《そそのか》したとは考えられませんね。前途有望なキャリアだって、億単位の金には魅せられちゃうでしょ？」

「警察官僚だって、楽して大金を手にしたいとは思ってるだろうね。しかし、署長は小心者なんだ。金銭欲を満たしたくて、捨て身になれるタイプじゃないな」

「そうですかね」

「もしも署長が桐野あずみに山岡大臣の隠し金を横奪りしてくれと頼んだとしたら、それは自分のためではなく、誰かの歓心を買いたかったからだろう」

「その人物は『東光建工』と関わりのある企業か個人なんでしょうか？」

「ああ、多分ね。二人で張り込んでたら、どうしても人目につくな。わたしは一階のロビーに降りてる。久我君はこのフロアにいてくれないか」

「わかりました」

「それでマークした二人がこのホテルの一室に落ち着いたら、フロントで聞き込みをしよう」

「了解！」

久我は、ごく自然に相棒から離れた。

辺見がエレベーターの函《ケージ》に乗り込んだ。久我は十分ほど経《た》ってから、またもや観葉植物の鉢《はち》に近づいた。

レストランの中を覗き込む。敷島とあずみは何やら談笑していた。

あずみが仮に例の四億円を横奪りしても、パトロンは彼女を刑事告訴はしないだろう。隠し金のことを表沙汰にはできない事情があるからだ。

現に殺された伊丹もあずみも静岡県警の事情聴取では、アルファード内に汚れた金があったとは語っていない。山岡大臣は裏金のことはもちろん、愛人の存在も伏せておきたいにちがいない。

あずみは堂々とパトロンの隠し金を掠《かす》めることができるわけだ。辺見が少し前に語っていた推測は正しいのだろう。久我はそう思いながらも、あずみを悪女視することに少し抵抗があった。美しい報道記者の何かに惹《ひ》かれはじめているのか。

刑事も人間だ。捜査対象者に同情することはある。しかし、私情に左右されてはならない。もっと冷徹になる必要がありそうだ。

久我は自分を戒《いまし》め、レストランから死角になる場所に移動した。たたずんだとき、懐《ふところ》で私物のスマートフォンが鳴った。

発信者は母の弥生《やよい》だった。五十六歳で、専業主婦だ。久我の実家は世田谷区岡本《おかもと》町にある。

「変わりない？」

母が訊いた。いつになく声に張りがない。

「ああ、元気だよ。おふくろ、なんか声が沈んでるな。具合が悪いの？」

「ううん、わたしは健康よ。実はね、真希《まき》が悠《ゆう》を連れて赤羽《あかばね》から実家《こっち》に戻ってきたの」

「姉貴が義兄《にい》さんと夫婦喧嘩をして、子供を連れて親許《おやもと》に戻ってきたようだな。年中行事みたいなもんなんだから、気を揉むことはないさ」

　久我は苦く笑った。

　三十一歳の姉は気が強い。夫の浦辺成彦《うらべなるひこ》は三十四歳だが、妻にやり込められている。六歳の甥《おい》の悠は父親の性格を受け継《つ》いだらしく、おとなしい。

「真希は本気で成彦さんと離婚する気みたいなのよ。成彦さんね、職場のＯＬと浮気してたんだって」

「姉貴が亭主を立てないから、浮気されちゃうんだよ」

「公太、たった二人だけの姉弟《きょうだい》でしょ！　少しは真希を庇ってもいいんじゃない？」

「姉貴は思ってることをストレートに口にするけど、男は誰も傷つきやすいんだ。夫に文句や厭味《いやみ》を言う場合は少し控え目にしないとね」

「真希は勝ち気だけど、家事はちゃんとこなしてるわ。子供もきちんと躾《しつ》けてるわよ。それなのに、浮気をするなんてひどいじゃない？　真希が怒るのは当然だわ」

「親父《おやじ》はどう言ってるんだい？」

「夫婦喧嘩は犬も喰《く》わないんだから、放っとけばいいって。それで、悠と一緒にテレビゲームで遊んでるの。無責任な親よね？」

母がぼやいた。父の直哉《なおや》は五十八歳で、化学薬品会社に勤めている。一応、部長職に就《つ》いているが、ほとんど出世欲はない。

「おれも親父と同じ意見だね」

「冷たいのね。真希は夕飯も食べられないほど思い悩んでるのに」

「義兄《にい》さんから連絡は？」

「真希のスマホに電話があったらしいけど、無視したみたい。メールもあったようよ」

「それなら、義兄さんは姉貴とは別れたくないんだよ。弾《はず》みで浮気した相手とは縁を切って、元の鞘《さや》に納まると思うな」

「ね、今夜、実家《こっち》に泊まれない？　真希の相談相手になってあげて」

「それは無理だな。いま捜査本部事件で張り込み中なんだよ」

「そうなの」

「明日、姉貴のスマホに電話してみるよ」

「うん、そうして」

母が電話を切った。

久我は溜息《ためいき》をついて、スマートフォンを懐に戻した。身内の存在は大きな支えになっているが、職務中に煩《わず》らわしい思いはしたくない。もっと早く通話を打ち切るべきだったか。

しかし、それではいかにも素っ気ない。姉の一家が平穏《へいおん》な日々を送ってくれることを願ってはいる。だが、刑事の仕事も忽《ゆるが》せにするわけにはいかない。

久我は姉のスマートフォンをすぐに鳴らさないことに幾らか後ろめたさを感じながらも、またレストランを注視しはじめた。

敷島署長が先に店を出てきたのは、午後十時数分前だった。なぜか桐野あずみは、席に腰かけたままだ。何かで口論になったのか。

署長がエレベーターの中に入った。

久我は函《ケージ》の扉が閉まってから、一階ロビーにいる辺見に電話をかけた。

「署長だけがエレベーターに乗りました。ケージは下降中です。フロントで、部屋を取る気なのかもしれません」

「単独でホテルの外に出るようだったら、わたしは署長を尾《つ》ける。久我君は、あずみの尾行を頼む」

辺見が電話を切った。

久我は、さりげなくレストランに接近した。あずみは、ぼんやりと夜の海を見下ろしている。店で誰かを待っているのか。

十分ほど流れたころ、辺見から電話連絡があった。

「署長は表に出ると、数分歩いて別のホテルに入った。そして、ツインベッドの部屋を取って、十一階に上がっていったよ」

「美人放送記者は、敷島署長の待つ部屋をダイレクトに訪ねるんじゃないのかな？」

「多分、そうなんだろう。わたしはロビーの隅《すみ》で待つ」

「わかりました」

久我はホテルの名を教えてもらってから、刑事用携帯電話《ポリスモード》の通話終了キーを押した。

それから三、四分が過ぎたとき、レストランから桐野あずみが現われた。

大きなファッショングラスをかけていた。

レンズの色は淡いブラウンだった。ベージュのウールコートを小脇に抱えている。

あずみがエレベーターの中に吸い込まれた。エレベーターは三基あった。久我は別のケージに飛び乗った。

一階ロビーに着いたとき、あずみの後ろ姿が見えた。

表玄関の回転扉の少し手前だった。久我は足早にエントランスロビーを進み、あずみの後を追った。

外に出たとたん、刺すような海風が吹きつけてきた。

ホテルの前は東京湾だ。墨色の海面はよく見えない。

あずみはコートの裾《すそ》を翻《ひるがえ》しながら、急ぎ足で進んでいる。海沿いにシェラトン・

グランデ・トーキョーベイ・ホテル、ホテルオークラ東京ベイ、ヒルトン東京ベイ、東京ベイ舞浜ホテル　クラブリゾート、サンルートプラザ東京が並んでいる。どのホテルも宿泊客の大半は、東京ディズニーランドを訪れた行楽客だ。

カップル客よりも、家族連れが多い。そんなホテルの一つを密会場所に選んだ敷島署長は、辺見が言っていたように小心者なのだろう。

あずみが数百メートル歩いて、ホテルの中に入っていった。辺見が待つホテルだった。久我もエントランスロビーに足を踏み入れた。館内の温度は高かった。

あずみはフロントの横を素通りし、エレベーターホールに向かっている。久我は物陰に身を潜め、エレベーター乗り場に視線を投げた。

あずみが函《ケージ》の中に消えた。

エレベーターは十一階で停まった。敷島のいる部屋に行ったのだろう。

「二人が深い仲であることは間違いないね」

背後で、辺見が言った。

「ええ」

「署長は仙名勇次《せんなゆうじ》という偽名で、このホテルを去年の初夏から月に二回ほど利用してる。部屋はダブルかツインだそうだ。フロントマンから探り出したんだよ」

「身分を明かしてですか？」

「警察手帳《チョウメン》を見せなければ、協力してもらえないからね。署長には横領の容疑がかかってると言っておいた。職業欄に銀行員と記入されてたんでね」

「署長とあずみは、いつも時間を少しずらしてホテルに出入りしてるんでしょうか？」

「それは確かめられなかったが、そう考えていいだろう」

「十一階に設置されてる防犯カメラの画像を観《み》せてもらいましょうよ。二人が同じ部屋に入った証拠を押さえておいたほうがいいと思うんです」

「そうだね」

二人はフロントに歩み寄って、ホテル側に協力を求めた。先に一一〇八号室に入った敷島がバスローブ姿で、あずみを部屋に請《しょう》じ入れる映像を確認することができた。

一一〇八号室に行って、二人に揺さぶりをかけてみます？」

久我はロビーで相棒に打診《だしん》した。

「それは、まだ早いね。あずみにはパトロンがいるわけだが、どちらも独身なんだ。密会の現場に踏み込んだところで、二人とも事件に関することは何も吐かないだろう。それに、不用意に警察官僚を追い込んだら、久我君は十五年前のわたしみたいに所轄に飛ばされることになるかもしれない」

「辺見さん、十五年前に本庁で何があったのか教えてくださいよ。自分、口は堅いほうだと思います」

「他人《ひと》には喋りたくないことが一つや二つはあるんじゃないのかな、誰にもさ」

「ええ、そうですね」

「十五年前のことを思い出すと、自己嫌悪に陥《おちい》ってしまうんだよ。自分の腑甲斐《ふがい》なさが情けなくて、この世から逃げたくなったこともあったな」

「心に深い傷を負ってしまったんですね」

「考えすぎだったのかもしれないが、自己否定すらしたくなったんだ。ようやく痂《かさぶた》は剝がれかけてるんで、もう少し昔のことには触《ふ》れないでほしいんだよ」

「わかりました。不快な思いをさせてしまってすみません！」

「いいんだ、気にしなくても。それより、斉木警部に署長と桐野あずみのことを報告しておかないとな」

「ええ。外で電話します」

「そのほうがいいね」

二人は表に出た。久我は客待ち中のタクシーの列から十数メートル離れ、上司の斉木警部に想定外の展開になったことを伝えた。

「驚きが大きくて、なんと言っていいのかわからないよ」

「そうでしょうね」

「電話を切らずに少し待っててくれ」

斉木が急いで捜査本部を出る気配がした。久我は一分ほど待った。

「悪い、悪い！　ここなら、なんでも喋れそうだ。署長が身替り犯の轟を早く地検送りにしたがったんで、妙だなと感じはじめてたんだよ。堀江係長が轟を出頭させたことにも何か引っかかるものを感じてたんだ。もしかしたら、殺された羽村巡査は渋谷署内の不正の事実を知ったんで、殺害されることになったのかもしれないな」

「署ぐるみの犯罪が行われてたとしたら、捜査協力費の架空請求ですかね？」

「その手で複数の警察署が組織ぐるみで裏金を捻出《ねんしゅつ》してた事実はさんざんマスコミで叩かれたから、もう誰もやる気にはならないだろう」

「そうでしょうね」

「署長が管内の暴力団や違法風俗店から、小遣いをせびってたとも考えにくいよな。そんなセコいことをして、キャリアが人生を棒に振るとは思えない」

「ええ、そうですね。係長《ハンチョウ》、署長は桐野あずみに山岡大臣の隠し金を横奪りしろと唆したとは考えられませんか？」

「そんな大胆なことはやれないだろ、あの署長にはさ。山岡の愛人を寝盗《ねと》ったのも、びくびくもんだったにちがいないよ。だから、都心のシティホテルじゃなくて、浦安《うらやす》の外資系ホテルで桐野あずみと密会してるんだろう。辺見さんは、どう推測してた？」

「特に何も言ってませんでしたけど」

「そう」

「でも、辺見さんにはもう何かが透《す》けてきたんじゃないのかな？　そんな気がします」

「そうか。そうだ、別班が新たな手がかりを摑んでくれたぞ。羽村巡査は都丸の実弟の晃《あきら》、四十八歳の身辺も探ってたようなんだよ。詳しい報告は捜査本部《こっち》に戻ってから聞くことになってるんだ。辺見さんと一緒にいったん渋谷署に引き揚げてくれ」

斉木が通話を切り上げた。久我はポリスモードを二つに折り、辺見に別班が新たな手がかりを得たことを伝えた。

「羽村巡査は都丸の弟のことも調べてたのか。都丸晃はサラリーマンなのかな？」

「別班が捜査本部に戻ったら、そのあたりのことは詳しくわかるでしょう」

「そうだね」

二人は来た道を引き返しはじめた。覆面パトカーは、敷島たちが食事を摂《と》った外資系ホテルの近くの路上に駐《と》めてあった。

百メートルほど進むと、久我の私物のスマートフォンが着信音を刻んだ。電話をかけてきたのは、姉の真希だった。

「公太は薄情ね。少しは情《じょう》を見せなさいよ」

「酒を飲んでるんだな？」

「缶ビールを二缶飲んだきりよ。酔ってなんかいないわ」

「義兄さんが浮気したんだって？」

「そうよ。わたしは夫に裏切られたの。なのに、あんたはちっとも心配してくれない。弟でしょうが！」

「張り込み中だったんだ」

「だいたい公太はさ、昔から冷たいのよね。わたしが小四のとき、下校途中でクラスの悪ガキどもにからかわれたときがあったでしょ？　あのとき、あんたは近くを平気で素通りしていった」

「そんなことがあったっけ？」

「わたし、悲しかったわよ。実の弟がわたしを庇ってもくれなかったんだから。そんな事なかれ主義の男が刑事になったからって、正義漢ぶらないでよ。何が張り込みよっ。母さんに、うちの浮気亭主を庇うようなことを言ったんだって？　いったい公太は、どっちの味方なの！」

「素面《しらふ》のときに話そう」

久我は一方的に告げ、スマートフォンの電源を切った。

「家族の誰かに絡まれたようだね？」

辺見が歩きながら、問いかけてきた。

「姉にちょっと厭味を言われたんです。夫婦喧嘩をして、息子と一緒に実家に戻ってきたらしいんですよ」

「それじゃ、久我君が相談相手になってやらなきゃな」

「わがままな姉なんですよ。義兄だけに非があるわけじゃないと思うんですが、どうも被害者意識が強くってね」

「それでも血を分けた姉弟《きょうだい》なんだから、何かあったときは力になってやれよ」

「ええ、そうします」

久我は素直に応じ、歩度を速めた。

第六章　野望の亀裂

1

静止画像になった。

辺見は大型モニターを凝視《ぎょうし》した。捜査本部である。

浦安から渋谷署に戻ったのは、数分前だった。時刻は午後十一時半近い。

捜査本部には斉木警部や久我のほかに本庁の諸星一矢《かずや》警部補がいた。諸星は斉木の部下で、三十六歳だ。

「木箱が載《の》った台車を押してるのは、都丸晃です。都丸幸司の実弟ですよ」

諸星がモニターを指さした。台車の右手には、メタリックグレイのエルグランドが映っている。

防犯カメラの録画DVDは、都丸晃の自宅の隣家から諸星たちコンビが借り受けたものだ。エルグランドの所有者は都丸晃だった。

「木箱の側面をよく観《み》てください。黒マジックでワレモノと書かれてますでしょ？」

「そうだね」

辺見は諸星に顔を向けた。

「しかし、中身は陶器類ではないと思います。陶器類でしたら、印刷された紙が貼られてます。木箱に直《じか》に手書きされるのは妙ですよ」

「都丸晃は知り合いに趣味で集めてた陶器をあげる約束をしてたんで、自分で梱包《こんぽう》したとも考えられるんじゃないのかな？」

「それなら、わざわざ黒マジックでワレモノとは書かないでしょ？　自分の車に木箱を積み込んで、どこかに向かったんですから」

「そうだね」

「ＤＶＤに映ってる木箱は、実兄宅に届けられたと考えてもいいだろう」

斉木が誰にともなく言った。真っ先に久我が口を開いた。

「そうだと思いますよ。殺された羽村は、都丸兄弟の自宅の周辺で個人的な聞き込みをしてたって話ですからね」

「ああ、そうだな。木箱の中身は札束なんじゃないのか？　別班の聞き込みでわかったんだが、都丸晃は『ヤマト理研《りけん》』の経理部長なんだ」

「その会社は、確か科学捜査研究所や都内全所轄署の鑑識課に各種の検査計器、ＤＮＡ型鑑定分析《ぶんせき》機器などを納入してるんですよね？」

「ああ、そうだ。『ヤマト理研』は電子顕微鏡《けんびきょう》、高熱伝導計《ガスクロマトグラフィ》、声紋分析器、光電比《こうでんひ》色計《しょくけい》、赤外分光《せきがいぶんこう》光度計、ＤＮＡ型鑑定分析器などさまざまな検査計器と分析装置を科捜研や各所轄署に納めてる。競合する同業他社のシェアは、二十パーセントにも満たない。ほぼ『ヤマト理研』が独占受注してると言ってもいいだろう」

「そのことはわかりましたが、『ヤマト理研』の経理部長の都丸晃が札束入りかもしれない木箱を真夜中にどうして実兄宅に運ばなければならないんです？　『ヤマト理研』は『東光建工』や伊丹事務次官とは何も利害がないわけだから、なんらメリットはないはずですよ。もちろん、国交省の山岡大臣に取り入っても利点はありません」

「久我、こうは考えられないか。殺された伊丹は若手官僚たちを集めて、〝未来政経塾〟を主宰したがってたという話だったよな？」

「ええ。伊丹事務次官は自分の野望を『東光建工』の都丸室長に喋《しゃべ》ったんですかね。都丸は公共事業を受注できることを期待して、〝未来政経塾〟の運営資金を伊丹に回そうと考えた。だけど、会社の金はもう遣《つか》えない。そこで都丸は、『ヤマト理研』で経理部長をやってる実弟にうまく経理操作をして、伊丹の夢を叶《かな》えさせようとした。弟の晃は兄貴に協力して、会社の金を巧《たく》みに横領し、札束入りの木箱を定期的に実兄宅に届けてた。しかし、都丸晃の不正がバレそうになったんで、やむなく兄弟は伊丹を始末することにしたんじゃないんですかね？」

「おまえの読み通りなら、羽村の事件と伊丹の死は何もリンクしてないことになる」

「そうか、そうなりますね」

「辺見さんは、都丸晃が実兄宅に定期的に届けた木箱の中身が札束だとしたら、どう推理します？」

斉木が訊《き》いた。

「まだ確証はないが、木箱の中に現金がぎっしりと詰まってたとしても、都丸幸司は伊丹のために〝未来政経塾〟の準備資金や運営費用を弟に工面させたんではないと思いますね。もしかしたら、逆なのかもしれないな」

「逆というと、弟の都丸晃が誰かにリベートかキックバックを渡すため、実兄に運び役をやってもらってたのではないかってことですね？」

「ええ、そうです。都丸晃が誰かにリベートの類《たぐい》を届けるわけにはいかないでしょ？そのことが発覚したら、先方の人間も自分も収賄容疑で捕まってしまう」

「それだから、接点が何もない兄に頼んで、リベートかキックバックを相手に手渡してもらってたんでしょうか？」

「その可能性はあるんじゃないのかな」

「ええ、そうですね。『ヤマト理研』に各種の検査計器や分析機器を発注してる窓口は、本庁の総務部です。あっ、総務部長は……」

「そうです。渋谷署《こ こ》の敷島署長の母方の叔父に当たる蟹瀬警視長ですね。蟹瀬部長は当然、発注に関する書類には目を通してるでしょう」

「そのはずです。大型分析器になると、数千万円と高いですからね。公費で賄《まかな》うといっても、経費は削減《さくげん》しなければなりません」

「ええ。国民の税金を遣わせてもらってるわけですからね。購入予定の新しい機器の値段交渉は担当の部下がやってるはずですが、多分、『ヤマト理研』の重役は大口の得意先である本庁の窓口責任者にそれなりの挨拶《あいさつ》をしてるんでしょう」

「蟹瀬部長が割烹《かっぽう》や高級レストランで接待されるぐらいのことはありそうだな」

「それだけでしょうかね？」

「ベッドパートナーを用意され、車代と称する現金を渡されてるのかもしれないな」

「エリートコースを歩んでる警察官僚は、そういう見え見えのサービスは撥《は》ねつけるでしょう。しかし、巧妙な手口で『ヤマト理研』に無心するかもしれませんね。どうしても少しまとまった金が必要なんだが、とても自分では用立てられない。そんな場合はね」

「大口の得意客にそう言われたら、『ヤマト理研』は無視できないだろうな。しかし、露骨に金を要求して、億単位のキックバックを貰《もら》ったりしたら、危《ヤバ》いでしょ？」

「そうですね。わたしの推測が正しければ、蟹瀬総務部長は合法的な手段で、まとまった金を『ヤマト理研』から引き出してたのかもしれません」

辺見は言った。斉木が唸《うな》った。

「どんな手段が考えられます？」

久我が辺見に声をかけてきた。

「注文した検査計器や分析機器の正規価格に二、三割プライスを乗せて、『ヤマト理研』に水増しした請求書を出させてたのかもしれないね。その差額分を経理部長の都丸晃が現金で自宅に保管しておいて、定期的に深夜、実兄宅に届けてたんだろう」

「そうだとしたら、木箱の中身は大量の万札だったんでしょう。兄貴の都丸幸司は札束入りの木箱を蟹瀬部長の官舎に届けてたんですかね？」

「そんな無防備なことはさせないでしょう。部長はこっそり借りた賃貸マンションか、貸別荘に届けさせたんじゃないのかな。それとも、甥《おい》名義で借りた戸建て住宅に運ばせたのかもしれない」

「後者だとしたら、敷島署長も悪事の片棒を担《かつ》いでたことになりますね」

「そうなのかもしれないぞ。それだから、署長は堀江係長に伴われて出頭した轟良平を羽村殺しの犯人として、とりあえず地検に送致したがったんだろう」

斉木警部が部下の久我に言った。

「渋谷署《ここ》の伴刑事課長と堀江強行係長も敷島署長に同調してましたよね？　あの二人

は人参《にんじん》をぶら提《さ》げられて、調子を合わせたんでしょうか？」

「そうなんだろう。敷島署長も本庁《うち》の蟹瀬部長も警察官僚《キャリア》だ。そんな二人に恩を売っといて損はないと考えたんじゃないかな、どっちもさ」

「そうなんですかね。留置場にいる轟は、自称石井から羽村巡査の官給拳銃を渡されたと言ってましたが、実は両方とも敷島署長が保管してたのかもしれないな」

「そこまで疑いたくないが、石井と称した四十男は捜査の網に引っかかってない。蟹瀬部長か敷島署長のどちらかが、羽村と伊丹を始末した実行犯をどこかに匿《かくま》ってる可能性もあるな」

「朝霧高原で自分らの追尾《ついび》を妨害した黒いフェイスマスクの男は、M360Jを握ってました。山岡大臣の隠し金四億円を積んだアルファードを奪《と》ったショットガンの男も、蟹瀬総務部長に雇われたのかもしれませんね」

「だとしたら、いまも発見されてない大金を横奪りさせたのは蟹瀬部長と考えてもよさそうだな。伊丹か、桐野あずみが山岡の隠し金を狙《ねら》ったのかもしれないと疑ってたが……」

「係長《ハンチョウ》、本庁《うち》の総務部長は確か伊丹事務次官と同じく東大法学部出身ですよ。えーと、年齢も一緒か一つ違いです」

諸星刑事が斉木警部に言った。

「それなら、伊丹と蟹瀬部長は学生時代から交友があったにちがいない」

「でしょうね」

「諸星、そのあたりのことを相棒と調べてみてくれ」

「わかりました。警官殺しに二人のキャリアが関与してたとしたら、大変なことになるな。警察機構をコントロールしてる六百数十人の有資格者は蒼《あお》ざめるでしょうね。警察官僚の不祥事が表沙汰になったら、マスコミや世間の風当たりがさらに強まりますから」

「そうなるだろうな」

「上層部はキャリアの犯罪を揉《も》み消そうとして、あらゆる手を尽くしそうですね」

「どんな圧力も撥ねのける！」

思わず辺見は口走ってしまった。居合わせた刑事仲間が一様《いちよう》に驚いた。

「そうしたいですよ。しかし、警察庁長官や警視総監の両方に法務大臣あたりから、圧力《アツ》がかかってくるでしょうしね。場合によっては、現総理大臣や元首相たちが検察庁に揉み消しを指示するかもしれません」

諸星がためらいがちに言った。

「政治家や官僚《キャリア》の中にも、まだ気骨《きこつ》のある人間が少しはいるはずだ。わたしはそれを信じて、相手が大物キャリアでも今度こそ捜査の手は緩《ゆる》めない」

「今度こそ？　やっぱり、大先輩から聞いてた噂《うわさ》は事実だったんですね。十五年前、辺見さんは警察官僚の実弟が引き起こした殺人未遂事件を当時の首脳部に揉み消されたんで、すっかり士気《しき》がなくなってしまったという話を聞いてたんです」

「諸星！」

斉木が部下を黙らせた。

「本庁勤務のとき、そういうことがあったことは事実だよ。それから刑事の本分《ほんぶん》に忠実でなかったことも認めよう。しかし、わたしはまだ現職なんだ。敗北者の烙印《らくいん》を自分の手で消さないと、遣《や》り切れないんだよ。だからさ、たとえ殺されることになっても、もう尻尾《しっぽ》は巻かない。きっちり決着をつけてから、刑事人生におさらばしたいんだ」

「微力ながら、お手伝いさせてもらいます」

久我が言った。その語尾に諸星の言葉が被《かぶ》さった。

「おれも久我と同じ気持ちです」

「ありがとう」

辺見は久我と諸星に言って、斉木に向き直った。

「警部は、いい兵隊《アッ》を持ってますね」

「ええ。わたしも圧力には負けませんよ」

斉木が笑った。

そのとき、堀江係長が捜査本部にふらりと入ってきた。酒気を帯びている。堀江は大型モニターの画像に目をやったが、何も言わなかった。

「伴課長なら、さっき帰りましたよ」

斉木が堀江に声をかけた。

「別に課長に用があったわけじゃねえんだ」

「そうですか」

「轟の件では、みんなに迷惑をかけちまったよな。そのことを謝りたかったんだ。悪かったな。勘弁してくれや」

堀江は軽く頭を下げると、そのまま踵《きびす》を返した。靴音が遠のくと、久我が声をひそめて斉木に語りかけた。

「ひやりとしましたね。堀江さん、モニターに映ってるのが都丸幸司の弟だってわかりましたかね？」

「なんとも言えないが、それほど驚いてる様子じゃなかったな。一係長は木箱の中身までは知らないんだろう」

「そうなんでしょうか」

「録画の先を観せてくれ」

斉木が諸星に命じた。諸星が再生ボタンを押し込んだ。

辺見はモニターに視線を注《そそ》いだ。都丸晃は木箱をエルグランドに積み込むと、台車を自宅の車庫に置きに行った。すぐに車に乗り込み、走らせはじめた。

「このあたりで、もういいですよね」

諸星が録画画像をストップさせた。

「明日から捜査班のメンバーを割り振って、本庁の蟹瀬総務部長、敷島署長、都丸兄弟、それから桐野あずみに張りつかせます。辺見さんたちは、伊丹の未亡人にまた会ってもらえますか？」

斉木が言った。

「わかりました。ひょっとしたら、殺された伊丹は蟹瀬部長と一緒に〝未来政経塾〟を開く気でいたのかもしれないな。わたしが本庁にいたころ、蟹瀬さんは元法務大臣なんかが政治家の汚職捜査にあれこれ口を挟《はさ》むことをひどく嫌ってたんですよ。伊丹と同じように優秀な官僚たちが政治家たちを押さえ込んで、自分らがこの国の舵取《かじと》りをすべきだと考えてる可能性もありそうだな」

「そうですね。だとしたら、伊丹と総務部長には〝未来政経塾〟の運営方針を巡《めぐ》って意見の対立があったんではありませんか。船頭《せんどう》さんが二人もいたら、船は山に登っちゃうでしょ？」

「そうですね。あるいは、金銭上のトラブルがあったのかもしれないな」

「なるほど、そういうことも考えられますね。伊丹は山岡大臣が愛人宅に四億円の隠し金を預けてることを蟹瀬部長に教えて、まんまと大金をせしめた。事務次官は欲を出して、そのうちの一部をポケットマネーにしたくなったのかもしれないな。だが、蟹瀬警視長はそのことに反対した。辺見さん、どうでしょう？」

「考えられそうですね。伊丹は消えた四億円を桐野あずみの自宅マンションから運び出すとき、冗談めかして彼女に二人で山岡大臣の裏金をかっぱらわないかと持ちかけてましたから」

　辺見は答えた。

「伊丹は自分の思い通りにならないんで、蟹瀬部長が『ヤマト理研』から水増し分の金を都丸兄弟経由で受け取ってた証拠を押さえ、強引にポケットマネーを稼ごうとしたんじゃないのかな？」

「斉木警部の筋読みは、おおむね当たってる気がするな。羽村巡査は山岡由奈の連れ去り未遂事件を個人的に調べ上げ、伊丹たちの野望を知ったんでしょう。だから、命を奪われたんだろう」

「そういう流れだったのかもしれませんね。ですが、まだ推測の域を出ません。確証も摑《つか》まないと、その先の行動は起こせませんせん」

「そうですね。『ヤマト理研』で配送の仕事をやってる契約ドライバーと去年の夏に知り合いになったんですよ、自宅近くのコンビニで」

「コンビニですか？」

「ええ、そうです。卵と牛乳を切らしてたんで、真夜中にコンビニに買いに出かけてたんです。そのとき、店の前で少年グループに因縁をつけられてる契約ドライバーを救《たす》けてやったんですよ」

「そうですか」

「その彼は三十五歳で、国枝大《くにえだまさる》というんです。大卒なんですが、ずっと非正規社員として働いてきたという話だったな」

「二、三十代の約三割が派遣《はけん》社員とか、契約社員で不安定な暮らしをしてるようですね。高齢者や若い世代に不安を与える社会構造そのものに何か大きな欠陥があるんでしょう」

「そうなんでしょうな。それはそうと、その後もコンビニで国枝君と顔をよく合わせてるんですよ。帰りに店に寄ってみます。契約ドライバーの彼は、『ヤマト理研』の内部や営業方針はよく知らないでしょうがね」

「一応、その彼からも情報を集めてください。お願いします」

斉木が口を閉じた。

数秒後、四階で火災報知機の警報ブザーがけたたましく鳴りはじめた。

辺見たちは捜査本部を走り出て、階段の降り口に向かった。四人は相次《あいつ》いで真下のフロアに下った。

当直の警察官たちが右往左往しているが、炎も煙も見えない。誤作動《ごさどう》だったようだ。

五、六分後、辺見たちは五階の捜査本部に戻った。すぐに諸星刑事が、都丸晃の自宅の隣家から借りてきた防犯カメラの録画映像が何者かに持ち去られていることに気づいた。

辺見は一瞬、堀江係長を疑った。しかし、証拠はない。口には出さなかった。

「堀江さんが火災報知機の警報ブザーを響かせ、無人になった捜査本部《チョウバ》に入って、録画ＤＶＤを……」

久我が諸星に言った。諸星が黙ってうなずく。

「軽々しくそう言うことを口にすべきじゃないな」

斉木が久我を窘《たしな》め、辺見に顔を向けてきた。

「録画映像はわれわれ三人で探してみますよ。辺見さんは、どうぞ退署してください」

「コンビニに寄りたいんで、そうさせてもらうかな。お先に！」

辺見は捜査本部を後にして、エレベーターホールに足を向けた。渋谷署の前の歩道橋を渡り、東急東横線の各駅停《ど》まりの電車に乗り込む。二駅目の中目黒駅の改札口を出ると、辺見は行きつけのコンビニエンスストアに急いだ。ほどなく着いた。

店内に入ると、国枝がおでんを買っているところだった。

「やあ！　ちょっと訊きたいことがあるんだ。表で待ってるよ」

辺見は言って、店の前に立った。国枝が少年グループに取り囲まれていたとき、成り行きで刑事であることを明かしている。

待つほどもなく国枝が外に出てきた。

「今夜も冷え込みますね。よかったら、おでんをどうです？」

「ありがとう。いまは腹が一杯なんだ。唐突な質問なんだが、国枝君は『ヤマト理研』の都丸晃経理部長のことは知ってるよね？」

「ええ、よく知ってます。といっても、個人的なつき合いはありませんけどね。あちらは部長さんですが、こっちは契約のトラック・ドライバーですから。都丸部長がどうかしたんですか？」

「ある事件に関わってるかもしれないんだよ」

「そうなんですか」

「経理部長は警察関係の人間と一杯飲《や》ったりしてるのかな」

「よくわかりませんけど、たまには接待してるんじゃないですか。『ヤマト理研』は警視庁に製品を納めることで、ビジネスが成り立ってるわけですから。正社員は百五十人弱ですが、契約社員が二百人以上もいるんですよね。警視庁は、一番のお得意様です。末端のぼくらも警察に喰《く》わせてもらってるようなもんですよ。だから、会社のみんなは警視庁に感謝してるんです」

「本庁の総務部の者が会社を訪ねたことは？」

「何人か来てますけど、名前までは知りません」

「だろうね」

「蟹瀬総務部長が『ヤマト理研』に顔を出したことはあるのかな？」

辺見は質問を重ねた。

「その方なら、一度見えましたよ。警視庁の偉い方が来社されたんで、会長、社長、専務、常務が打ち揃《そろ》って出迎えてましたね」

「会社が総務部長をゴルフ接待したこともあるんだろうな。それから、料亭や高級クラブでもてなすこともね」

「ぼくは身分が不安定ですから、会社に不利益なことは言えないんですよ。たとえ得意先と癒着《ゆちゃく》しててもね」

「何か知ってるようだな」

「いいえ、知りませんよ。契約ドライバーにすぎないんですから、会社の営業の仕方まではわかりっこないでしょ。それに……」

国枝が言い澱《よど》んだ。

「それに？」

「会社で何か不正があったとして、それが明るみになったら、社員たちはそれぞれ家族を路頭に迷わせることになります。正社員なら、再就職のチャンスがあるでしょう。でも、契約や派遣社員はいったん職を失うと、なかなか次の仕事にありつけないんですよ。冗談じゃなくて、下手をすると、ネットカフェ難民になってしまうでしょう。最悪の場合は、路上生活者《ホームレス》になっちゃうでしょうね」

「そういう厳しさはあるだろうが、公務員は特定の企業と不適切なつき合いをしてはいけないんだよ」

「公務員も民間人も日々の糧《かて》を得るためには、誰も小さな不正はしてると思いますよ。競争社会なんだから、ぼやぼやしてたら、喰いっぱぐれてしまいますからね」

「そうなんだが、犯罪を認めてしまったら、社会も人間も荒廃《こうはい》するだけだよ。そんな世の中になったら、悲しいじゃないか」

「ぼくらワーキングプアに近い労働者は明日のことより、とりあえず今日の暮らしを確保することで精一杯なんですよ」

「それじゃ、ほかの動物たちとほとんど変わらないじゃないか」

「人間だって、所詮《しょせん》は動物でしょ？　餌《えさ》と塒《ねぐら》をキープしませんとね」

「そうなんだが……」

「もういいですか？　体の芯《しん》まで冷えてきたんで、安アパートに戻りたいんですよ」

「引きとめて、悪かったな」

辺見は横に動いた。国枝が目礼し、大股で歩み去った。その背中は淋《さび》しげだった。

この国は病《や》みはじめているにちがいない。

辺見は暗然とした気持ちで店内に戻り、翌朝用の食パンを買い求めた。

2

小用を足し終えた。

久我は洗面台に歩を運び、鏡に映った自分の顔を見た。

渋谷署の五階にあるトイレだ。目の周《まわ》りが黒ずんでいる。寝不足のせいだった。

前夜、久我、諸星、斉木の三人は午前三時過ぎまで録画ＤＶＤを探しつづけた。だが、とうとう見つからなかった。

刑事課強行犯係の堀江係長が捜査本部から問題の録画映像を盗み出したと思われる。

しかし、証拠はなかった。当人に詰め寄ることはできない。忌々《いまいま》しい気持ちだ。

久我は手を洗っているうちに、堀江に揺さぶりをかけてみる気になった。手洗いを出ると、エレベーターで一階に降りた。

午前九時半過ぎだった。渋谷署を出て、明治通りに沿って恵比寿方向に進む。並木《なみき》橋《ばし》の先に公衆電話があった。

久我はテレフォンボックスに入り、丸めたティッシュペーパーを口に含んだ。それから彼は、渋谷署刑事課強行係の直通電話を鳴らした。

電話口に出たのは堀江だった。

「おれは見ちゃったんだよ」

久我は、くぐもり声でのっけに言った。

「あんた、誰なんだ？」

「そんなことより、捜査資料の録画映像を盗み出したよな？」

「えっ⁉」

堀江が息を呑《の》んだ。図星だったらしい。

「署長に頼まれて、防犯ビデオの録画映像を盗み出したんだろう？」

「何を言ってるのかわからねえな。録画映像だって？」

「空とぼける気なんだな」

「くだらねえことを言ってると、逆探知するぞ」

「やってもいいよ」

「てめえ、捜査本部《チョウバ》のメンバーだなっ」

「おれは、おたくが四階の火災報知機のボタンを押して、五階に駆け上がるとこを見たんだよ。スマホのカメラで、おたくの後ろ姿も撮《と》ってる」

久我は鎌をかけてみた。堀江が一拍置いてから、乱暴に電話を切った。だいぶ動揺しているようだった。

久我は深呼吸し、署長室の直通番号を押した。ツーコールで、敷島署長が受話器を取った。

「昨夜は、舞浜《まいはま》のホテルでお娯《たの》しみだったね。山岡大臣の愛人の桐野あずみを寝盗《ねと》るとは、たいした度胸だ」

「きのうの晩は退署してから、どこにも出かけてない。妙なことを言うなっ。だいたい何者なんだ、きみは？」

「理由《わけ》あって、名乗るわけにはいかないんだよ。しかしね、おたくが偽名を使って東京ディズニーランドに隣接してる外資系ホテルで月に二回ほど関東テレビの美人放送記者と逢《あ》い引きしてることはわかってる」

「えっ⁉」

電話の向こうから、狼狽《ろうばい》の気配がありありと伝わってきた。

「おたくは桐野あずみを焚《た》きつけて、山岡大臣の隠し金四億円を横奪りさせたんじゃないのか。あずみのアルファードを奪ったショットガンを持ってた奴は、自称石井なんだろう？　そいつは知り合いの誰かを使って、羽村巡査を襲わせた。そして、官給品一式をかっぱらわせた。おたくが自称石井を雇ったのかい？　それとも、おたくの背後にいる警察官僚なのかな」

「背後の警察官僚って、誰のことなんだ？」

「おたくの血縁者の中にキャリアがいるよね？　その偉いさんが一連の事件の絵図《えず》を画《か》いたと思ってるんだ」

「一連の事件？」

「羽村と国交省の事務次官が殺害された二件だよ」

「きみは、今回の事案《じあん》の捜査に携《たずさ》わってる人間だな？」

敷島が言った。確信に満ちた口調だった。

久我は焦《あせ》った。どう応じればいいのか。

「やっぱり、そうなんだなっ」

「おれは裁《さば》き屋だよ。公務員の中には、悪いことをしてる奴らが結構いる。おれは役人が大っ嫌いなんだ。特に有資格者《キャリア》どもがな。威張《いば》り腐ってる連中を潰《つぶ》してやりたいんだよ。悪徳官僚は大物政治家と繋《つな》がってるから、法の裁きをうまく躱《かわ》してる。権力と結びついてる奴らに法は無力だ。だからさ、おれが狡猾《こうかつ》なエリート官僚たちを私的に裁いてるわけさ。おたくも首を洗って待ってろ！」

「きみは正義の使者を気取ってるつもりなんだろうが、言ってることが幼稚だな。世の中や人間のことをちっともわかってない。くだらないお喋りにつき合ってられるほど暇じゃないんだ」

敷島が腹立たしげに言い、通話を打ち切った。

久我は受話器をフックに掛け、唾液塗《だえきまみ》れになったティッシュペーパーの塊《かたまり》を取り出した。ボックスを出て、脇道に駆け込む。

堀江と敷島に大胆に揺さぶりをかけた。疚《やま》しさがあれば、二人とも何らかのリアクションを起こすにちがいない。そうなれば、捜査は大詰めを迎えることになるだろう。

久我はわざと遠回りして、渋谷署に戻った。

五階の捜査本部に近づいたとき、堀江警部の喚《わめ》き声が廊下に洩《も》れてきた。まずいことになった。久我は首を竦《すく》めて、物陰に隠れた。

堀江が捜査本部から姿を見せたのは、六、七分後だった。

表情は険《けわ》しかった。堀江は久我には気がつかなかった。肩を振りながら、エレベーター乗り場に向かった。ひとまず安堵《あんど》する。

久我は捜査本部におずおずと足を踏み入れた。

上司の斉木と相棒の辺見が何か立ち話をしていた。斉木が久我に気づき、黙って廊下を指さした。

久我は廊下に出た。斉木と辺見が捜査本部から現われた。

「係長……」

「黙って従《つ》いてこい」

「はい」

久我は斉木たち二人に従った。導かれたのは、仮眠室だった。人の姿は見当たらない。室内には、男の体臭が籠《こも》っていた。むせそうだった。

「堀江警部に電話で揺さぶりをかけたのは、おまえだな？」

斉木が向き合うなり、久我に言った。

「そうです。例の録画映像を捜査本部から持ち出したのは、堀江さんだと思ったからですよ」

「その疑いは濃いがな、おまえの行動は軽率《けいそつ》すぎる。もしかしたら、敷島署長にも電話で揺さぶりをかけたんじゃないのか？」

「当たりです」

「なんてこった。堀江警部と敷島署長にどんな揺さぶりをかけたんだ？　その内容を詳しく話してみろ」

「はい」

久我は上司の命令に従った。

「だから、堀江さんは捜査本部に怒鳴《どな》り込んできたわけか。係長は電話をかけてきたのが久我だと見抜いてるのかもしれないぞ。おまえの名は出さなかったがな」

「そうですか。堀江さんは、例の録画映像は盗み出してないと言い張ったんですね？」

「ああ。しかし、堀江警部が持ち出した疑いは濃いな」

「それなら……」

「久我、よく考えろ。堀江さんも署長も警察関係者なんだ。確証もないのに二人を被疑者扱いしたら、大問題になるじゃないか。下手したら、おまえは消されてしまうかもしれない」

「えっ、まさか⁉」

「充分に考えられるよ。久我だけじゃなく、辺見さん、諸星、おれの三人も殺《や》られる可能性だってないとは言えない」

「そんなことになったら……」

「早く片をつけたい気持ちはわかるが、軽はずみなことは慎《つつし》め！　いいな？」

「わかりました」

「二つの殺人事件と山岡大臣の隠し金強奪に敷島署長が何らかの形で関わってると思うが、まだ裏付《ウラ》けは取れてないんだ。署長と堀江警部が怪しいことはおれたち三人と諸星しか知らない。ほかの捜査本部の者には、決して覚《さと》られないようにしろ」

「はい。ご迷惑をかけました」

「もういいよ」

斉木が幾分、顔を和《なご》ませた。

「こっちも若いころは、よく勇《いさ》み足をしたよ」

辺見が久我に声をかけてきた。

「自分、軽率だったと反省してます」

「反省することは大切だが、一度や二度の失敗で臆病《おくびょう》になる必要はないよ。斉木警部だって、二十代のころは勇み足をしたことがあるはずだ」

「ええ、ありますよ。だから、あまり偉そうなことは言えないんですがね」

斉木は、きまり悪げだった。久我は少し救われた気がした。

「気を取り直して、伊丹宅に行ってみよう」

辺見が仮眠室から出た。久我は上司に目礼し、辺見の後《あと》を追った。

二人は一階に降り、ほどなくアリオンに乗り込んだ。いつものように久我が覆面パトカーのハンドルを握る。

目的の官舎に着いたのは、十七、八分後だった。

伊丹宅の石塀の際《きわ》に捜査車輌《しゃりょう》が見える。黒いスカイラインだった。車内には、本庁捜査一課殺人犯捜査第六班の桂泰明《かつらやすあき》巡査部長と目白署の刑事が乗り込んでいる。桂は三十三歳で、久我とは割に親しい。

「ちょっと情報を仕入れてきます」

久我は辺見に断って、車を降りた。スカイラインに走り寄る。桂巡査部長が助手席側のパワーウインドーを下げた。

「事務次官の死は、警官殺しの事件と何か繋がりがあるんだな？　久我、おかしな駆け引きはやめようや。手持ちの情報《ネタ》を交換しようぜ」

「いいですよ。そっちの捜査本部《チョウバ》は、もう被疑者の絞り込みに入ってるんでしょ？」

「だったら、こんな所にいないよ。初動捜査の報告以上のことは何も摑めてねえんだ。だから、ここで被害者宅に出入りしてる人間をチェックしてるわけさ」

「気になる人物は現われたんですか？」

「いや」

「故人の遺骨は、官舎に置かれてるんでしょ？」

「ああ。いまは未亡人と留学先から戻った息子の旬《しゅん》しかいないはずだよ。で、そっちの捜査はどこまで進んでるんだい？」

「轟って男が殺された羽村巡査のM360Jを持って出頭してきたんですが、そいつは身替り犯だったんですよ。石井と称する正体不明の男に百万円貰って、渋谷署にやってきただけなんです」

「自称石井が真犯人《ホンボシ》なんだな？」

「それがはっきりしないんですよ。石井が誰かに羽村巡査の口を封じさせたようなんですがね」

「そうか。で、伊丹宅に来た理由は？」

「羽村は、山岡大臣の周辺を非番の日に個人的に調べてたようなんですよ。で、大臣と繋がりの深かった伊丹事務次官の未亡人から何か手がかりを得られるかもしれないと思って、官舎を訪ねたわけです」

「そう。コンビを組んでるのは、昔、本庁にいた辺見刑事だよな。十五年前から冬眠《とうみん》状態だって話だが、なんかモチベーションが上がってるように見えるね。何か心境の変化があったのかな？」

「そうなのかもしれません」

久我はスカイラインから離れた。

いつの間にか、辺見は路上に立っていた。久我は伊丹宅のインターフォンを鳴らした。

ややあって、スピーカーから未亡人の声が流れてきた。久我は名乗った。二人は家の中に通された。

「ご主人にお線香を上げさせてください」

辺見が玄関ホールで、未亡人の香織に声をかけた。

香織が案内に立った。久我たち二人は奥の和室に導かれた。十畳間だった。

骨壺《こつつぼ》と遺影は、白い布の掛かった即席の祭壇の上に置かれていた。辺見、久我の順に故人に線香を手向《たむ》けた。

「わざわざありがとうございました」

未亡人が丁寧に礼を述べた。坐卓《ざたく》には、二人分の日本茶が用意されていた。

「ご主人は学生時代から、蟹瀬貴之氏と親交があったんではありませんか？」

「ええ、その通りです。夫は蟹瀬さんとは三十数年来の友人でした。ここにも蟹瀬さんは何度も遊びにいらっしゃったんですよ。外でも、二人はちょくちょく会ってたはずです。蟹瀬さんが何か？」

香織が辺見に問いかけた。

「亡《な》くなる前に伊丹さんが蟹瀬氏と何かで仲違《なかたが》いしたなんてことはありませんでした？」

「二人は親友同士でしたから、そういうことはなかったと思います。ただ、殺される前々日に蟹瀬さんから夫に電話があったんですけど、入浴中だと嘘《うそ》をつくよう言われました。その前に蟹瀬さんは何回も主人のスマホに電話をしたようなんですが、ずっと無視してたみたいなんです。それで蟹瀬さんは固定電話をコールしたんでしょうね。

伊丹は頑《かたく》なに電話口に出ようとしませんでしたから、何か感情の行き違いがあったのかもしれません」

「そうなんでしょうね」

「で、蟹瀬さんは何かで疑われてるんですか？」

「具体的なことは言えませんが、殺人事件に関与してる疑いが出てきたんですよ」

「嘘でしょ⁉　だって、蟹瀬さんは警察官僚で、警視庁総務部部長の要職に就《つ》いてらっしゃるんですよ」

「ええ、そうですね。蟹瀬氏の姉の次男が渋谷署の署長を務めてるんですが、ご存じではありませんか？　敷島次朗という名なんですが……」

「その方のお噂は聞いてますが、お目にかかったことはありません。蟹瀬さんの甥っ子も何か事件に関わってるんですか？」

「ええ、間接的かもしれませんけど」

「まさか蟹瀬さんが夫を誰かに殺させたんではないですよね？」

「全面的に否定はできません」

辺見が言った。未亡人が絶望的な顔つきになった。

そのとき、廊下で若い男の声がした。

「失礼します。ちょっと入らせてもらいます」

「息子さんですか？」

久我は未亡人に確かめた。香織がうなずいた。

襖戸《ふすまど》が開けられ、上背《うわぜい》のある若者が入ってきた。目許《めもと》が伊丹によく似ている。

「父は殺された前夜、ぼくに電話をかけてきたんです」

故人のひとり息子はそう言い、母親のかたわらに正坐した。

「そのとき、お父さんは何か言ったんですね？」

久我は問いかけた。

「はい。三十数年来の友人に裏切られて、夢をぶっ壊《こわ》されたと涙ぐんでました。その友人は蟹瀬さんのことなんだと思います。父は細かいことは教えてくれませんでしたが、うまく親友に利用されたと悔《くや》しがってました。親父《おやじ》は蟹瀬さんと一緒に〝未来政経塾〟を開設して、若手の官僚たちに真のエリート教育をし、混迷してる日本を再生させる気でいたんです。ぼくは、その構想を何度も聞かされました。夢を共に追ってた友人は変節してしまったらしく、父はとても落胆してましたね」

「ほかに何かおっしゃってませんでした？」

「父は、蟹瀬さんがポストを悪用して私腹を肥《こ》やしてる不正の事実を知ってるようで、命を狙われるかもしれないと怯《おび》えてました」

「父さんが本当にそう言ったの？」

未亡人が息子の旬に確かめた。

「もちろん、作り話なんかじゃないよ。親父は蟹瀬さんに雇われた奴に分譲マンションの非常階段から投げ落とされたんだと思う」

「そうだったとしたら、父さんがかわいそうすぎるわ」

「刑事さん、蟹瀬さんは何か悪いことをして、汚れた金を溜《た》め込んでるんだと思います。その金で、いずれ政界入りを狙ってるのかもしれません。警視庁の幹部の犯罪を暴《あば》くのは大変でしょうが、父の仇《かたき》を討《と》ってほしいんです。お願いします」

故人の息子が深々と頭を下げた。

「身内の犯罪でも、自分らは決して目をつぶりませんよ」

久我は気負《きお》って言った。辺見が、すかさず同調した。

それから間もなく、二人は伊丹宅を辞《じ》した。アリオンの運転席に坐《すわ》った直後、久我の刑事用携帯電話が鳴った。発信者は斉木だった。

「敷島署長と堀江係長が署内から消えた。それからな、都丸兄弟もほぼ同時刻に会社を早退《び》けした」

「えっ、本当ですか⁉」

「ああ。四人とも尻《けつ》に火が点《つ》いたと思って、焦って逃げ出したんだろう。もう一つ、伝えたいことがあるんだ。桐野あずみがパトロンに隠れて密会を重ねてた敷島に唆《そそのか》されて、例の四億円を横奪りしたことを吐いたよ」

「なんで急に自供する気になったんですかね？」

「数十分前に敷島署長から電話があって、一方的に別れを告げられたらしいんだよ。そのとき、自分との仲を表沙汰にしたら、命の保証はないぞと脅されたんだそうだ。山岡大臣の隠し金のことも口止めされたようなんだが、美人放送記者はいずれ自分が殺されるかもしれないという強迫観念《きょうはく》に取り憑《つ》かれて、警察に保護を求める気になったんだろう。別班が桐野あずみを連行してくることになってるんだ。辺見さんと一緒に渋谷署《こっち》に戻ってきてくれ」

「了解しました」

久我は電話を切ると、上司の話を辺見に語りはじめた。

3

突然、桐野あずみが高く笑った。

発狂してしまったのか。辺見は、あずみの顔をまじまじと見た。どこか表情は虚《うつ》ろだったが、瞳は光を失っていない。正気なのだろう。

渋谷署の刑事課の取調室1だ。

あずみと向かい合っているのは、斉木警部である。辺見は斉木の斜め後ろに立っていた。記録係は別所刑事だった。

「急に笑いだしたんで、びっくりしたよ」

斉木が言った。

「自分の愚かさを嘲笑《ちょうしょう》したの。それなりに恋愛を重ねてきたのに、敷島にはコロッと騙《だま》されてしまったのよね」

「本気で敷島署長に惚《ほ》れてしまったんだろうな」

「ええ、そうなんだと思うわ。山岡先生にさんざん世話になったのに、あっさりと背信行為に走ってしまったわけだから」

「署長は、敷島はきみにプロポーズしたのか？」

「ええ、何度もね。だから、わたしはその気になってしまって、あの男に山岡先生から預かってた四億円を朝霧高原の別荘に移す日時を教えたのよ」

「ショットガンを持ってた男と黒いフェイスマスクを被《かぶ》ってた奴は何者なんだ？」

「わたしは、そこまでは知らないの。でも、敷島があの二人を誰かに雇わせたことは間違いないわ」

「その誰かは、渋谷署《ここ》の堀江刑事なんじゃないのか？」

「それもわからないわ」

「きみのアルファードごと奪い去った四億円は、どこに隠されてるのかな？」

「敷島は隠し場所を絶対に教えてくれないの。でも、お金にはまだ手をつけてないと言ってたわ」

あずみがセミロングの髪を両手で撫《な》でつけた。色っぽい仕種《しぐさ》だった。白い頬にへばりついていた裾毛《すそげ》が掻《か》き上げられた。

「その金のことなんだが、山岡大臣が『大宝建設』をはじめ、国交省と関連の深い航空会社、運輸会社、海運会社なんかから集めた裏献金なんだね？」

辺見は話に割り込んだ。

「そういうことになるわね。でも、先生は顧問弁護士や公認会計士の先生方の知恵を借りて法律に引っかからない方法で政治活動資金を集めたから、収賄罪は適用されないはずよ」

「そっちが証言してくれれば、大臣を起訴することは可能だ。協力してくれないか」

「少し時間を与えて。いま先生を罪人にするのは忍びないから。恩人に何度も矢を向けることは辛《つら》いのよ。先生とは本当に打算だけで繫がってたわけじゃなかったの。だから、もう少し待ってほしいんです」

「わかった。話を元に戻すが、署長は電話で一方的に別れようと言ったんだね？」

「ええ、そうなの。わたし、最初は冗談だと思ったわ。でも、そうじゃなかったのよね。彼は真顔《まがお》で何度も結婚しようと言ったんだけど、いわゆるピロートークだったのよ。ベッドの中での睦言《むつごと》は法的にはなんの効力もない。わたしは弄《もてあそ》ばれて、四億円強奪に協力させられた馬鹿な女だったの。笑ってもいいわ」

あずみが捨て鉢《ばち》に言った。

「署長のことを赦《ゆる》せないと思ってるんだったら、捜査に全面的に協力してもらいたいな」

斉木が口を開いた。

「ええ、そのつもりよ。知ってることはなんでも話します」

「頼むよ。敷島署長は、なぜ山岡大臣の裏金を強奪する気になったんだい？　何か聞いてるだろう？」

「自分のために大金が必要になったんじゃなさそうよ。誰か深い繫がりのある男性《ひと》を救うために、悪事に手を染めたんじゃないのかしら？　具体的なことは何も口にしなかったけど、そんな意味合いのことをぼそっと呟《つぶや》いたことがあるんです」

「救うため？」

「ええ、そんなニュアンスだったわね」

「きみは、敷島の母方の叔父が警察官僚で本庁の総務部長を務めてることを知ってるのかな？」

「蟹瀬という方でしょ？　お目にかかったことはないけど、その叔父さんのことは敷島から何度も聞かされたわ。東大の四年生のときに国家公務員Ⅰ種（現・総合職）試験に通った秀才なんですってね？　彼、その叔父さんを尊敬してるようだったわ。それだから、自分も警察官僚になったみたいよ」

「そうだったのか」

「敷島署長の叔父は、いずれ政界に打って出る気でいるようなんだ。署長から、そんな話を聞いたことはないかな？」

　辺見は、また口を挟んだ。

「ずっと以前に、そういう話を聞いたわ。でも、何か叔父さんは不始末をして、そのことを学生時代からの友人に知られてしまったみたいなの」

「その友人は、きみもよく知ってる伊丹事務次官だと思う。伊丹も東大法学部出身なんだ」

「えっ、そうだったんですか⁉　伊丹さんは経済学部を出てるんだと思ってたの」

「殺された伊丹は三十数年来の友人と一緒に若手官僚を大きく育て上げる目的で、〝未来政経塾〟を開くつもりでいたようなんだ。どうも二人は優秀なキャリアが結束を固め、国会議員をコントロールして、日本の政治や経済を自分らで支配する気でいたらしいんだよ」

「伊丹さんと蟹瀬さんが友人同士なら、死んだ事務次官は山岡先生の隠し金を横奪りする計画を事前に知ってたわけ？」

「知ってたはずだよ。伊丹たち二人は、奪った四億円を〝未来政経塾〟の運営費に充《あ》てる気だったようだからね」

「伊丹さんったら、役者ねえ。わたし、敷島と共謀してることを彼に覚られるんじゃないかと、ずっとびくびくしてたの。間抜けよね」

あずみが自嘲した。

「伊丹と蟹瀬のどちらかが、横奪りした四億円の一部を個人的に欲しがった。あるいは、〝未来政経塾〟の運営方針を巡って意見が対立してしまった。そんなことで、死んだ事務次官は蟹瀬の不正の事実を切り札にして、優位に立とうとした。蟹瀬は自分の犯罪が表沙汰になったら、政界には進出できなくなる。だから、第三者に三十数年来の友人を葬《ほうむ》らせたんじゃないんだろうか」

「ひどい！　蟹瀬って男は冷血漢そのものね。敷島の叔父さんは、どんな不正を働いてたの？」

「見当はついてるんだ。先夜、殺された宇田川町交番勤務の羽村巡査も蟹瀬部長の犯罪行為を嗅《か》ぎ当てたにちがいない。だから、おそらく蟹瀬が自称石井に実行犯を探させたんだろう」

「そうなら、警察官僚が自分の不正を隠蔽《いんぺい》するために若い巡査を……」

「ああ、そうなるね。味方と思ってた身内が実は敵だったなんて、遣り切れないな。多分、蟹瀬部長は強奪した四億円を遣《つか》って、自分の犯罪事実を揉み消すつもりなんだろう。金に弱い人間は多いからな」

「ええ、そうね」

「それに法務省、検察庁、警察庁にも親しいキャリアがたくさんいるはずだ。金と権力で黒いものを白くできると思ってるんだろうが、そうは問屋が卸《おろ》さない」

「ええ、そうよね」

「警察官僚の弱みになった不正の証拠を必ず押さえる！」

辺見は取調室1を出て、五階の捜査本部に上がった。相棒の久我に声をかけ、捜査車輛で板橋区内にある『ヤマト理研』に向かった。

目的地には、およそ四十分後に到着した。

「契約ドライバーの国枝君は、本庁の総務部長が『ヤマト理研』と癒着してることを知ってるんだと思う。なんとか彼を説得して、証言を得るよ。久我君は車の中で待っててほしいんだ」

辺見はアリオンの助手席から降り、『ヤマト理研』の表門に足を向けた。

門の手前に差しかかると、一台のトラックが滑《すべ》り出てきた。二トン車だった。ドライバーは国枝だ。

辺見は国枝に笑顔を向けた。国枝が困惑《こんわく》顔になって、低速でトラックを走らせた。辺見の横を通過する恰好《かっこう》だった。逃げる気になったのだろう。

辺見はトラックと並走し、助手席側のステップに飛び乗った。国枝が慌《あわ》てて二トン車を路肩《ろかた》に寄せる。

「辺見さん、自分もそっちに行きます」

久我が覆面パトカーから降りてきた。

「心配ないって」

「でも……」

「大丈夫だ。車の中で待機しててくれ」

辺見は相棒に言って、強引にトラックの助手席に坐り込んだ。

「そんなことをされたら、困りますよ。これから、八王子署に大急ぎで高熱伝導計と放射性同位元素検査器《ペーパークロマトグラフィ》を届けなきゃならないんです」

「そういうことなら、八王子署までつき合ってもいいよ。とにかく、車を出してくれないか」

「まいったな。いくらなんでも、強引すぎますっ」

国枝が口を尖《とが》らせながらも、トラックを発進させた。

『ヤマト理研』の経理部長は、最大の得意先である警視庁にキックバックめいた金を渡してるんじゃないのか？　ひょっとしたら、本庁の総務部長が暗に袖《そで》の下を使えと会社側に言ったのかもしれないな」

「そんなこと、契約ドライバーのぼくが知るわけないでしょ！」

「むきにならないでくれよ」

「あなたには借りがあります。コンビニの前で悪ガキどもを追っ払ってくれたことには感謝してますよ。だからといって、ぼくの生活を脅《おびや》かす権利はないはずです」

「生活を脅かす？」

　辺見は訊き返した。

「そうです。ぼくが会社の悪口を言ったり、不正を暴《あば》いたりしたら、解雇されるかもしれないんです。いいえ、絶対にお払い箱にされちゃいますね」

「非正規の従業員だって、労働基準法で権利は守られてるはずだ」

「ええ、一応ね。でも、雇う側はちゃんと法の抜け道を知ってるんですよ。労働組合の連中だって、必ずしも非正規雇用社員の味方じゃありません」

「そうかもしれないが……」

「派遣や契約社員の立場は、とっても弱いんですよ。会社に睨《にら》まれたら、生計が立たなくなっちゃうんです。アメリカ発の金融不況が世界的な不景気を招きましたから、これからは職探しが一段と難しくなるでしょう」

「そうだろうな」

「他人事《ひとごと》だと思って、呑気《のんき》なことを言わないでください。次の信号の先でトラックを路肩に寄せますんで、悪いけど、降りてください」

「国枝君、わたしが捜査してる事件では二人の人間が殺されてしまったんだ。巨額の強奪事件も発生してる。きみの証言が得られれば、一連の事件は解決するんだよ」

「そうでしょうけど、ぼくには関係のないことです。違いますか？」

「その通りなんだが、なんとか協力してもらいたいんだ。頼む！」

「困ります。はっきり言って、迷惑ですね」

「これは想像なんだが、警視庁総務部は検査計器や分析装置の正規価格に何割か金額を上乗せした請求書を『ヤマト理研』に出させて、差額分を経理部長経由で総務部長の蟹瀬に回してたんじゃないのか？　そういうことを以前からやってたとしたら、警察官僚が不正に手に入れた金はかなりの額になるはずだ」

「もう何も答えません」

国枝は交差点を通過すると、五、六十メートル先で二トン車を路肩に寄せた。

「わたしは降りないよ」

「営業妨害です」

「だったら、交番に突き出してもかまわない」

「あなたには負けました」

「車を出してくれるね？」

辺見は言った。国枝が渋々、ふたたびトラックを走らせはじめた。

車内は気まずい沈黙に支配された。

二人は前方を見つめ、互いの横顔さえ見なかった。

トラックは赤塚新町《あかつかしんまち》を抜け、光が丘公園に差しかかった。公園を通過すると、下り坂になった。

「あっ、おかしい！　なんか変だ」

国枝がブレーキペダルを何度か踏み込んだ。だが、速度は少しも落ちない。それどころか、逆にスピードが増している。

「ブレーキが利かないんだね？」

「そうです。誰かがブレーキオイルを抜いたのかもしれません」

「国枝君、落ち着くんだ」

辺見はそう声をかけたが、パニックに陥《おちい》りそうだった。

下り坂の先は、丁字路になっている。正面は民家の石塀だ。なんとかしなければ、トラックは石塀に激突してしまう。

よく見ると、石塀の手前に白いガードレールがあった。

「坂を下り切る前にハンドブレーキをゆっくりと引いて、ハンドルを左に切ってくれ。車体をガードレールにうまく擦《こす》りつけられたら、大事故は避《さ》けられるかもしれない」

「でも、下の坂の左右から車が直進してきたら、このトラックとまともにぶつかってしまうでしょ？」

「ホーンを鳴らしつづけるんだ」

「はい」

国枝が警笛を響かせはじめた。丁字路まで、もう四十メートルもない。

「ハンドブレーキを徐々に引いていくんだ」

辺見は指示した。国枝が言われた通りに動いた。

ガードレールと民家の石塀が眼前に迫った。国枝がハンドブレーキを一杯に引き、ハンドルを切った。幸運にも対向車は見当たらない。

トラックの車体がガードレールに当たった。摩擦音《まさつおん》をたてながら、二トン車はそのまま滑走した。停《と》まったのは数十メートル先だった。

「怪我《けが》はないか？」

辺見は真っ先に国枝に問いかけた。

「ええ。辺見さんは？」

「こっちも無事だよ。しっかり足を踏ん張ってたんでね」

「くそっ、都丸経理部長め！　あの男がブレーキオイルの管《くだ》を半分ぐらい切断したにちがいない」

「そう思い当たったのは？」

「こうなったら、もう会社も経理部長も庇《かば》うもんかっ。知ってることは喋ってやる。去年の初夏だったと思います。納品に向かう寸前に都丸部長が焦った様子でぼくのトラックに走り寄ってきて、請求書の金額をミスタイプしたと言い、別の封筒と交換したんですよ」

　国枝が言った。

「納品先は？」

「科捜研でした。ぼく、事前に先に渡された納品書と請求書の入った封筒を陽光に翳《かざ》して、宛先と書類が一致してるか確認したんですよ。たまにですけど、一致してないことがあるんです。だから、チェックしてみたわけです」

「なるほど。そのとき、水増し請求に気がついたんだね？」

「そうなんです。納品する三基の分析機器は正価よりも、それぞれ二十五パーセントも高くなってたんです。差し替えられた封筒に入ってた請求書をチェックしたらね。それで、ぼくは警視庁の窓口の偉いさんが毎回、差額分を懐《ふところ》に入れてると直感したんですよ。会社は相手にそうしてくれと頼まれたら、断れない立場ですからね。それに、別に実害があるわけじゃないでしょ？」

「そうだな」

「重役連中と都丸部長は、警視庁の蟹瀬部長をしょっちゅう接待してるようだから、私腹を肥やしてるのは多分……」

「蟹瀬だろう」

辺見は確信を深めた。都丸晃は、差額分を現金で実兄宅に届けていたにちがいない。そして、兄の都丸幸司が敷島署長に手渡していたのだろう。汚れた金はそういう経路をたどって、蟹瀬に渡ったと思われる。

二トン車の横に赤色回転灯を瞬《また》かせたアリオンが停まった。助手席には前手錠を打たれた都丸晃が坐っていた。

「すぐに救急車を呼びましょう」

久我が都丸に目を向けながら、覆面パトカーから降りた。

「どちらも無傷だよ。経理部長はどこにいたんだ？」

「勤め先の近くです。このトラックをじっと見てたんで、不審に思ったんですよ。都丸晃がブレーキオイルを抜いたことを認めたんで、緊急逮捕したわけです」

「そうだったのか。国枝君が決め手になるような証言をしてくれたよ。やっぱり、本庁の蟹瀬総務部長は検査計器や分析機器の発注時に不正な手段で公金を横領してた」

辺見はトラックから出た。

「水増し請求の件も都丸経理部長は吐きました。蟹瀬に協力しなかったら、ライバル会社に発注することになると言われたんで、仕方なく片棒を担いだようです」

「骨の髄《ずい》まで腐った警察官僚だな」

「ええ。赦せない幹部ですよね。敷島署長、堀江警部、都丸幸司の三人は蟹瀬の命令でしばらく別々に潜伏することになったらしいんです。都丸晃は三人の潜伏先までは知らないと供述してます。ブレーキオイルを抜けと命じたのは、敷島だそうです」

「そう。で、総務部長は桜田門で普段通りに仕事をしてるのか？」

「そうですが、斉木警部に連絡したから、もうじき身柄を捕捉できるでしょう」

久我が弾《はず》んだ声で告げた。

辺見はうなずき、二トン車から降りた国枝に大声で礼を述べた。

4

被疑者が不敵な笑みを浮かべた。

久我は蟹瀬を睨《ね》めつけた。渋谷署刑事課の取調室1だ。午後五時過ぎだった。

本庁総務部長の身柄を押さえたのは、三時間前だ。取り調べに当たったのは、斉木警部だった。蟹瀬は黙秘権を行使し、容易には落ちなかった。

辺見が取り調べを担当したのは、およそ三十分前だった。

彼は別班が伊丹の未亡人から借りてきた古い写真を上着の内ポケットから取り出し、黙って机上に置いた。印画紙の中には、学生時代の伊丹と蟹瀬が写っていた。二人は肩を組み合い、透明な笑みをたたえていた。

蟹瀬はたじろぎ、写真から顔を背《そむ》けた。ほとんど同時に、辺見は大声を発した。しっかり目を開けて、写真を見ろと二度繰り返した。

それから数分後、蟹瀬の虚勢が崩れた。羽村巡査に『ヤマト理研』から不正な手段で総額二億八千万円の水増し請求分を払い戻させていた事実を知られ、やむなく石井という偽名を騙《かた》っていた元新宿署の悪徳風俗刑事の知り合いの若いやくざに殺害させたことを認めた。石井と名乗っていた元刑事は金井厚夫《かないあつお》という名で、四十二歳だった。警官殺しの実行犯は長谷友章《はせともあき》、三十三歳だった。

その二人を抱き込んだのは、総務部長の甥の敷島署長だったという。金井と長谷は、山岡大臣の隠し金四億円も桐野あずみのアルファードごと強奪したらしい。

奪った大金は、敷島が偽名で借りた杉並区内にあるワンルームマンションに隠してあるという話だった。

蟹瀬は、三十数年来の友人である伊丹を長谷に殺させた動機も明かした。二人は、本気で〝未来政経塾〟を開き、徹底した官僚主導国家を築く野望を燃やしていた。だが、蟹瀬は検査計器や分析機器の発注で私腹を肥やしていることを知られてしまった。保身《ほしん》のため、長谷に羽村を始末させざるを得なくなった。

公金横領と殺人教唆《きょうさ》が発覚した場合は、人脈と金を用《もち》いて犯罪の事実を揉み消す必要がある。

金は多いほどベストだ。蟹瀬は甥が山岡大臣の愛人と密《ひそ》かに交際していることを知って、閣僚の隠し金四億円を強奪する計画を立てた。親友の伊丹も計画に乗った。〝未来政経塾〟の運営費が増えると思っていたのだろう。

蟹瀬は〝未来政経塾〟の開設時期を遅らせようと伊丹に提案した。

伊丹はそのことを訝《いぶか》しみ、蟹瀬が国民の税金を巧妙な手口で詐取《さしゅ》している事実を調べ上げ、野望の実現を急《せ》かした。追い込まれた蟹瀬は、三十数年来の友人の口を封じさせるほかなくなった。

捜査状況を甥から聞き、羽村殺しの身替り犯として、轟良平を選んだ。金井は轟に百万円を与え、長谷から回収した拳銃を持たせて、渋谷署に出頭させた。堀江警部を轟に同行させることを思いついたのは、甥の敷島だという。

敷島は堀江に刑事課長のポストを用意させると騙したらしい。伴刑事課長は単に署長の指示に従っただけだという話だった。前夜、捜査資料の防犯カメラの映像を盗み出したのは堀江だという。

「薄笑いをしたのは、起訴されはしないと高を括《くく》ってるからなんじゃないのか？」

斉木が蟹瀬に言った。

「その通りだよ。わたしは選び抜かれたキャリアなんだ。警察官僚の犯罪を公《おおやけ》にはできんだろうが。そんなことをしたら、警察の威信《いしん》は保《たも》てなくなる。長谷友章が個人的な理由で羽村と伊丹を殺ったってことで片をつけたいと上層部の多くが考えるはずだよ。法務省や検察庁の幹部たちも同じだろうな。山岡大臣の四億円は、金井が横奪りしたことにしてもらうよ。それで、落着だな」

「そうはいかない」

辺見が決然と言った。

「きみは十五年前、青臭い正義感に拘《こだわ》ってそれ以来、所轄署を転々とさせられたんだったな。まだ懲《こ》りないのかね」

「キャリアの中にも、気骨のある方はいるはずだ」

「派閥があっても、何かあったときはキャリア組は一枚岩になるもんだよ」

「あなたを法廷に立たせられなかったら、マスコミの力を借りるつもりです」

「き、きさまは身内を売る気なのか⁉」

蟹瀬が声を裏返らせた。

そのとき、取調室1のドアが開いた。

入室してきたのは、本庁刑事部長の二本松豪《にほんまつごう》警視長だった。五十三歳の二本松もキャリアのひとりだ。

「遅かったじゃないか。警務部長と副総監には話をつけてくれたんだろうな」

蟹瀬が刑事部長に声をかけた。二本松がうなずき、斉木の肩を叩《たた》いた。

「ご苦労さん！　後の処理は、上層部に任せてくれ。蟹瀬さんは本庁に連れて帰る」

「待ってくださいよ」

斉木が椅子から立ち上がった。

「副総監も、このことはご存じなんだぞ」

「総務部長は二件の殺人と窃盗《せっとう》の教唆容疑で取り調べ中なんですっ」

「取り調べは捜一の強行犯一係に引き継《つ》がせる。ここの捜査本部は解散だ」

「揉み消しはできないでしょう」

辺見が余裕たっぷりに言った。

二本松刑事部長が辺見に向き直った。

「あんた、もしかしたら、マスコミを味方につけたんじゃないのか？」

「いいえ、違います」

「その余裕は、どこから……」

「じきにわかると思いますよ」

「何か手を打ったんだなっ」

「さあ、どうでしょう？」

辺見が謎めいた笑みを拡《ひろ》げた。

「とにかく、総務部長の身柄はわたしたちが預かる」

刑事部長が言って、目顔で蟹瀬を促《うなが》した。蟹瀬がパイプ椅子から腰を浮かせた。手錠は打たれていなかった。

「そういうことだから、本庁に戻るぞ」

「坐れ！」

斉木が蟹瀬を押し戻した。蟹瀬が斉木に肩をぶつけた。

二人が揉み合っていると、刑事部長の上着の内ポケットで官給携帯電話が着信音を発した。二本松が官給携帯電話を懐から取り出し、右耳に当てた。すぐに緊張した顔つきになった。

「何か状況が変わったのか？」

蟹瀬が大声で刑事部長に訊いた。二本松は唇に人差し指を押し当て、取調室1から抜け出た。

「おい、本当に新聞社にもテレビ局にもわたしのことをリークしてないんだろうな？」

蟹瀬が辺見に確かめた。

「ええ、それはね。しかし、警察庁長官官房の首席監察官にはあなたと甥の敷島署長の犯罪行為を数時間前に報告してあります」

「なんだって⁉　首席監察官は〝保安官〟のニックネームを持つ堅物じゃないか」

「ええ、そうですね。あの首席監察官なら、警察官僚《キャリア》の不正にも目をつぶらないと判断したんで、協力を要請したんですよ」

「なんてことなんだ。首席監察官も有資格者《キャリア》だが、主流派にも反主流派にも属してない。一匹狼だけに、手強《てごわ》い奴なんだ」

「首席監察官だけではなく、まともなキャリアは何人もいるでしょう。この際、組織中に溜《た》まった膿《うみ》をすっかり押し出してもらいたいな」

辺見が穏《おだ》やかに言った。

蟹瀬がへなへなと椅子に坐り込んだ。

久我は相棒が警察庁の首席監察官に連絡していることは、まるで知らなかった。一瞬、水臭いと思ったが、辺見は自分を巻き込むことを避けてくれたのだろう。

首席監察官が蟹瀬を庇うことになったら、内部告発者は多くのキャリアに目の仇《かたき》にされる。閑職に追いやられることは間違いない。最悪の場合は罠《わな》に嵌《は》められ悪徳警官に仕立て上げられてしまうだろう。

久我は密かに辺見の気遣《きづか》いに感謝した。優しさは、さりげなく示すものだと教えられた。

取調室のドアが押し開けられ、刑事部長が入室した。

「電話は誰からだったんだ？」

蟹瀬が不安顔で二本松に訊いた。

「警視総監からの電話だったんだよ。蟹瀬部長、申し訳ない。警察庁の首席監察官と東京地検特捜部の検事が部長の取り調べに加わることになったそうだ」

「警視総監と警察庁長官は大学の先輩でもあるのに、わたしを庇ってはくれないのか⁉」

「犯罪《ヤマ》がでかすぎたね。わたしと警務部長も、何らかのペナルティーを科せられそうだ」

「降格ぐらいなら、いいじゃないか。こっちは刑務所で生き恥を晒《さら》すことになるんだっ」

「身から出た錆《さび》だね」

刑事部長が冷ややかに言い、取調室1から出ていった。

蟹瀬がうなだれた。

「おい、面《つら》を上げろ！　敷島、堀江、金井、長谷、都丸幸司が逮捕されるまで、あんたを徹底的に調べ上げて、東京拘置所に送り込んでやる」

斉木が拳《こぶし》で机を叩いた。蟹瀬が目を伏せたまま、わなわなと震えはじめた。

「ちょっと一服してくる」

辺見が取調室1から出た。

久我はすぐに追いかけ、辺見を呼びとめた。

「いい手を考えましたね」

「警察官僚《キャリア》の不正を二度も見送ったら、刑事失格の烙印は停年まで消せそうもないんで、気骨のある首席監察官の力を借りたんだよ。これで、昔の自分に戻れそうだ。久我君とコンビを組んだおかげだよ。ありがとう」

「こちらこそ、いろいろ勉強させてもらいました。お礼を言います」

「よそよそしいね。まだ相棒だよ、わたしたちは」

「そうですね。捜査本部が解散になったら、二人だけで祝杯を上げませんか」

「その前に国枝君の再就職口を探してやらないとね。多分、彼は『ヤマト理研』で働く気を失《な》くしただろうからさ」

「そうでしょうね。経理部長の都丸晃にトラックのブレーキオイルを抜かれて、事故死させられそうになったんだから。自分も、顔の広い知り合いに当たってみましょう」

「よろしく頼むよ。それはそうと、姉さん夫婦は仲直りしてないのかな？」

「取り調べ前に母から電話があって、よりが戻ったそうです。義兄が姉貴に土下坐したらしいんです。人騒がせの姉貴ですよ、まったく」

「姉弟《きょうだい》だから、それでいいんじゃないかな。飲むときは斉木警部も誘おう」

辺見が明るく言い、足早に歩きだした。

その後ろ姿は頼もしく見えた。久我は口許《くちもと》を綻《ほころ》ばせ、取調室1の扉を押した。

本書は二〇一五年五月に廣済堂出版より刊行された『警官失格』を改題し、大幅に加筆・修正しました。

本作品はフィクションであり、実在の個人・団体などとは一切関係がありません。

文芸社文庫

異端刑事《デカ》

二〇一八年二月十五日　初版第一刷発行

著　者　南英男
発行者　瓜谷綱延
発行所　株式会社　文芸社
〒一六〇-〇〇二二
東京都新宿区新宿一-一〇-一
電話　〇三-五三六九-三〇六〇（代表）
〇三-五三六九-二二九九（販売）
印刷所　図書印刷株式会社
装幀者　三村淳

ISBN978-4-286-19519-3

［文芸社文庫　既刊本］

火の姫　茶々と信長
秋山香乃
兄・織田信長の命をうけ、浅井長政に嫁いだ於市は於茶々、於初、於江をもうけるが、やがて信長に滅ぼされる。於茶々たち親娘の命運は——？

火の姫　茶々と秀吉
秋山香乃
本能寺の変後、信長の家臣の羽柴秀吉が後継者となり、天下人となった。於市の死後、ひとり残された於茶々は、秀吉の側室に。後の淀殿であった。

火の姫　茶々と家康
秋山香乃
太閤死して、ひとり巨魁・徳川家康と対決する於茶々。母として女として政治家として、豊臣家を守り、火焔の大坂城で奮迅の戦いをつらぬく！

それからの三国志　上　烈風の巻
内田重久
稀代の軍師・孔明が五丈原で没したあと、三国志は新たなステージへ突入する。三国統一までのその後のヒーローたちを描いた感動の歴史大河！

それからの三国志　下　陽炎の巻
内田重久
孔明の遺志を継ぐ蜀の姜維と、魏を掌握する司馬一族の死闘の結末は？　覇権を握り三国を統一するのは誰なのか⁉　ファン必読の三国志完結編！

［文芸社文庫　既刊本］

トンデモ日本史の真相　史跡お宝編
原田　実
日本史上の奇説・珍説・異端とされる説を徹底検証！　文庫化にあたり、お江をめぐる奇説を含む2項目を追加。墨俣一夜城／ペトログラフ、他

トンデモ日本史の真相　人物伝承編
原田　実
日本史上でまことしやかに語られてきた奇説・珍説・伝承等を徹底検証！　文庫化にあたり、「福澤諭吉は侵略主義者だった？」を追加（解説・芦辺拓）。

戦国の世を生きた七人の女
由良弥生
「お家」のために犠牲となり、人質や政治上の駆け引きの道具にされた乱世の妻妾。悲しみに耐え、懸命に生き抜いた「江姫」らの姿を描く。

江戸暗殺史
森川哲郎
徳川家康の毒殺多用説から、坂本竜馬暗殺事件の謎まで、権力争いによる謀略、暗殺事件の数々。闇へと葬り去られた歴史の真相に迫る。

幕府検死官　玄庵　血闘
加野厚志
慈姑頭に仕込杖、無外流抜刀術の遣い手は、人を救う蘭医にして人斬り。南町奉行所付の「検死官」が、連続女殺しの下手人を追い、お江戸を走る！